DANIELLE STEEL

Avec plus d'une centaine de livres publiés en France et plus d'un milliard d'exemplaires vendus à travers le monde, Danielle Steel est, depuis ses débuts, une auteure au succès inégalé. Francophone, passionnée de notre culture et de l'art de vivre à la française, elle a été promue, en 2014, au grade de chevalier de l'ordre de la Légion d'honneur.

Retrouvez toute l'actualité de l'auteure sur :
www.danielle-steel.fr

UNE MÈRE TROP PARFAITE

ÉGALEMENT CHEZ POCKET

La Foudre
Coups de cœur
Accident
Le Cottage
Éternels célibataires
Le Baiser
Disparu
Courage
Douce amère
Un si long chemin
Vœux secrets
La Clé du bonheur
À bon port
Sœurs et amies
Rendez-vous
Princesse
Cinq jours à Paris
Le Bal
L'Ange gardien
Coucher de soleil à Saint-Tropez
Le Cadeau
Une grâce infinie
Rue de l'Espoir
Miracle
Les Échos du passé
Villa numéro 2
Malveillance
Voyage
Le Fantôme
Le Ranch
Paris retrouvé
Joyaux
Une femme libre
Le Klone et moi
La Maison des jours heureux
Renaissance
Au jour le jour
Mamie Dan
Double reflet
Maintenant et pour toujours
Les Lueurs du Sud
Cher Daddy
Au nom du cœur
Album de famille
Une grande fille
Une autre vie
Liens familiaux
La Vagabonde
Il était une fois l'amour
Colocataires
En héritage
Joyeux anniversaire
Un monde de rêve
Traversées
Les Promesses de la passion
Hôtel Vendôme
Trahie
Zoya
Souvenirs d'amour
Secrets
La Belle Vie
Des amis si proches
Le Pardon
La Fin de l'été
L'Anneau de Cassandra
Jusqu'à la fin des temps
Un pur bonheur
Star
Souvenirs du Viêtnam
Plein ciel
Victoires
Palomino
Loving
Coup de foudre
Ambitions
La Ronde des souvenirs
Kaléidoscope
Une vie parfaite
Bravoure
Un si grand amour
Un parfait inconnu
Le Fils prodigue
Musique
Cadeaux inestimables
Agent secret
L'Enfant aux yeux bleus
Collection privée
L'Appartement
Ouragan
Magique
La Médaille
Prisonnière
Mise en scène
Plus que parfait
La Duchesse
Jeux dangereux
Quoi qu'il arrive
Coup de grâce
Père et fils
Vie secrète
Héros d'un jour
Un mal pour un bien
Conte de fées
Beauchamp Hall
Rebelle
Sans retour
Jeu d'enfant
Scrupules
Espionne
Royale
Les Voisins
Ashley, où es-tu ?
Jamais trop tard
Menaces
Les Whittier
Héroïnes
Seconde vie
À tout prix
Dernière chance
Une mère trop parfaite

DANIELLE STEEL

UNE MÈRE TROP PARFAITE

Traduit de l'anglais (États-Unis)
par Céline Cruickshanks

Les Presses de la Cité

L'édition originale de cet ouvrage a paru en 2019 sous le titre *The Dark Side* chez Delacorte Press, Random House, Penguin Random House Company, New York.

ISBN : 978-2-266-34830-0
Dépôt légal : août 2025

À mes enfants chéris,
Beatie, Trevor, Todd, Nick,
Sam, Victoria, Vanessa,
Maxx et Zara,

Que les ténèbres restent loin de vous,
Puissiez-vous vivre vos vies dans la lumière,
La sécurité et l'amour,

Je vous aime de tout mon cœur,
Pour toujours et à jamais,

Maman / D S

1

Les sœurs Morgan ne se ressemblaient pas du tout. Zoe avait les cheveux raides et noirs et des traits déjà bien dessinés pour une enfant de son âge, quand Rose ressemblait à un chérubin au petit visage rebondi et souriant surmonté d'un halo de boucles blondes. Alors que la silhouette élancée et les longues jambes de l'aînée évoquaient la grâce d'une pouliche, on ne trouvait aucun angle chez sa cadette, douce et tendre, toute en rondeur. Rose, adorable et très sociable, avait appris à envoyer des baisers avant même de savoir dire bonjour. Avoir une petite sœur aussi intrépide conférait à Zoe, plus timide, le courage qui lui manquait parfois. Mais sa cadette la suivait partout, ce qui l'agaçait, et Zoe n'hésitait pas à la réprimander quand elle poussait l'audace jusqu'à lui piquer ses jouets. Les deux sœurs avaient trois ans d'écart, et Zoe se souvenait encore de son émerveillement quand elle avait découvert le bébé dans son berceau. De son côté, Rose s'était immédiatement attachée à sa grande sœur, et son visage s'illuminait chaque fois qu'elle la voyait.

La leucémie de Rose avait été diagnostiquée trois ans plus tard. Beth, leur maman, avait expliqué à Zoe qu'il s'agissait d'une maladie du sang, et que sa petite sœur devrait recevoir des traitements de chimiothérapie à l'hôpital et parfois y rester quelques jours. Quand elles s'étaient retrouvées seules, Zoe lui avait demandé si ce serait douloureux, et celle-ci lui avait répondu que Rose serait sans doute affaiblie pendant quelques semaines, mais que ces traitements lui permettraient de guérir. C'était la première fois de sa vie que Zoe lisait la peur dans les yeux de sa maman. La vérité, c'est que ses parents étaient terrorisés, et la fillette n'avait pas tardé à s'en rendre compte. Brad, son père, prenait soin d'elle pendant les séjours de Rose à l'hôpital, de manière que leur mère puisse rester avec sa petite sœur. Et quand celle-ci serait guérie, la vie reprendrait son cours normal. Il le lui avait promis et elle lui avait fait confiance. Lui aussi semblait y croire.

Trois jours plus tard, Rose était partie à l'hôpital en compagnie de leur maman. Elle avait emporté sa petite valise rose et Pinkie, son ours en peluche favori. Son séjour avait duré quatre semaines. Beth revenait à la maison tous les deux ou trois jours pour changer de vêtements et embrasser Zoe. À son retour, la petite malade avait perdu ses boucles blondes. Très affaiblie, elle passait la journée allongée sur le canapé, mais faisait l'effort de se lever pour jouer avec Zoe dès que celle-ci rentrait de l'école. Celle-ci était heureuse de retrouver sa petite sœur et sa mère à la maison.

Les séjours à l'hôpital s'étaient succédé. Après avoir reçu une greffe de moelle osseuse de sa mère, l'état de santé de Rose s'était stabilisé, comme leur père l'avait promis. Ses boucles avaient repoussé, ainsi que ses cils et ses sourcils, mais d'un blond plus foncé. Zoe était si contente de revoir sa sœur qu'elle ne hurlait plus quand Rose lui prenait ses jouets. L'aînée s'était habituée à passer le plus clair de son temps avec son père. La maison n'était certes pas aussi bien tenue qu'avec Beth, très perfectionniste, mais il avait fait des progrès. À la fin de l'année, il était capable de se débrouiller presque aussi bien que sa femme. Au début, Zoe avait été forcée de lui expliquer les choses qu'il ignorait, par exemple la manière dont elle aimait qu'on lui prépare ses sandwichs et dans quel placard étaient rangées les céréales. Brad faisait la lessive, les lits, allait la chercher après l'école et cuisinait. Il laissait Zoe manger des bonbons tous les soirs si ça lui chantait, lui lisait des histoires, et ils appelaient Rose chaque jour avant de s'endormir. Chaque fois que Rose rentrait à la maison, ils organisaient une petite fête juste pour eux, et confectionnaient des cupcakes ou un gâteau dans lequel ils plantaient des bougies pour que Rose ait le plaisir de les souffler. C'était comme s'ils célébraient son anniversaire deux fois par mois.

Zoe était consciente d'avoir beaucoup de chance que son père puisse s'occuper d'elle. Le métier de Brad lui permettait de travailler de chez lui, dans son studio à l'étage. Il avait commencé sa carrière comme dessinateur de dessins animés pour Disney. Un jour, il avait eu l'idée d'écrire un livre sur une souris exploratrice. Le premier tome des aventures d'Ollie dans les pays lointains était aussitôt devenu un best-seller. Le tome 2 était sorti peu de temps après, suivi d'une adaptation télévisée et de la commercialisation de produits marketing et de jouets à l'effigie d'Ollie. Brad avait alors démissionné de chez Disney, et Beth et lui avaient déménagé à San Francisco juste avant la naissance de Zoe. Ils avaient été surpris que son album rencontre un tel succès et un nouveau tome, traduit dans 16 langues, paraissait chaque année. Ollie avait fini par épouser Marina, un petit rat de l'opéra, et ils avaient accueilli des jumeaux prénommés Charlie et Seraphina. Mais les aventures de la souris ne s'étaient pas arrêtées là pour autant, car elle voyageait désormais en famille. Zoe adorait quand son père lui lisait les livres d'Ollie, mais elle était tout aussi ravie de monter lui rendre visite dans son studio. Brad lui avait aménagé un petit bureau dans un coin, avec son propre carnet de croquis, ses feutres et ses stylos, et plus tard des tubes de peinture. Elle s'amusait à dessiner, elle aussi, les péripéties des souris voyageuses.

Beth avait quant à elle travaillé comme infirmière en chirurgie dans un hôpital de L.A. jusqu'à leur déménagement à San Francisco. Après la naissance de Zoe, elle était devenue femme au foyer et consacrait ses journées à sa fille. Elles ne s'ennuyaient pas, entre les balades au parc, la confection de cookies, les leçons de natation ou les goûters avec d'autres enfants. Chaque semaine, elles suivaient aussi un cours d'éveil musical pour maman et bébé. Rose était née au début de la première année de maternelle de Zoe, et la fillette avait eu l'impression que leur famille était enfin au complet, comme celle d'Ollie, Marina et leurs jumeaux dans les livres de son père.

Quand Rose avait eu 4 mois, Beth avait permis à Zoe de la présenter à toute sa classe. Le bébé avait adressé des sourires à la ronde, et quand elle avait fini par s'endormir, l'avis avait été unanime : elle ressemblait à un petit ange. Les enfants s'étaient extasiés sur les sœurs, l'une aussi blonde que l'autre était brune, et ils avaient fait remarquer qu'elles avaient toutes les deux de grands yeux bleus, comme leur maman.

Zoe aimait beaucoup vivre à San Francisco, dans leur vieille maison à étages pleine de recoins dotée d'une vue magnifique sur la baie et le Golden Gate. C'était la seule demeure qu'elle ait connue depuis sa naissance. Au départ, Rose dormait dans un berceau à côté du lit de ses parents, puis on l'avait installée dans un lit à barreaux en face de celui de Zoe. Le soir, Zoe s'approchait sur la pointe des pieds et venait admirer sa petite sœur, profondément endormie. L'année où la maladie de Rose avait été diagnostiquée, elle dormait déjà dans un grand lit comme sa sœur. Leur père avait peint sur l'un des murs de la chambre une fresque représentant un jardin enchanté dans lequel voletaient de petites fées ailées. Zoe ne se lassait pas de le contempler. Pour elle, c'était la plus jolie chambre du monde entier.

Pendant ses séjours à l'hôpital, Rose manquait beaucoup à Zoe, qui observait tristement le lit vide en face du sien. Elle se sentait seule et comptait les jours jusqu'au retour tant attendu de sa cadette. Zoe était fière de son statut de grande sœur et elle adorait Rose, même si celle-ci pouvait se montrer chipie par moments. Quand elle se rappellerait plus tard ses six premières années, avant la maladie de Rose, lui reviendraient les souvenirs d'un bonheur parfait, d'une existence heureuse entourée de parents aimants et d'une petite sœur pleine de joie de vivre.

Rose n'avait eu qu'une courte année de répit après la greffe de moelle osseuse, puis la leucémie était revenue, cette fois sous une forme plus maligne. La fillette avait de nouveau perdu ses cheveux, et on avait dû lui poser un cathéter pour ménager les veines de ses bras mises à mal par les séances répétées de chimiothérapie. Les deux années suivantes avaient été un véritable cauchemar pour Rose, dont l'état de santé s'était détérioré lentement mais sûrement. Elle rentrait encore chez eux entre deux traitements, mais elle pleurait beaucoup et passait son temps à dormir. À 9 ans, Zoe était assez grande pour comprendre que sa petite sœur s'éteignait peu à peu.

Leur mère répétait toujours que Rose allait guérir mais son père ne faisait plus de promesses, et quand Zoe lui demandait ce qui allait arriver, il lui répondait sobrement qu'il n'en savait rien. Elle ne voyait plus que rarement sa maman qui passait le plus clair de son temps au chevet de sa fille malade, refusant de la laisser seule un instant. Il y avait tout bonnement trop de problèmes à régler, de décisions à prendre, de médecins à contacter ou à rencontrer à l'hôpital. Son père était lui aussi souvent absent. Il passait du temps avec Rose ou s'entretenait avec les spécialistes, et c'étaient alors les voisins qui gardaient Zoe.

Durant la dernière année de Rose, Zoe avait surpris à maintes reprises ses parents sangloter de désespoir. Cela faisait bien longtemps qu'ils n'avaient pas éclaté de rire ou simplement souri, et ils étaient constamment stressés. Elle pouvait lire dans leurs yeux quand sa sœur allait mal, ce qui était presque toujours le cas. À 6 ans à peine, la fillette avait le regard d'une vieille femme fatiguée malgré son corps d'enfant. Parfois, Zoe s'asseyait à côté de son lit et se contentait de lui tenir la main. Un jour, Rose lui avait demandé si des fées allaient bientôt descendre sur Terre pour l'emmener au paradis et Zoe, en larmes, lui avait assuré avec fermeté qu'elle n'irait nulle part.

Elle avait entendu ses parents dire que Rose était atteinte d'une forme particulièrement virulente de leucémie, plus difficile à vaincre que d'autres que l'on parvenait à guérir. Vers la fin, Beth et Brad semblaient constamment terrifiés. Les docteurs avaient tenté tous les traitements possibles pour sauver Rose, mais malgré leurs efforts et la ténacité avec laquelle Beth demeurait nuit et jour à son chevet pour essayer de la soulager, la petite fille était morte une nuit dans son sommeil. Quelques jours plus tôt, elle avait annoncé à leur mère que Pinkie, son ours en peluche, désirait dormir avec Zoe après qu'elle serait montée au Ciel. Le lendemain matin, quand Beth lui avait tendu l'ourson, la fillette avait compris que Rose ne rentrerait plus à la maison. Elle en avait ressenti un tel chagrin qu'elle avait eu le sentiment qu'on lui arrachait le cœur.

Zoe n'avait que 10 ans à la mort de sa sœur. Ses parents étaient devenus des étrangers. Sa mère, abattue par le désespoir, errait de pièce en pièce tel un zombie. Après l'enterrement, un moment abominable pour tous les trois, Beth avait simplement cessé de se lever, refusant de consulter un médecin malgré l'insistance de son mari. À quoi bon, disait-elle, rien ne pourrait ramener Rose. De son côté, Brad semblait incapable de trouver le repos. Zoe tentait de leur venir en aide à sa façon, mais rien de ce qu'elle pouvait dire ou faire ne semblait produire d'effet. Ils avaient vécu bien des moments heureux avant la mort de Rose, mais Zoe ne parvenait plus à s'en souvenir. Leur foyer était devenu une ville fantôme et la fillette restait éveillée dans son lit la nuit, l'ourson serré contre sa poitrine, essayant de convoquer le visage angélique de Rose avant la leucémie. Tout ce qui lui revenait à l'esprit c'était l'image de sa sœur chauve, les traits ravagés par la maladie. Même les photos ne suffisaient plus à convoquer un passé riant.

Pendant toutes les années qu'avait duré la maladie de Rose, la vie de ses parents avait été entièrement concentrée sur ses moindres besoins. Sa mort les avait laissés abasourdis et brisés, au point qu'ils ne pouvaient plus s'occuper de Zoe. Le chagrin qui les rongeait contaminait la maison comme un gaz anesthésiant. Ils avaient le plus grand mal à fonctionner au quotidien ou à communiquer, même entre eux, et n'en avaient de toute façon même pas envie. Malgré les promesses répétées de son père qu'un jour la vie redeviendrait normale, ce moment n'était jamais venu. Et après la mort de Rose, Zoe avait été définitivement reléguée au second plan. Ils étaient simplement incapables de lui témoigner de l'attention. Brad avait tenté de lui tendre la main, mais sans y parvenir vraiment. Quant à Beth, c'était tout bonnement au-dessus de ses forces. Celle qui avait porté les espoirs de la famille pendant quatre ans donnait la triste impression que sa lumière s'était éteinte en même temps que sa fille. Beth s'était vouée corps et âme à Rose, et n'avait plus rien à offrir à Zoe. De toute façon, elle ne quittait plus son lit. C'était Brad qui veillait à ce que Zoe aille à l'école, lui qui l'avait inscrite à un programme de ramassage scolaire. Il ne faisait pas la cuisine, mais il commandait leurs dîners tous les soirs, principalement du fast-food.

Zoe avait le sentiment qu'ils regrettaient terriblement d'avoir perdu leur fille préférée, leur petit ange, pour se retrouver avec celle qu'ils aimaient le moins. Leur déception semblait insurmontable. Il ne lui venait jamais à l'esprit que si elle était morte à la place de Rose, ils auraient ressenti le même chagrin implacable. Et quand ils s'adressaient la parole, ce qui était rare, c'était pour regretter l'absence de leur petite fille, et jamais pour se réjouir de la présence de Zoe. Elle avait la douloureuse impression d'avoir revêtu une cape d'invisibilité. Ses parents étaient émotionnellement inaccessibles et Zoe apprenait à prendre soin d'elle-même, à satisfaire ses propres besoins sans rien attendre d'eux.

Son père avait été le premier à se réveiller du cauchemar qui les avait engloutis. Zoe venait d'avoir 12 ans quand elle était rentrée un jour de l'école pour trouver ses parents attablés dans la cuisine. Ils guettaient son retour pour lui annoncer leur séparation. La dernière lueur d'espoir s'était éteinte d'un coup pour Zoe, qui s'était sentie plus malheureuse que jamais. Leur vie ne redeviendrait donc jamais comme avant. Son père lui avait expliqué qu'il avait souhaité consulter un psychologue avec Beth, mais que celle-ci avait refusé. Sa maman n'était pas encore prête, avait-il ajouté pour adoucir son propos. Les yeux résolument fixés sur le lave-vaisselle, celle-ci évitait le regard de sa fille. Brad tentait de se justifier mais Beth gardait le silence. Elle était devenue muette, incapable d'exprimer ses sentiments. De toute façon, c'était inutile. Ils savaient tous ce qu'elle ressentait : Beth avait tout donné pour sa fille cadette, mais elle l'avait perdue quand même. Dorénavant, c'était son mari qui était sur le point de l'abandonner, mais elle n'avait plus la force de se battre. Elle était déjà tout au fond du lac.

— Vous ne voulez pas essayer de vous réconcilier ? avait imploré Zoe, tandis que Brad hochait lentement la tête et que Beth gardait le silence.

— Je ne pense pas que ça marcherait, avait-il répondu à voix basse en jetant un regard à la femme à côté de lui, son épouse qu'il avait aimée, une inconnue désormais.

Il ne pouvait imaginer que Beth redeviendrait un jour celle qu'elle avait été. Il avait eu beau la supplier, elle refusait d'aller consulter un thérapeute. Il avait expliqué à Zoe qu'ils n'allaient pas divorcer tout de suite, mais qu'il ressentait le besoin de parler à un psychologue pour faire son deuil. À vrai dire, il aurait souhaité que tous les trois suivent une thérapie, mais Beth affirmait que Zoe allait très bien. Leur fille obtenait de bons résultats à l'école, ne prenait pas de drogues, ne faisait pas de bêtises. Ce n'était qu'une enfant et elle se remettrait sans problème de la mort de sa sœur. Beth était persuadée que son propre chagrin, en revanche, était insurmontable. Et pour elle, l'attitude de Brad était une véritable trahison. Sa volonté de dépasser sa peine ne pouvait être que la preuve qu'il souhaitait oublier leur fille décédée, et tourner le dos aux engagements de leur mariage. En ce qui la concernait, elle était bien résolue à porter toute son existence le deuil de Rose, pour honorer sa courte vie. Une fois de plus, elle oubliait Zoe. Mais celle-ci s'y était habituée et n'attendait désormais plus rien de ses parents. Beth, tout comme Brad, ne pensait qu'à elle-même et à ses sentiments. Et en grandissant, leur aînée se rendait compte de la profondeur de leur égoïsme.

Brad avait déménagé très vite, et s'était installé dans un quartier de Broadway connu sous le nom d'« hôtel des cœurs brisés ». C'était généralement là que les gens allaient habiter juste après leur divorce, le temps de se remettre d'aplomb. Comme l'appartement était trop exigu pour accueillir Zoe, son père l'invitait à dîner une fois par semaine. En d'autres mots, celui qui avait été le seul à s'occuper d'elle ces six dernières années avait à son tour déserté le navire, et elle ne le voyait plus qu'occasionnellement. Après le départ de son mari, Beth s'était repliée encore davantage sur elle-même. Zoe devait se préparer ses repas toute seule : des raviolis en boîte, des spaghettis ou des plats surgelés. Elle avait beaucoup maigri, comme son père, et comme Beth, qui avait cessé de s'alimenter.

Six mois après son déménagement, au cours du dîner, Brad avait annoncé à Zoe qu'il avait entamé une requête en divorce. Beth refusait toujours de se faire soigner et lui adressait à peine la parole. Il avait confié à Zoe que, d'une certaine façon, leur mariage était mort en même temps que Rose. Il n'y avait aucune rancœur dans leur séparation et sa volonté de divorcer était uniquement due à un manque total de communication entre eux. Ils étaient en complet décalage l'un avec l'autre. Beth aussi le comprenait, elle était finalement soulagée qu'il n'attende rien de plus de sa part. Quant à Brad, il avait le sentiment que son deuil avait suffisamment duré et qu'il devait reprendre le cours de sa vie, brutalement interrompue à la mort de Rose. Beth en était incapable, du moins pour l'instant, et refusait de faire le moindre effort en ce sens.

Zoe savait que son père suivait une thérapie. Il avait mentionné en passant qu'il avait changé de psychologue, et elle en avait compris la raison quelques mois plus tard : il avait entamé une relation avec Pam, sa première thérapeute. Quand le divorce avait été prononcé, cela faisait déjà quelques mois qu'ils étaient en couple, et pour des raisons d'éthique, elle l'avait envoyé chez un confrère, un homme cette fois. Brad venait d'avoir 40 ans. Célibataire sans enfants, Pam avait 35 ans et n'avait jamais été mariée. Tous deux avaient vécu une tragédie : le compagnon de Pam était décédé après plusieurs années de vie commune, et Brad avait perdu sa fille cadette. Tous deux désiraient repartir de zéro. Ils s'étaient mariés très rapidement après le divorce et étaient partis s'installer à Santa Barbara, où Pam avait rejoint un nouveau cabinet.

Zoe avait vite fait sa connaissance, malgré le sentiment désagréable de trahir sa mère. Pam était adorable, et elle insistait toujours sur le fait que la jeune fille pouvait leur rendre visite quand elle en avait envie, que leur porte lui serait toujours grande ouverte. Malheureusement, Beth était parvenue à persuader sa fille qu'elle la trahissait chaque fois qu'elle voyait son père. Elle ne le formulait pas ainsi mais ce n'était pas nécessaire car le message exsudait de tous les pores de sa peau, et du silence plus pesant qu'à l'accoutumée qui accueillait Zoe quand elle rentrait. Un rempart se dressait, infranchissable, entre elle et sa mère. Zoe dormait encore avec Pinkie, l'ours en peluche de sa sœur, le seul ami sur lequel elle pouvait compter.

Elle avait fait sa rentrée au lycée au moment de la naissance du premier enfant de Brad et Pam, peu de temps après leur mariage auquel Zoe avait préféré ne pas assister, toujours mue par la même loyauté à l'égard de sa mère. Son demi-frère s'appelait Christopher et son père, qui avait toujours voulu avoir un fils, était aux anges. Zoe s'était aussitôt sentie exclue de leur amour et n'avait pu se résoudre à ressentir quoi que ce soit pour ce bébé. Son sentiment d'isolement s'était aggravé l'année suivante, avec la naissance de leur second enfant. La petite fille, prénommée Ashley, ressemblait de manière frappante à Rose avec sa chevelure blonde encadrant son visage rond. Zoe ne supportait pas de la regarder. C'est à cette époque que Beth avait repris un poste d'infirmière après avoir suivi un cours de remise à niveau. Son nouvel emploi n'affectait en aucune façon l'existence de Zoe : au lieu de dormir toute la journée, sa mère travaillait désormais à l'hôpital en continu. Cela faisait une éternité qu'elle ne partageait plus rien avec sa fille.

Un an plus tard, Beth avait entamé une relation avec un médecin. Il avait des enfants plus âgés, que Zoe avait refusé de rencontrer. Sa mère n'avait pas insisté, d'autant que son compagnon et elle n'avaient aucune intention de se marier. Zoe se rendait le plus rarement possible à Santa Barbara. Elle s'était exilée de la vie de ses parents de la même façon qu'ils l'avaient écartée de la leur. Remarquablement autonome depuis ses 10 ans, elle avait appris à prendre soin d'elle-même et n'avait besoin de personne.

Au lycée, Zoe s'était investie dans ses études et fréquentait un cercle d'amis restreint. Elle répugnait à expliquer l'étrangeté de sa situation familiale et ses liens distendus avec les siens. En passant à autre chose, ses parents avaient accidentellement abandonné leur fille sur le quai, comme un bagage sans importance.

Ils n'étaient pas le moins du monde surpris de ses succès scolaires. Ils n'attendaient rien de moins de sa part, et ne se rendaient pas compte à quel point il était remarquable qu'elle obtienne des notes exceptionnelles malgré sa solitude et leur manque de soutien affectif. Admise dans la plupart des universités auxquelles elle avait postulé, elle avait choisi en fin de compte d'étudier la médecine à Yale, avec l'objectif de devenir pédiatre pour participer à des missions dans les pays en développement.

Beth et Brad avaient assisté à la cérémonie de remise de diplômes et lui avaient dit combien ils étaient fiers d'elle, mais elle avait du mal à les croire. Ils la connaissaient à peine et ne savaient rien d'elle. Elle avait l'impression qu'ils avaient divorcé de leur fille aînée avant même la dissolution de leur mariage. La famille dans laquelle elle avait grandi pendant six années de bonheur avait disparu, ils n'étaient plus que des étrangers. Pendant ses années universitaires, Zoe avait inventé toutes les excuses possibles pour éviter de leur rendre visite. La vue de sa demi-sœur, qui en grandissant ressemblait de plus en plus à Rose, lui était particulièrement douloureuse.

Zoe avait décroché son diplôme avec mention. Si elle n'avait pas adoré ses années universitaires, elle s'en était très bien sortie. Elle avait eu peu d'histoires, et avait pris soin de ne s'attacher à personne. Admise à l'école de médecine de Duke, elle y avait excellé pendant deux ans, jusqu'à un été de profonde remise en question lors duquel elle s'était interrogée sur ses motivations réelles. Elle s'était finalement rendu compte qu'elle n'avait aucune envie de consacrer encore sept années – le temps de son internat et de sa résidence – à étudier la médecine. Animée du désir de faire le bien dans le monde, elle recherchait une gratification plus directe.

Elle avait alors rejoint les rangs d'une association à but non lucratif qui gérait un foyer pour mineurs maltraités dans l'Upper West Side, à New York. Ses compétences médicales y étaient très appréciées, et elle éprouvait une profonde compassion pour les enfants qui se trouvaient pour la plupart dans une immense souffrance physique et émotionnelle. La majorité d'entre eux avaient été abandonnés par leurs parents, alors qu'elle avait simplement été délaissée sur le plan affectif. Mais leur chagrin était de même nature, et Zoe se sentait proche d'eux. Ils ressentaient son empathie à leur égard, tout comme les membres de l'équipe. La jeune femme avait rapidement gravi les échelons de l'association, et repris en parallèle, à New York, des études de gestion des organisations à but non lucratif.

Zoe habitait un studio dans West Village et appréciait l'anonymat de sa vie new-yorkaise. Son père et Pam lui rendaient visite chaque fois qu'ils venaient voir l'éditeur de Brad, mais Beth ne voyageait pas. Sa mère avait vendu leur ancienne maison de San Francisco pour emménager dans un appartement avec le médecin qu'elle fréquentait depuis plus de quinze ans. Elle avait dit à Zoe qu'elle lui gardait une chambre, mais jamais celle-ci ne l'avait étrennée. Elle n'avait aucune envie de revenir chez l'un ou l'autre de ses parents, et ceux-ci n'insistaient pas. Ses rares visites leur rappelaient trop la douleur d'un passé que chacun était parvenu à surmonter à sa manière, soit en se bâtissant une nouvelle vie, soit par la fuite – comme Zoe.

Chaque fois qu'ils la revoyaient, Pam exprimait à Brad ses inquiétudes à l'égard de sa belle-fille. Selon elle, celle-ci aurait dû suivre une thérapie. Elle était trop distante et réservée et lui donnait l'impression d'être incapable de tisser des relations sincères avec les autres, y compris les enfants du foyer dont elle prétendait pourtant être si proche – ce dont Pam doutait fortement. Brad pensait au contraire que sa fille allait très bien. Après des études brillantes, elle avait trouvé sa vocation et sa vie professionnelle la comblait. Il la croyait heureuse. Un terme que Pam n'aurait jamais choisi pour décrire Zoe, car elle devinait à quel point sa belle-fille s'était sentie abandonnée de tous, et combien elle avait été marquée par la tragédie. L'absence d'attachement de Zoe envers un homme ou même ses parents l'inquiétait. Une partie de la jeune femme s'était éteinte ou avait été trop endommagée pour lui permettre de s'investir émotionnellement auprès des autres. Vue de l'extérieur, Zoe paraissait fonctionner parfaitement, mais Pam craignait qu'il ne s'agisse davantage d'un rôle qu'elle tenait en public que de la réalité.

Brad s'en était bien sorti grâce au soutien de sa femme et à l'affection de leurs enfants, qui avaient véritablement pansé ses blessures. Il aimait sincèrement Zoe, mais ils s'étaient tellement éloignés l'un de l'autre qu'il ne savait plus comment l'atteindre. Quant à Beth, elle avait trouvé une forme de paix avec l'homme qui partageait sa vie, mais continuait à porter les séquelles de son deuil mal résolu. Sa douleur se lisait sur ses traits, se devinait dans ses silences.

À près de 30 ans, Zoe, dont les compétences étaient reconnues par ses pairs, avait été promue directrice adjointe du foyer. Elle y avait fait la connaissance d'Austin Roberts, récemment nommé au conseil d'administration, un avocat réputé dans le domaine de la protection de l'enfance et qui gérait bénévolement les dossiers de certains petits pensionnaires de l'association. Brun, grand et bien bâti, les yeux noirs, il était diplômé de Harvard et son cabinet marchait très bien. Austin avait été subjugué par le charme de Zoe, et bluffé par ses compétences et son dévouement. Éblouissante de beauté et d'intelligence, la jeune femme avait tout pour lui plaire. Après avoir refusé à plusieurs reprises ses invitations à dîner, elle avait fini par accepter. De la part d'une jeune femme aussi réservée et distante, il avait considéré cela comme une vraie victoire.

Austin lui avait parlé avec chaleur de son enfance heureuse, entouré de ses parents et de ses deux frères. Zoe, fascinée, ne pouvait que constater à quel point sa famille contrastait avec la sienne, brisée par la mort de Rose. Le père d'Austin était avocat lui aussi, et sa mère diplômée d'un doctorat en psychologie. Tous deux étaient fortement impliqués dans la vie associative. Ses frères aînés étaient déjà mariés et pères de famille. Leur première soirée avait filé à toute allure tandis qu'ils se racontaient leurs vies, et après trois mois, ils s'étaient avoué leur amour. C'était la première fois pour Zoe.

Professionnellement, ils étaient parfaitement assortis, soudés par leur intérêt commun pour le bien-être des enfants défavorisés. Mais sur le plan personnel, ils venaient de pôles complètement opposés. Austin, issu d'une famille unie, aimait passer du temps avec ses frères, ses belles-sœurs et ses neveux. Quand Zoe lui avait raconté sa jeunesse, la maladie de sa sœur, leur foyer brisé par sa longue agonie puis la désintégration irrémédiable des liens familiaux après sa mort, il avait été empli de compassion. Il avait aussi été touché par la gentillesse qu'elle témoignait à ses cinq neveux – il n'y avait que des garçons chez les Roberts –, et appréciait le fait qu'elle savait s'y prendre avec eux. Les proches d'Austin avaient accueilli Zoe à bras ouverts et Constance, sa mère, s'était montrée particulièrement émue par son histoire. Elle aimait beaucoup Zoe et s'était émerveillée de constater à quel point l'amie de son fils était responsable et équilibrée malgré son enfance tragique.

— Elle est parfaite, s'était exclamé Austin, radieux.

— C'est un miracle qu'elle soit aussi saine d'esprit et sympathique alors que, d'après ce que tu me dis, elle a tellement souffert dans sa jeunesse, avait remarqué Constance, ravie de le voir si heureux. Cela arrive parfois après un deuil. Les gens peuvent s'enfermer dans leur deuil, car chacun traverse cette épreuve à son rythme. La plupart des mariages n'y résistent pas.

Zoe admettait que sa jeunesse difficile l'avait certainement éloignée de ses parents. Elle parlait en bien de sa belle-mère, dont elle disait qu'elle était une femme généreuse et une compagne formidable pour son père. Malheureusement, elle avait fait irruption dans la vie de Zoe à un mauvais moment. À l'époque, elle était si malheureuse qu'elle n'avait jamais laissé Pam se rapprocher d'elle. Et il lui semblait désormais qu'il était trop tard. De l'eau avait coulé sous les ponts et, même si elle appréciait les efforts de son père pour la voir chaque fois qu'il se trouvait à New York, il avait renoncé à la faire venir chez eux en Californie, suspectant que la ressemblance frappante d'Ashley avec Rose était sans doute trop douloureuse pour Zoe.

Après deux ans de relation, Austin et Zoe avaient fini par emménager ensemble dans un modeste deux-pièces dans West Village, à proximité de l'ancien appartement de la jeune femme. Ils adoraient le quartier et avaient pris un grand plaisir à meubler leur nid. Ils s'entendaient à merveille. Austin avait 38 ans et Zoe 30, et ils avaient l'intention de se marier sous peu et d'avoir des enfants, bien que ni l'un ni l'autre ne soit tellement pressé, occupés comme ils l'étaient par leurs carrières respectives. D'ailleurs, Constance était persuadée que Zoe, traumatisée par l'échec du mariage de ses parents, avait besoin de temps pour mûrir sa décision.

Ils s'étaient finalement mariés un an plus tard. La cérémonie, très simple selon leur désir, avait eu lieu par une belle journée d'été dans le jardin de la résidence secondaire des parents d'Austin, à Sag Harbor sur Long Island. Le père de Zoe était venu accompagné de Pam, et sa mère de Hank. Tous s'étaient sentis complices, et heureux de partager le bonheur des jeunes mariés. Les tourtereaux étaient ensuite partis en lune de miel dans le Wyoming, où ils avaient passé leur temps à faire de la randonnée, pêcher et monter à cheval, des activités de plein air que Zoe avait appris à apprécier grâce à Austin. Celui-ci aimait se retrouver dans la nature et se ressourcer dans le calme et la tranquillité, pour compenser le stress de sa profession. Ils étaient assortis à la perfection.

Ils étaient retournés à New York détendus et heureux, plus proches encore qu'auparavant. Pendant leur lune de miel, ils avaient pris la décision d'avoir leur premier enfant, se sentant tous deux prêts pour cette nouvelle étape de leur vie. Mais après plusieurs mois, à leur grande déception, Zoe n'était toujours pas enceinte, ce qui avait créé quelques tensions au sein de leur couple. Un an plus tard, à la demande de Zoe, ils étaient allés consulter un spécialiste de la fertilité. Le médecin avait accepté de démarrer immédiatement un protocole intensif avec des injections d'hormones.

Après quinze mois de traitement et trois essais de fertilisation in vitro infructueux, Zoe s'était enfin retrouvée enceinte. Heureux mais prudents, ils avaient attendu la fin du premier trimestre avant d'annoncer la bonne nouvelle à leurs familles. Constance, qui avait deviné, avait préféré garder le silence par discrétion.

Austin et Zoe étaient très enthousiastes et avaient décidé de ne pas connaître le sexe de leur enfant en avance. La grossesse s'était déroulée sans heurts. La jeune femme lisait tous les ouvrages disponibles sur le sujet, s'intéressait de près aux théories sur l'éducation des enfants, et se montrait très à cheval sur son hygiène de vie. Devenue entre-temps directrice du foyer, elle avait prévu de prendre quatre mois de congé maternité. Quant à Austin, il comptait demander un congé de trois semaines pour lui prêter main-forte après la naissance. Zoe était résolue à s'en sortir sans nounou et souhaitait tout faire par elle-même et nouer des liens forts avec le bébé, comme sa mère autrefois. Beth lui avait en effet raconté à quel point elle avait adoré cette période de sa vie. Elle s'était réjouie pour le couple lorsque Zoe lui avait annoncé sa grossesse, mais n'avait pas pour autant prévu de faire le voyage à New York avant ou après l'accouchement, sous prétexte qu'elle ne pouvait pas quitter son poste. Zoe se doutait bien que ce n'était qu'une excuse et que sa mère redoutait simplement que le bébé ne lui rappelle de douloureux souvenirs.

Jaime Rose Roberts fit son entrée dans le monde un mercredi soir. Zoe venait de rentrer chez elle après une journée particulièrement éprouvante au travail, et elle perdit les eaux à la minute où elle ouvrit la porte de l'appartement. Elle appela immédiatement Austin, qui se trouvait encore au bureau. L'accouchement fut rapide et se déroula sans difficulté. On déposa Jaime dans les bras de sa mère sous les yeux d'Austin, attendri, incapable de détacher son regard d'elles. Il ne s'était jamais senti aussi heureux. Jaime était un bébé magnifique aux cheveux bruns et aux yeux bleus. Ils avaient feuilleté une dizaine d'ouvrages avant de s'accorder sur son prénom, choisi en raison de sa signification en français – cette petite fille serait l'une des enfants les plus aimées sur Terre.

En la prenant dans ses bras pour la première fois, Zoe ressentit un sentiment qu'elle n'avait plus éprouvé depuis la mort de Rose. Pendant vingt-quatre ans, son existence avait été marquée par le vide douloureux laissé par la petite sœur qu'elle avait aimée de tout son cœur. Désormais, Jaime remplissait ce vide, et tandis que son regard passait de son mari à son bébé, Zoe se sentit enfin redevenue entière.

2

Zoe avait dévoré tous les ouvrages possibles en matière de puériculture et se sentait prête à être mère. Ses lectures lui avaient en outre permis de se faire sa propre idée en matière d'éducation. Le couple était confiant et Zoe pensait maîtriser tous les aspects de la maternité. Comme Jaime était en parfaite santé, avec un poids de naissance de 3,6 kilos, et que l'accouchement s'était déroulé naturellement et sans complication, ils pourraient rentrer chez eux dès le surlendemain. Ils étaient fous de joie de pouvoir bientôt ramener leur bébé à la maison.

Les grands-parents étaient ravis, d'autant que Jaime était le premier petit-enfant dans la famille de Zoe, et la première fille dans celle d'Austin. Les jeunes parents avaient envoyé des photos et tous s'étaient accordés sur le fait que Jaime était magnifique et resplendissante de santé.

Le lendemain de son accouchement, tandis que Jaime dormait paisiblement, Zoe passa à la vitesse supérieure. Elle demanda d'abord à s'entretenir avec le pédiatre de garde qui devait signer l'autorisation de sortie du bébé.

Le praticien fut surpris par ses questions pointues sur les différents contrôles de routine qu'ils avaient faits au nouveau-né. La jeune femme était bien renseignée, et comprenait les résultats que le médecin lui donnait. Austin fut impressionné par son épouse. Zoe était si minutieuse dans tout, et elle prenait toujours ses responsabilités très au sérieux. Il s'agissait là de son nouveau rôle de mère, le plus important à ses yeux. Elle se montra satisfaite des résultats communiqués par le médecin et celui-ci lui prodigua les conseils d'usage destinés aux jeunes parents pour les aider à surmonter les difficultés des premiers temps : combien de fois par jour et pendant combien de temps nourrir le bébé, comment soigner les crevasses aux mamelons, et dans quelle situations s'alarmer, ou pas. Le pédiatre leur assura qu'il ne leur faudrait que quelques semaines pour mettre en place une routine. En entendant ces mots, Zoe lui lança un regard désapprobateur.

— Imposer des horaires d'allaitement peut provoquer de graves dommages psychologiques chez les bébés, car cela revient à les priver de nourriture, affirma-t-elle. Ils ont l'impression que vous les affamez. Il est hors de question que je fasse subir cela à ma fille.

Elle s'était exprimée avec une telle fermeté que les deux hommes échangèrent un regard surpris. Austin lui-même ignorait que Zoe avait une opinion aussi catégorique sur le sujet.

— Si vous ne mettez pas en place un cycle régulier de tétées, votre production de lait peut devenir erratique et Jaime risquerait de ne pas recevoir ce dont elle a besoin. Sans compter que vous et votre mari ne dormirez pas beaucoup, répondit le médecin avec gentillesse.

Le jeune couple n'avait aucune idée de ce qui l'attendait. Mais après tout Jaime était leur premier bébé, et ils manquaient d'expérience.

C'est Zoe qui avait fait toutes les recherches et étudié toutes les théories les plus novatrices en la matière. Elle tenait à ce qu'ils soient parfaitement informés sur l'éducation et la santé de leur bébé, et avait accumulé une pile d'ouvrages spécialisés sur sa table de nuit. Elle s'agaçait quand Austin ne prenait pas le temps de les lire aussi. Mais il préférait s'en remettre à elle, et la jeune femme s'était de plus en plus passionnée pour le sujet au fur et à mesure que la naissance approchait.

— Je suis certain que nous allons nous en sortir, sans compter que ma mère et mes belles-sœurs seront heureuses de nous faire profiter de leur expérience, intervint Austin calmement, impatient de quitter l'hôpital et de ramener le bébé chez eux, où ils pourraient enfin commencer leur nouvelle vie de parents.

Le pédiatre signa les papiers et leur souhaita bonne chance. Jaime avait aussi été auscultée le matin même par Cathy Clark, la pédiatre libérale choisie par Zoe, qui était passée les voir à la clinique. La jeune maman l'avait rencontrée pendant son sixième mois de grossesse pour lui poser une multitude de questions. Cathy Clark lui avait été chaudement recommandée, et Zoe avait beaucoup apprécié son sérieux, sa gentillesse, et son côté moderne et décontracté qui n'empêchait pas une grande rigueur. Âgée de trois ans de plus qu'elle, la pédiatre avait été intriguée quand la jeune mère lui avait raconté avoir fait deux ans d'études de médecine avant de changer d'orientation. Cathy Clark avait été favorablement impressionnée par le couple, ainsi que par les questions que Zoe lui avait posées avant et après la naissance.

La jeune maman lui avait dit comment elle comptait s'y prendre avec Jaime. Elle lui avait aussi expliqué qu'elle comptait s'occuper seule du bébé pendant les quatre premiers mois, de peur de manquer le moindre moment de la vie de son nouveau-né. Zoe avait beaucoup apprécié le fait que la médecin n'avait pas discrédité les théories qu'elle souhaitait adopter.

De son côté, Cathy Clark avait compris qu'elle se trouvait face à une future Supermaman, ce qui la réjouissait car elle appréciait particulièrement de travailler avec des mères responsables, bien informées et intelligentes comme Zoe. Célibataire et sans enfants, Cathy adorait son métier et était séduite par l'énergie de Zoe, sa soif d'apprendre et son enthousiasme. Elle s'était contentée de la mettre en garde contre la fatigue que pouvait générer l'allaitement à la demande, et lui avait recommandé d'espacer suffisamment les tétées pour encourager sa production de lait.

— Jaime a beaucoup de chance, et je devine que vous allez être des parents formidables, lui avait-elle assuré avant de quitter Zoe pour rendre visite à une autre patiente qui venait de donner naissance à des jumeaux.

Il était convenu que Zoe retourne à son cabinet cinq jours plus tard.

Austin s'était senti un peu intimidé en découvrant tout l'équipement dont Zoe avait besoin pour le bébé, mais dans l'ensemble cette nouvelle vie lui apparaissait comme parfaitement gérable. La première épreuve survint au moment du départ. Austin eut d'abord beaucoup de mal à installer le siège auto ultrasophistiqué dos à la route, et quand Zoe y coucha Jaime, celle-ci se réveilla en sursaut et se mit à pleurer.

— Regarde, ses doigts sont minuscules ! J'ai tellement peur de la pincer, dit-il d'un air anxieux en s'escrimant avec les boucles et les sangles.

Zoe garda son calme, et le bébé finit par se rendormir pendant le court trajet entre la clinique et chez eux. Vingt minutes plus tard, ils eurent le bonheur de franchir le seuil de leur appartement avec leur bébé dans les bras, comme ils en avaient rêvé pendant si longtemps. Zoe portait Jaime, bien enveloppée dans une couverture, tandis qu'Austin se chargeait du siège auto, de sa valise ainsi que d'un immense ours en peluche rose que le père de Zoe leur avait fait livrer par la boutique de la clinique.

Le moment était venu de mettre à l'épreuve toutes les théories de Zoe, et leurs compétences de parents. À cette pensée, la jeune femme se tendit. Elle se sentait bien moins confiante maintenant qu'elle était rentrée chez elle et ne bénéficiait plus des conseils avisés des infirmières.

Pendant la grossesse de Zoe, le couple avait déménagé. Ils étaient restés dans le même immeuble, mais avaient maintenant un duplex avec deux chambres. La jeune mère, ravie, monta pour coucher Jaime dans son couffin orné de rubans roses. Elle l'installa à côté du lit, puis s'allongea pour se reposer un peu. Elle se sentait plus fatiguée qu'elle ne l'aurait pensé. Mais elle venait quand même d'accoucher ! Elle avait des bouffées de chaleur causées, comme les infirmières le lui avaient expliqué, par les changements hormonaux préfigurant la montée de lait. Elle admirait le magnifique bébé dans son couffin quand le petit visage de Jaime se crispa et qu'elle poussa un hurlement. Zoe sentit la nervosité la gagner.

Austin la rejoignit à ce moment-là et ils ne furent pas trop de deux pour changer la couche du bébé. Puis, sous les yeux émerveillés de son mari, Zoe déboutonna son chemisier et porta Jaime à son sein, comme elle l'avait fait à la clinique. Elle semblait si sûre d'elle, et le geste était si naturel et simple. Mais elle fit la grimace lorsque le bébé prit le mamelon dans sa bouche. Elle savait que cela pouvait faire mal au début, mais l'intensité de la douleur la surprit. Le lait ne montait pas avant plusieurs jours et pour le moment, le bébé tétait goulûment le colostrum. Zoe baissa les yeux et sourit de la voir si belle et parfaite. Jaime but un peu avant de se rendormir sur le sein. Austin, pendant ce temps, descendit leur préparer des sandwichs et revint quelques minutes plus tard. Au même moment, Jaime se réveilla et essaya de nouveau de téter. De toute évidence, elle n'était pas repue, et Zoe s'inquiéta. Une bonne tétée était censée durer plus de vingt minutes.

Quelques heures plus tard, les sombres prédictions du pédiatre semblaient s'être accomplies : le bébé avait beau avoir tété toute la journée, il hurlait dès qu'on le retirait du sein, et Zoe avait l'impression d'entendre de véritables cris de détresse. Pour sa part, elle avait les mamelons à vif alors que la montée de lait ne s'était même pas encore produite. Elle partit prendre une douche pendant qu'Austin s'occupait de Jaime, mais la petite n'arrêta pas de pleurer et quand Zoe revint dans la chambre, son mari avait déjà l'air épuisé.

— Elle doit avoir encore faim. Tu es certaine qu'elle boit assez de colostrum ? demanda-t-il avec inquiétude, à son tour désemparé par sa propre impuissance et son incompétence.

Le bébé finit par se rendormir et la montée de lait eut lieu deux heures plus tard. Elle fut si intense que Zoe inonda les draps. Ses seins palpitaient et elle dut réveiller Jaime pour la nourrir. Celle-ci hurla jusqu'à ce que sa mère l'installe au sein, mais le flot était si rapide qu'elle s'étrangla, incapable de suivre le rythme. Stressé, Austin tentait de prodiguer des conseils à Zoe mais celle-ci, tout aussi nerveuse, lui répondit d'un ton sec qu'elle connaissait parfaitement la position pour l'allaitement, qu'elle avait tout lu sur le sujet et ne comprenait pas quel était le problème. Le bébé était trempé de lait, tout comme la chemise de nuit de Zoe. Un détail que les livres avaient omis de mentionner.

— Et ma mère qui disait que l'allaitement était facile comme bonjour, marmonna Austin, frustré.

Jaime hurlait et Zoe était au bord des larmes.

— Ta mère a eu son dernier bébé il y a plus de trente ans, peut-être qu'elle a oublié comment c'était, rétorqua Zoe en essayant maladroitement de caler Jaime contre sa chemise de nuit mouillée.

— On m'a donné le nom d'une consultante en lactation, finit-elle par dire alors qu'elle tentait de glisser son mamelon dans la bouche du bébé.

— C'est quoi une consultante en lactation ? demanda Austin, perdu.

— C'est quelqu'un qui aide les jeunes mamans à allaiter.

Zoe était visiblement bouleversée. Rien ne se passait comme prévu. Alors qu'elle était persuadée que Jaime serait capable de prendre le sein d'instinct, voilà que, aussi inexpérimentée que ses parents, elle n'y arrivait pas.

— Tu penses avoir besoin d'aide ? Les femmes allaitent leurs bébés depuis des millénaires, ça ne doit pas être si compliqué, fit remarquer Austin.

Zoe se cabra en entendant ces paroles.

— Dans ce cas, pourquoi n'essaies-tu pas ?

— J'aimerais bien, mais il se trouve que je n'ai pas le matériel adéquat. Est-ce que tu voudrais un verre de vin ? lui proposa-t-il innocemment.

Sa femme le fusilla du regard.

— Bien sûr que non ! Il n'est pas question que je boive une goutte d'alcool tant que j'allaite.

Terrifiée par le spectre de l'alcoolisation fœtale, elle s'était montrée inflexible avec son hygiène de vie pendant la grossesse. Austin s'était dit que le risque était désormais écarté, maintenant que le bébé était né, mais elle le regardait comme s'il s'apprêtait à commettre un meurtre. Il détendit aussitôt l'atmosphère avec une plaisanterie, poursuivant sur un ton badin :

— Elle dormira peut-être mieux entre deux tétées…

Elle lui adressa un pauvre sourire, changea le bébé et enfila une chemise de nuit propre. Quelques instants plus tard, Jaime se remit à pleurer. Quand Zoe lui présenta le sein, le bébé s'étrangla de nouveau, avant de finir par comprendre comment s'y prendre. Jaime but alors un peu et se rendormit pour se réveiller quelques minutes plus tard et téter encore – toujours le même sein. Elle se rendormit sans avoir pris le deuxième. Il était tellement plein que Zoe avait l'impression qu'il allait exploser.

— Les bébés devraient venir au monde munis d'un manuel d'utilisation, déclara Austin avec un sourire.

Depuis leur sortie de la clinique, rien ne se passait comme prévu. Jaime semblait grincheuse, affamée, frustrée et épuisée, et ses parents l'étaient tout autant. Zoe ne supportait pas de se sentir impuissante et Austin, qui n'avait encore jamais connu sa femme dans cet état, s'émouvait de la voir si vulnérable. Il but une gorgée du vin que Zoe venait de refuser et celle-ci, habituellement si maîtresse d'elle-même en toute situation, fondit en larmes.

— Pourquoi suis-je une mère aussi nulle ? Je ne suis même pas capable d'allaiter mon bébé !

Elle avait l'air d'une petite fille perdue, et il se pencha vers elle pour l'embrasser. Ces premières heures seuls avec leur bébé avaient été d'autant plus stressantes et pénibles qu'ils étaient tous deux du genre à tout réussir du premier coup.

— Détends-toi. Jaime non plus ne sait pas comment s'y prendre. Nous sommes tous en période d'adaptation. Tu vas finir par y arriver, Zoe. Ça ne doit pas être si compliqué. Tu veux qu'on regarde un peu la télé ?

Le bébé commença à hurler et cela dura une dizaine de minutes, jusqu'à ce que sa mère la mette au sein. Elle se tut immédiatement, mais Zoe laissa échapper un cri de douleur.

— Elle me fait horriblement mal, se plaignit-elle, les yeux mouillés de larmes.

— Elle t'a mordue toute la journée. Si c'était moi qui te faisais ça, tu me tuerais, plaisanta-t-il en allumant la télévision.

Mais Jaime ne tarda pas à pleurer de nouveau, et ses cris se mêlèrent au son de la télévision et aux sanglots de Zoe. La jeune mère finit par saisir son portable pour laisser un message de détresse à une consultante en allaitement.

À 22 heures, Austin et Zoe se sentaient exténués. Jaime avait fini par s'endormir dans son couffin après avoir tété toute la journée et une bonne partie de la soirée. La poitrine de Zoe était si sensible qu'elle pleurait de douleur chaque fois qu'elle tentait de la nourrir. Quand la mère d'Austin leur téléphona pour avoir des nouvelles, il lui expliqua la situation. Elle s'efforça de le rassurer : le bébé n'allait pas tarder à se caler sur un rythme, et la jeune maman s'habituerait très vite à l'allaitement. C'était tout ce qu'Austin avait besoin d'entendre. Ce premier jour avait été aux antipodes du bonheur idyllique qu'il s'était imaginé. Il ne reconnaissait plus la femme calme et confiante qu'il avait épousée dans cette jeune mère qui souffrait, pleurait et lui répondait sèchement chaque fois qu'il lui adressait la parole. Pour l'instant, l'allaitement se révélait être un beau fiasco : Jaime donnait l'impression d'avoir faim, mais quand on la mettait sur le sein, soit elle s'étouffait et refusait de téter, soit elle s'endormait avant d'avoir pu faire une tétée complète.

Le bébé dormit pendant toute une heure, et le calme revint. Austin et Zoe s'assoupirent à leur tour, jusqu'à ce que Jaime recommence à pleurer et les réveille en sursaut. Zoe essaya toutes les techniques de ses ouvrages spécialisés pour la calmer, mais rien ne fonctionnait. Jaime était agitée et hurlait en continu. Ses cris stridents transperçaient les tympans de sa mère comme autant de coups de couteau.

— Je vais tenter de tirer mon lait pour lui donner le biberon, dit-elle avec désespoir, se souvenant soudain de ce qu'elle avait lu dans un ouvrage de puériculture.

— Ça me paraît vraiment compliqué, se contenta de dire Austin.

Cela aurait été tellement plus simple que le bébé réussisse à prendre le sein normalement !

Zoe lui tendit Jaime, qui hurlait toujours à pleins poumons, et prit dans son armoire une grande boîte encombrante. La machine évoquait un appareil de torture tout droit sorti du Moyen Âge.

— Qu'est-ce que c'est ?

— La pompe à lait, lui répondit Zoe en se concentrant sur les instructions. Je l'ai achetée en prévision de mon retour au travail. Comme ça, je pourrai tirer mon lait et le conserver au congélateur. J'ai aussi un modèle réduit pour le bureau.

— Mais ça ne risque pas de te faire encore plus mal que sa bouche ?

Il avait l'air inquiet. Ses mamelons étaient déjà rouges et irrités.

— Pourquoi est-ce que tu n'essaierais pas une fois encore de la mettre au sein ? lui suggéra-t-il doucement, la voix couverte par les cris désespérés du bébé.

Ils devaient absolument trouver un moyen de nourrir Jaime. Austin n'avait aucune intention de remettre en question les choix de Zoe, mais il commençait à regretter qu'ils n'aient pas embauché une nounou, au moins pour les premières semaines. Il n'avait pas compris pourquoi Zoe était tellement opposée à cette idée. C'était leur premier enfant, et il était évident qu'un peu d'aide ne leur aurait pas fait de mal. Il avait peur que Jaime n'ait pas bu tout son content depuis leur sortie de la clinique, et Zoe et lui étaient à bout de forces. Il se sentait exténué et aurait bien voulu se reposer un peu, mais cela n'en prenait pas le chemin.

Zoe remit le bébé au sein et, cette fois, Jaime se calma et parvint à téter pendant dix bonnes minutes avant de s'assoupir. La jeune femme lui caressa doucement la tête pour lui proposer l'autre sein, mais le bébé était déjà repu et profondément endormi. Zoe se retrouva donc de nouveau couchée dans une mare de lait, avec un sein vide et l'autre prêt à éclater.

L'alimentation au biberon n'était peut-être pas une si mauvaise idée, surtout quand on voyait l'allure de la pompe à lait, mais Austin se garda bien de partager son point de vue avec Zoe, même sur le ton de la plaisanterie. La jeune mère avait déjà compris qu'elle allait souffrir jusqu'à ce que Jaime tète l'autre sein, mais elle dormait profondément et il n'était pas question de la réveiller. Austin fit remarquer à Zoe qu'il avait suffi d'une seule journée pour que Jaime bouleverse leur existence, mais en entendant cela elle fondit en larmes. Elle était à bout de nerfs.

Elle reposa le bébé dans son couffin et ils purent s'assoupir une demi-heure. Puis Jaime ouvrit les yeux et prit l'autre sein tandis que sa mère pleurait de douleur. Le bébé tétait goulûment et sa petite bouche faisait horriblement mal à Zoe, mais c'était toujours moins pénible que quand son sein gonflé de lait semblait sur le point d'exploser.

Zoe changea Jaime, l'emmaillota dans une couverture rose, comme on le lui avait montré à la clinique, et la recoucha dans son couffin. Le couple parvint à dormir une heure de plus avant que le bébé se remette à pleurer. Encore trop petite pour rester éveillée suffisamment longtemps pour téter les deux seins, Jaime alternait entre le gauche et le droit. Zoe avait donc constamment un sein douloureux. Heureusement, elle semblait produire suffisamment de lait. Plus, en tout cas, que ce que le bébé pouvait boire. Sa mère lui avait expliqué que la quantité de lait s'adapterait naturellement aux besoins de son enfant, mais Zoe ne pensait pas avoir la force de continuer à nourrir Jaime dans ces conditions. L'accouchement avait finalement été facile, en comparaison. La fatigue cumulée se faisait sentir.

Le lendemain matin, les parents avaient l'air de deux naufragés. Jaime avait pleuré la majeure partie de la nuit, et Zoe appela la pédiatre pour lui décrire la situation. Celle-ci lui conseilla d'espacer plus les tétées, même si cela signifiait qu'Austin devait emmener le bébé dans une autre pièce et le distraire d'une façon ou d'une autre. C'était plus facile à dire qu'à faire, surtout quand votre enfant hurlait. La pédiatre lui assura que tout s'arrangerait dès que Jaime aurait trouvé son rythme – c'est précisément ce que lui affirma la consultante en lactation qui vint leur rendre visite à midi. Elle déconseilla à Zoe de tirer son lait, car cela ne ferait qu'accroître sa production alors que, de toute évidence, celle-ci dépassait déjà les besoins du bébé. Or, il était crucial que la mère et l'enfant trouvent leur cadence ensemble.

La deuxième nuit fut encore plus difficile. Zoe ne s'était jamais sentie aussi nulle et épuisée de toute sa vie. Elle avait l'impression d'avoir été recalée à la première étape de la maternité, et la plus fondamentale : l'introduction à l'allaitement.

Quelques jours plus tard, ils emmenèrent comme prévu Jaime au cabinet de Cathy Clark. Zoe pleurait beaucoup et Austin et elle se chamaillaient constamment pour des broutilles à cause de la fatigue, alors que jusqu'alors leur relation avait été sans nuages. Zoe pensait que Jaime devait souffrir de coliques. Elle s'était documentée sur le sujet et le bébé semblait présenter tous les symptômes. Très inquiète à l'idée que sa fille ait une occlusion intestinale, elle raconta comment la petite l'avait aspergée de vomi le matin même. La pédiatre lui tendit un document sur l'allaitement qui prodiguait de nombreux conseils, rassura les jeunes parents et leur expliqua pourquoi il n'y avait aucun lieu de penser que Jaime avait une occlusion. Les bébés rejetaient souvent du lait, et le véritable vomissement en jet était aussi rare qu'impressionnant. Le seul souci était que le rythme d'allaitement n'était pas encore synchronisé entre la mère et l'enfant. Il leur fallait se montrer patients, et se détendre. Elle suggéra d'embaucher une nourrice de nuit qui les aiderait à mettre en place un programme de tétées pour atteindre une routine plus apaisée. Une nounou expérimentée était capable d'y parvenir en une ou deux semaines, ce qui leur permettrait de dormir, et par conséquent d'être moins anxieux.

Ils semblaient très stressés, et le bébé pouvait ressentir cette tension et en souffrir.

— Il n'est pas question que j'impose un programme de tétées à mon bébé. Jaime n'a même pas une semaine, ce serait de la maltraitance, la coupa froidement Zoe, le regard dur.

Austin n'avait jamais vu Zoe butée à ce point.

— Et je refuse qu'une étrangère s'occupe d'elle. Nous devons créer des liens avec notre enfant. On ne veut pas d'une nounou.

Elle parlait pour lui aussi, alors qu'Austin souhaitait ardemment recruter une nourrice de nuit, dire adieu au stress et à l'angoisse et retrouver sa douce et tendre épouse.

— Vous avez déjà établi une routine, mais pas la bonne, reprit la pédiatre avec douceur. Je peux vous donner une liste d'assistantes maternelles parfaitement compétentes si vous avez envie de faire un essai. Nombre de jeunes mamans font appel à elles. Une nounou vous permettrait de reprendre un peu le fil de vos vies.

Austin lança à Zoe un regard suppliant, mais celle-ci secoua la tête.

— Je ne pourrai pas continuer comme ça toutes les nuits quand je reprendrai le travail, la prévint-il.

Zoe se contenta de le fusiller du regard. Cette épreuve faisait d'eux des adversaires.

— Dans trois semaines, tout ira mieux, affirma Zoe en essayant d'y croire. Les bébés en bonne santé trouvent leur rythme en un mois.

— Pas si nous ne l'aidons pas à le trouver, intervint alors Austin. Et ni toi ni moi n'avons la moindre idée de la façon dont il faudrait s'y prendre. Ces derniers jours en sont la preuve criante.

Il était contrarié par son attitude déraisonnable.

— Pour l'amour du Ciel, Jaime n'est ni un chien à qui on apprend la propreté ni un phoque de cirque ! lança Zoe.

— Vous avez tout à fait raison, intervint Cathy pour calmer le jeu, mais les bébés peuvent aussi se montrer têtus, et ils ont une vraie intelligence émotionnelle. Ils ressentent quand ils ont affaire à une personne confiante et expérimentée, et cela les tranquillise. Et je ne pense pas que proposer une routine de tétées à un bébé soit de la maltraitance. Sans compter qu'une puéricultrice compétente pourra vous prodiguer des conseils précieux. Les parents dont je suis les enfants sont très satisfaits de leurs services.

— Mais c'est moi sa mère, et je ne veux pas qu'il y ait de confusion sur mon rôle, dit Zoe d'une voix désespérée, se sentant prise au piège.

— Elle saura très bien que vous êtes sa maman, répondit Cathy en souriant. Et c'est vous qui continuerez à l'allaiter, de toute façon. Une puéricultrice pourrait simplement vous permettre de vous reposer un peu.

Malgré son insistance, Zoe n'avait toujours pas l'air convaincue.

Sur le chemin du retour, Jaime s'endormit dès que le moteur se mit à tourner, exténuée par cette sortie. Austin et Zoe étaient quant à eux assommés par cette succession de nuits sans sommeil.

— Pourquoi es-tu tellement opposée à l'idée que l'on se fasse aider par une nourrice ? demanda Austin.

Il ne comprenait plus sa femme.

— Ma mère aussi avait une nounou pour s'occuper de nous quand nous étions bébés. Et je vais bien, non ? argumenta-t-il. Je n'ai aucun doute sur qui est ma mère, et par ailleurs aucun de mes frères ne s'est transformé en tueur à la hache.

Il était dérouté par l'attitude rigide et inflexible de sa femme, un trait de caractère qu'il n'avait jamais soupçonné chez elle.

— Nous n'avons besoin de personne, répéta Zoe avec entêtement. Jaime nous a nous, ses parents, et je refuse qu'une étrangère s'occupe de notre bébé.

— Jaime serait sans doute plus en sécurité avec une nounou expérimentée qu'avec nous, tu sais.

— Tout ira mieux quand nous aurons mis en place une routine d'allaitement, mais il est hors de question de l'imposer à Jaime. Les tétées à la demande sont ce qu'il y a de mieux, et qu'importe si c'est un peu pénible pour les parents. Tous les ouvrages de puériculture l'affirment.

— Un peu pénible ? Je n'ai pas fermé l'œil depuis l'accouchement, grommela Austin.

Il n'était pas du genre à se plaindre, mais le manque de sommeil les affectait tous les deux. Ils avaient passé la semaine à se disputer, et la tension était à son comble à l'heure des tétées. Il était persuadé que le bébé le ressentait également.

Quand sa mère leur avait rendu visite, elle avait été attristée de voir son fils et sa belle-fille aussi nerveux, stressés, épuisés et confus. Sans compter que Zoe n'écoutait les conseils de personne. Elle s'était forgé ses propres idées, et refusait de les remettre en question.

Ils rentrèrent chez eux dans un silence tendu. Une fois arrivés, Austin porta le siège auto avec le bébé endormi jusque dans l'appartement. Mais à peine la porte refermée, Jaime se réveilla en hurlant. C'était l'heure de la tétée. Les seins de Zoe étaient terriblement douloureux, et la pédiatre l'avait mise en garde contre le risque d'attraper une infection due aux crevasses. Elle lui avait prescrit une crème cicatrisante.

Zoe prit Jaime et s'allongea sur son lit. Elle s'adossa contre des oreillers, ainsi que la spécialiste de l'allaitement le lui avait conseillé, un bras en appui sur des coussins, puis elle déboutonna son chemisier, porta le bébé à son sein et étouffa un cri de douleur quand Jaime commença à téter. Elle était si affamée que, pour la première fois, elle vida les deux seins avant de s'endormir dans les bras de sa mère. Quand Zoe releva les yeux, elle vit qu'Austin les observait, l'air inquiet.

— Tu te sens mieux ? demanda-t-il sur un ton plein d'espoir.

Il ressentait de la peine pour sa femme, qui voulait tout faire parfaitement, comme à son habitude. Il comprenait à quel point c'était difficile pour elle de ne pas se sentir à la hauteur. Zoe était déterminée à être une maman exemplaire. Elle détestait l'impuissance et se mesurait constamment à sa propre mère, qui avait été une mère modèle. Même si tout s'était écroulé à la mort de sa petite sœur… Zoe aurait eu bien besoin de ses conseils avisés, mais son travail aux soins intensifs pédiatriques de l'UCSF ne permettait pas à Beth de venir les voir. De toute façon, Zoe aurait sans doute été incapable d'admettre son impuissance devant cette mère courage qui s'était occupée de son enfant malade pendant des années, quand Zoe n'arrivait même pas à allaiter son nouveau-né.

Les choses commencèrent à s'arranger au cours de la deuxième semaine. Jaime pouvait désormais tenir deux heures entre les tétées. L'objectif était de pousser jusqu'à trois heures, mais sans imposer quoi que ce soit. Zoe cherchait à répondre aux besoins du bébé, pas à le forcer à se conformer aux siens. Si la théorie était intéressante, la réalité était malheureusement parfois un peu difficile. Au bout de quinze jours, l'allaitement n'était pas devenu moins douloureux pour Zoe, mais au moins le bébé ne pleurait plus constamment. C'était en revanche toujours aussi difficile du point de vue sommeil, car Jaime inversait jour et nuit – un phénomène parfaitement normal aux dires de la belle-sœur d'Austin. Elle avait rencontré le même problème avec ses jumeaux : contrairement à son frère, l'un était plus éveillé la nuit que le jour. Elle et son mari étaient donc constamment sur le pont. Heureusement, ils avaient engagé une nounou. Elle affirmait que sans son aide elle aurait certainement perdu la tête, et son mari et elle auraient divorcé.

Il y avait toutefois un point sur lequel Zoe et Austin s'accordaient parfaitement : ils ne se voyaient pas avoir un autre enfant. Ils en avaient toujours voulu trois, mais après une année de parcours de fertilité, plusieurs cycles de fécondation in vitro et des débuts compliqués avec Jaime, l'idée de recommencer leur était inconcevable. Austin aborda le sujet un soir où le bébé avait hurlé pendant trois heures sans raison apparente, ce qui, selon Zoe, prouvait qu'elle avait bien des coliques.

Ces deux dernières semaines, ils s'étaient à peine adressé la parole, à part pour parler du bébé ou se disputer à son sujet. Jaime prenait désormais toute la place dans leurs vies, au point que l'équilibre de leur relation en avait été bouleversé. Austin redoutait de perdre Zoe à cause de leur fille. Lui aussi avait besoin d'elle. Et s'ils avaient d'autres enfants, sa femme aurait encore moins de temps à lui consacrer. Il avait déjà l'impression qu'elle s'éloignait. Il ne se serait jamais attendu à ce qu'elle change à ce point, mais il était évident qu'être mère primait dorénavant sur tout. Avoir un bébé se révélait tellement plus difficile que prévu.

— Je ne crois pas que je serais capable de refaire ça, Zoe. Je pense que je ne veux pas d'autre enfant que Jaime.

Elle le regarda tristement et hocha la tête. Il était peut-être trop tôt pour soulever la question, mais les deux dernières semaines les avaient tellement chamboulés qu'elle partageait son avis.

— Je suis d'accord. J'avais toujours imaginé que je serais capable de gérer deux ou trois enfants, mais je suis si stressée et angoissée à l'idée de ce qui pourrait arriver à Jaime que je crois que je n'en veux pas d'autre non plus.

— Il ne va rien lui arriver, la rassura Austin avant de se pencher vers elle pour l'embrasser.

Les yeux de Zoe se remplirent de larmes.

— Mais tu n'as aucune idée de ce qui va vraiment se passer. Mes parents non plus ne pensaient pas qu'il arriverait quoi que ce soit à Rose, et pourtant. On n'est jamais à l'abri de rien. Cette leçon, je l'ai apprise il y a bien longtemps. J'espère du fond du cœur que rien ne lui arrivera jamais. C'est tout ce qu'on peut faire. Ça, et la protéger au mieux du danger.

Ils aimaient tellement Jaime. Zoe aurait donné sa vie pour elle.

— Tu es une mère merveilleuse, lui dit Austin avec tendresse.

Il l'embrassa et elle lui sourit.

— Je souhaite tellement l'être.

— Tu l'es déjà. Notre vampire en herbe prend tes seins pour un hamburger, mais souviens-toi que j'aimerais bien les récupérer un jour.

Cette plaisanterie la dérida, et ils se blottirent l'un contre l'autre. Ils apprenaient peu à peu à s'occuper d'un tout petit être, et se félicitaient de le voir grandir jour après jour.

La semaine suivante, déjà, Austin devrait retourner travailler. Zoe était heureuse qu'il ait pu rester à ses côtés pour la soutenir et prendre soin de Jaime quand elle avait besoin d'un moment pour elle, pour se doucher ou se laver les cheveux par exemple. Une femme de ménage venait deux fois par semaine, mais la journée, Zoe devrait s'occuper seule de Jaime. À présent, elle comprenait la chance qu'avait eue sa mère que son mari travaille à la maison. Elle savait bien qu'ils devraient embaucher une nounou quand elle retournerait à la vie active, mais elle se refusait à y réfléchir pour le moment. Cette perspective l'angoissait. Elle avait l'impression que c'était une autre qu'elle qui avait dirigé l'association pour les mineurs maltraités. Les enfants lui manquaient, certes, mais désormais s'occuper de sa fille lui semblait bien plus important.

Elle était plongée dans ses pensées, inquiète à l'idée de bientôt devoir tout gérer seule, quand elle posa les yeux sur Jaime. Son cri fit sursauter Austin, qui lisait à côté d'elle. Voyant le visage paniqué de Zoe, il regarda le bébé, allongé dans les bras de sa mère. Jaime était parfaitement immobile, mortellement pâle, la peau grise, les yeux vitreux. Elle ne respirait pas. Il la saisit et la secoua doucement. Pendant une longue minute, elle ne bougea pas. Le cœur de Zoe battait la chamade. Soudain, le bébé inspira, puis se mit à crier à pleins poumons. Sa petite poitrine se soulevait et s'abaissait de nouveau normalement, mais son visage était encore très pâle. Zoe sauta hors du lit et courut s'habiller. Aussi blême que sa fille, Austin ne faisait pas un geste, Jaime toujours en pleurs dans ses bras. Jamais ils n'avaient eu aussi peur.

— Il faut l'emmener à l'hôpital ou appeler les urgences ! cria Zoe en enfilant précipitamment un jean, un pull et des chaussures.

Elle lui prit le bébé pour qu'il s'habille à son tour.

— Qu'est-ce qu'on doit faire ?

— Elle semble aller mieux, alors conduisons-la à l'hôpital, répondit-il d'une voix tremblante. On peut y être en moins de quinze minutes.

Zoe emmaillota Jaime dans une couverture, lui mit un petit bonnet rose en tricot sur la tête et saisit le sac de change à la volée. Une minute plus tard, ils se précipitaient vers l'ascenseur. Ils sortirent de l'immeuble en courant et firent signe à un chauffeur de taxi. Austin lui fourra un billet de 20 dollars dans la main et lui demanda de les conduire à l'hôpital le plus vite possible. Bien réveillée, Jaime ne criait plus. Elle semblait même étonnamment calme. Aux urgences, ils se précipitèrent vers une infirmière pour lui expliquer la situation. On les pria de patienter quelques instants tandis qu'Austin remplissait des formulaires. Zoe en profita pour appeler sa mère à San Francisco. C'était inhabituel, mais Beth travaillait aux urgences pédiatriques et pourrait lui donner son avis. Zoe était terrifiée à l'idée que Jaime puisse se trouver dans un état critique. Beth, surprise, décrocha aussitôt même si elle était au travail.

— Zoe, tout va bien ?

Sa fille lui raconta l'incident et Beth, s'appuyant sur son expérience, lui donna son opinion.

— Je penserais à une forme d'apnée du nourrisson. Ça pourrait aussi être une crise d'épilepsie, mais j'en doute. Surtout, s'ils veulent l'opérer, exigez un deuxième avis sans attendre.

Elle ne pouvait pas l'aider plus, mais son calme rassura un peu Zoe.

— Qu'est-ce que ça pourrait être d'autre ? lui demanda celle-ci, le cœur serré par l'angoisse.

Elle aimait Jaime de tout son cœur, et elle ne pouvait pas imaginer la perdre. Cette perspective la rendait malade. L'image de Rose lui revint soudain à l'esprit.

— Je ne sais pas, mais ce n'est sans doute pas très grave. Rappelle-moi quand tu auras parlé au médecin, dit Beth en raccrochant.

Un médecin urgentiste examina Jaime avec beaucoup de soin. Pour lui, il s'agissait d'une sorte d'apnée due à un reflux gastro-œsophagien, susceptible de stopper temporairement la respiration.

— Avec un peu de chance, ça ne se reproduira pas. Mais il vaut mieux que vous gardiez un œil sur elle après la tétée. Il existe des moniteurs qui se déclenchent si le bébé cesse de respirer, mais ils ne fonctionnent pas très bien et sonnent souvent pour rien. Ils risquent surtout de vous rendre fous.

— Je suis constamment avec elle. S'il faut la garder dans mes bras toute la nuit, je le ferai, répondit immédiatement Zoe.

— Son système digestif va se développer, et bientôt ça ne sera plus qu'un mauvais souvenir. Certains bébés souffrent de ces apnées, et puis ça disparaît avec le temps.

— J'espère que ça ne lui arrivera plus jamais, dit Zoe d'une voix étranglée par l'émotion.

Austin ne se serait jamais attendu à ce qu'une chose pareille se produise. Jaime avait failli mourir juste sous leurs yeux… Que serait-il arrivé s'ils n'avaient rien remarqué ? Dieu merci, Zoe s'en était rendu compte immédiatement.

Ils téléphonèrent à Cathy Clark, qui les retrouva à l'hôpital pour ausculter à son tour Jaime, et leur répéta plusieurs fois qu'il ne fallait pas s'inquiéter outre mesure. Certains bébés connaissaient un seul épisode d'apnée, et cela ne se reproduisait plus jamais. Austin et Zoe devaient la surveiller attentivement, et si cela arrivait de nouveau, alors les médecins envisageraient d'autres examens. Austin appréciait son approche prudente, mais Zoe se demandait s'il ne fallait pas faire toute une batterie d'examens au plus tôt.

Jaime passa la nuit en observation. Le lendemain matin, avant de les laisser partir, le pédiatre de service leur conseilla de bien la garder en position verticale pendant vingt minutes après la tétée avant de l'allonger afin d'éviter toute remontée œsophagique.

Zoe commanda aussitôt un moniteur de surveillance, malgré ce qu'en avait dit le pédiatre de la veille. C'était mieux que rien, et Zoe préférait être dérangée par de fausses alertes plutôt que de perdre son bébé. Après cet épisode traumatisant, elle se demandait soudain s'il ne valait pas mieux avoir un autre enfant, au cas où quelque chose arriverait à Jaime. Austin réagit différemment : s'inquiéter pour un seul enfant lui suffisait bien. Il ne se sentait pas capable de gérer plus de stress.

Les débuts avaient été difficiles, mais Austin comme Zoe étaient résolus à devenir pour leur enfant les meilleurs parents du monde. C'était leur devoir, et ils l'aimaient de tout leur cœur. Austin commençait tout juste à comprendre ce que cela signifiait : une vie entière de vigilance et de dévouement pour garantir la sécurité de Jaime. Il était encore très secoué à l'idée qu'ils avaient été à deux doigts de la perdre.

Zoe téléphona à sa mère, sa belle-mère et ses belles-sœurs pour leur raconter ce qui s'était passé. Si elle n'avait pas tenu sa fille dans ses bras à ce moment-là, si elle n'avait pas remarqué qu'elle ne respirait plus, Jaime serait morte. Zoe était l'héroïne du jour. C'était elle qui avait donné l'alerte. Même si, certes, c'était Austin qui avait eu la présence d'esprit de secouer le bébé. En sauvant la vie de Jaime, Zoe venait de remporter sa première étoile d'or de la maternité. Combien de mères avaient eu cette chance ?

Beth avait tenté, sans succès, de changer le cours du destin pour Rose. Amelia, la femme du frère aîné d'Austin, y était parvenue le jour où l'un de ses jumeaux s'était étouffé avec un morceau de hot dog pendant une fête d'anniversaire. Grâce à une manœuvre de Heimlich, elle l'avait tiré d'affaire. Et Zoe venait de rejoindre cette élite des Supermamans. Elle rencontrait encore des difficultés avec l'allaitement, mais elle avait sauvé Jaime. Cette nuit-là, lovée dans les bras d'Austin, elle s'endormit avec un sentiment merveilleux. Jaime était en vie grâce à elle. Elle était parvenue à préserver ceux qu'elle aimait de la tragédie. C'était le plus merveilleux sentiment qui soit, bien supérieur à tout ce qu'elle avait jamais ressenti. Toute la douleur et la confusion des dernières semaines étaient oubliées.

3

Zoe rencontrait encore quelques difficultés avec l'allaitement, et ça ne s'arrangea pas quand Austin reprit le travail et qu'elle se retrouva seule à la maison avec le bébé. L'épisode d'apnée les avait beaucoup secoués. La jeune femme ne quittait pas Jaime des yeux, même pour une seconde, et elle la maintenait longuement en position verticale après chaque tétée, de jour comme de nuit. À cause du moniteur de surveillance dont l'alarme se déclenchait de façon erratique – comme le médecin des urgences le leur avait prédit –, elle vivait dans un état de terreur quasi permanent. Cette maudite machine les rendait fous. La sonnerie les réveillait en sursaut, de préférence pendant les brefs moments où ils étaient plongés dans un profond sommeil. Ils se ruaient alors vers le couffin, pensant devoir ranimer leur bébé, et le trouvaient en train de gazouiller joyeusement ou paisiblement endormi, le teint bien rose. Austin jugeait ce maudit moniteur absolument inefficace, mais Zoe l'utilisait religieusement.

La pédiatre, Cathy Clark, avait de nouveau suggéré qu'ils engagent une nourrice, au moins pour la nuit.

Constatant le refus obstiné de Zoe, elle avait cessé d'en parler. La jeune femme était farouchement déterminée à être la meilleure des mères, à plein temps. Elle n'avait pas encore commencé à chercher une nounou en vue de son retour au travail, et Austin devinait que ç'allait être une sacrée paire de manches pour trouver la perle répondant à toutes les exigences de sa femme. Elle pensait toujours que Jaime souffrait de coliques et était constamment anxieuse depuis la naissance de leur fille. Cela avait un impact négatif sur leur relation de couple, si harmonieuse auparavant. Désormais, ils étaient continuellement tendus et sur le qui-vive et passaient leur temps à se disputer. Austin se disait que cette mésentente était due au manque de sommeil. En tout cas, c'est ce qu'il espérait.

Quelques semaines après l'épisode d'apnée, Zoe conduisit Jaime chez un gastro-entérologue pédiatrique. Cathy Clark lui avait assuré que ce n'était pas nécessaire, mais la jeune mère demanda tout de même au spécialiste d'ausculter son bébé en vue d'une éventuelle obstruction gastrique. Elle lui expliqua que Jaime ne tétait pas bien, qu'elle s'endormait avant d'avoir pu prendre le deuxième sein et régurgitait la majeure partie de ce qu'elle buvait. Après avoir examiné le bébé, le gastro-entérologue conclut qu'il n'était pas nécessaire d'aller plus loin, à moins que Jaime ne fasse un nouvel épisode d'apnée ou ne développe des vomissements en jet chroniques. Zoe aborda la possibilité de poser une sonde d'alimentation gastrique à sa fille si elle continuait à régurgiter. Le spécialiste, effaré par cette suggestion, lui expliqua que ce procédé très intrusif n'était employé que dans des situations extrêmes de malnutrition. Or Jaime se portait à merveille et prenait du poids, et les rejets de lait étaient fréquents chez tous les bébés. Il lui conseilla par ailleurs de débrancher le moniteur de surveillance – un appareil selon lui inefficace. Mais Zoe était fermement résolue à le garder, par mesure de sécurité. Les fausses alarmes la perturbaient, bien sûr, mais cela la rassurait et elle se refusait à prendre le moindre risque. Elle avait senti à quel point le gastro-entérologue l'avait jugée anxieuse, voire névrosée, mais cela lui était parfaitement égal. Elle voulait le meilleur pour sa fille.

Ce soir-là, Austin eut l'air choqué quand elle lui raconta la consultation.

— Pourquoi ne m'as-tu pas demandé mon avis avant d'y aller ?

Il était visiblement blessé, mais surtout surpris.

— J'avais peur que tu t'inquiètes. Je voulais juste que Jaime soit minutieusement auscultée par un spécialiste pour être absolument certaine qu'elle se porte bien. Je trouve Cathy Clark un peu désinvolte sur le sujet.

Austin se doutait bien que sa vigilance excessive – comme il l'appelait – était due à la mort précoce de sa sœur, et il répugnait à aborder le sujet avec elle. Perdre sa petite sœur chérie dans des circonstances aussi épouvantables l'avait forcément marquée, et elle était terrorisée par les maladies infantiles. Il savait que la longue agonie de Rose avait brisé sa famille. Il ne lui adressa donc aucun reproche, même s'il aurait aimé qu'elle le mette au courant de son initiative. Il préférait que Zoe partage avec lui ses inquiétudes, fondées ou non. Mais son soulagement en entendant que leur bébé se portait comme un charme prit le dessus sur son agacement.

Quelques jours plus tard, durant un déjeuner avec ses frères, Austin eut l'occasion de s'émerveiller de la placidité dont ils faisaient preuve vis-à-vis de leurs enfants. Il leur confia à quel point Zoe était nerveuse, et leur raconta les difficultés liées à l'allaitement et combien leur couple avait changé. D'une certaine façon, il avait le sentiment d'avoir perdu sa femme. Zoe et lui n'étaient plus que des associés dans une entreprise qui lui paraissait à peu près aussi risquée que l'ascension de l'Everest. Et son hypervigilance le stressait. Leur relation auparavant romantique, tendre et joyeuse semblait caduque. Zoe s'était transformée en une force de police dédiée à la protection de Jaime, 24 heures sur 24, 7 jours sur 7.

Ses frères lui affirmèrent qu'aucun de leurs enfants n'avait jamais subi d'incident aussi dramatique que l'épisode d'apnée de Jaime. Si leurs épouses étaient moins perfectionnistes que Zoe, elles étaient aussi plus détendues. Austin admit que, père depuis seulement un mois, il ne pouvait plus s'imaginer avoir d'autres enfants. Ses frères se sentirent désolés pour lui. Ils étaient tous deux heureux d'en avoir plusieurs. Et si Jaime restait fille unique, Zoe ne risquait-elle pas de développer une forme d'obsession à son sujet ? Elle serait peut-être moins angoissée si elle avait deux enfants.

— Ou deux fois plus anxieuse, lança Austin avec un sourire en coin.

Il avait du mal à reconnaître sa femme, qui avait beaucoup changé.

— Elle a lu tous les livres de la planète sur l'éducation des enfants et a des idées bien arrêtées. Et la mort dramatique de sa petite sœur quand elles étaient enfants ne l'aide pas à se détendre. Elle est obnubilée par la santé du bébé.

Ses deux frères avaient l'impression qu'une longue route semée d'embûches s'étendait devant Austin, mais ils ne voulaient pas critiquer leur belle-sœur, très appréciée de toute la famille, ni le décourager. Zoe était une femme formidable, juste un peu intense à leur goût. Cela n'avait jamais semblé déranger leur frère auparavant, sans compter que la lutte contre la maltraitance des enfants, un sujet qui lui tenait particulièrement à cœur, les réunissait. Et ils étaient heureux que leur cadet soit devenu père à son tour. La perspective que les cousins grandissent ensemble leur plaisait, surtout avec une petite fille parmi tous ces garçons.

Chez eux, les nuits étaient interminables. Zoe ne quittait pas Jaime du regard et restait assise, le bébé dans ses bras, à l'affût du prochain épisode d'apnée. Elle ne s'autorisait même pas à somnoler entre deux tétées. À 2 mois, Jaime ne faisait toujours pas ses nuits, et sa mère était résolue à continuer d'utiliser le moniteur pendant toute la première année. Austin finit par se replier dans la petite chambre d'amis qui lui servait aussi de bureau. Impossible pour lui de s'endormir avec Zoe assise à ses côtés dans le lit, assoupie, les pleurs du bébé, et la maudite alarme qui se déclenchait n'importe quand. Sans compter la lumière allumée en permanence sur la table de chevet. Il ne pouvait pas se permettre d'arriver épuisé chaque matin au cabinet. Il ne dormait donc plus avec sa femme que le week-end, et cette intimité lui manquait. Mais de toute façon, quand Jaime n'était pas dans les bras de Zoe, elle était allongée entre ses parents.

Ils ne prenaient plus non plus leurs repas ensemble, car elle était trop occupée avec le bébé. Alors il s'achetait de quoi manger chez un traiteur du coin ou se préparait un petit quelque chose. Apparemment, ses frères n'avaient jamais connu ça. Mais aucun de ses neveux n'avait eu d'épisode d'apnée, et ses frères avaient tous recruté des jeunes filles au pair très rapidement. Il avait parlé de cette possibilité à Zoe, car ce pouvait être une solution de garde intéressante quand Jaime aurait grandi. Mais elle lui avait rétorqué que ces baby-sitters d'à peine 20 ans, le plus souvent étrangères, n'étaient pas formées pour prendre soin d'un bébé, et que jamais au grand jamais elle ne leur confierait Jaime. Il n'avait pas jugé utile de poursuivre la discussion. Zoe jugerait-elle un jour une personne suffisamment fiable pour lui laisser leur enfant ? Dénicher quelqu'un susceptible de répondre à ses attentes et de respecter ses nombreuses règles et théories en tout genre paraissait difficile. Zoe ne laissait même pas Austin porter Jaime après les tétées ! Elle tenait à la garder elle-même en position verticale, et ne la quittait pas des yeux une seule seconde. Et dire qu'elle prévoyait de l'allaiter pendant un an…

Par moments, Austin se demandait s'ils retrouveraient un jour leur existence paisible et heureuse de ces six dernières années. Une nouvelle Zoe, tendue en permanence et constamment aux aguets, était née en même temps que Jaime. Sa femme avait changé, mais il l'aimait toujours autant. Et ils étaient tous deux déterminés à offrir à leur enfant la meilleure vie possible.

Austin se persuadait que Zoe apprendrait à se détendre quand Jaime serait plus grande. C'était juste un début difficile, comme disait son aîné. Ses frères et leurs épouses étaient plus jeunes qu'eux, à la naissance de leurs bébés. Zoe avait déjà 34 ans, et en raison de son travail avec les enfants maltraités et de ses études de médecine, elle avait peut-être abordé la question de la maternité sous un angle trop intellectuel. Son excellente connaissance des risques et problèmes éventuels contribuait malheureusement à nourrir ses angoisses.

La mère d'Austin avait évoqué le fait que l'alimentation de Zoe pouvait aussi jouer un rôle. Elle devait faire attention à l'ail, aux plats très épicés, au chou, à certains produits laitiers et même au chocolat. Mais même si Zoe s'entendait bien avec Constance, elle avait trouvé ses conseils intrusifs. Elle était de toute façon persuadée que cela n'avait rien à voir avec les problèmes gastriques de Jaime.

Austin ne lui en avait pas reparlé, même s'il pensait que limiter sa consommation de plats épicés et de chocolat – des aliments dont elle raffolait – aurait valu la peine. Mais la jeune femme refusait de se priver à cause de ces mythes, comme elle appelait les conseils de sa belle-mère.

Austin n'avait quant à lui pas l'impression que Jaime vomissait davantage que ses neveux au même âge, mais Zoe affirmait qu'elle régurgitait plus pendant la journée, quand il était au bureau et ne pouvait pas s'en rendre compte. Il lui faisait confiance.

Austin adorait jouer avec Jaime quand il rentrait le soir, et son visage s'illuminait quand elle voyait son papa. Quand il lui soufflait sur le ventre, son rire merveilleux et contagieux faisait naître un sourire sur le visage de ses parents. Elle progressait bien, et avait déjà appris à se retourner.

Tout se passait bien et la vie commençait à devenir plus facile quand la tragédie frappa de nouveau. L'accident eut lieu au moment du change. Zoe lâcha le bébé une seconde, le temps d'attraper un paquet de couches sur une étagère. Elle s'était à peine retournée que Jaime fit la démonstration de sa nouvelle compétence en roulant sur la table à langer. Elle tomba, et sa tête cogna le plancher en bois avec un bruit mat. Zoe, paniquée, la prit prestement dans ses bras. Le bébé était alerte, mais il lui fallut de longues minutes pour calmer ses pleurs.

La pièce ne contenait aucun tapis car Zoe se méfiait des allergènes et, ayant souffert d'asthme dans son enfance, craignait que Jaime en ait elle aussi. La chambre était donc entièrement constituée de surfaces dures et facilement nettoyables, et la chute éclair de Jaime avait été impitoyable. Une énorme bosse se forma immédiatement sur la tête du bébé. Zoe ne prit même pas le temps d'appeler Cathy Clark. Elle plaça sa fille dans le porte-bébé matelassé, saisit à la hâte une couverture et son sac à main, et se précipita vers la porte pour l'emmener aux urgences. Vu le choc, le son horrible quand son crâne avait heurté le plancher et la taille impressionnante de l'hématome, elle était certaine que Jaime devait avoir une commotion cérébrale.

Elle appela Austin depuis le taxi et lui raconta son horrible négligence. Elle lui dit qu'elle se rendait sur-le-champ aux urgences de l'hôpital universitaire de la NYU, et il lui promit de la rejoindre dès que possible. Son bureau étant situé à Midtown, elle y serait avant lui.

Une infirmière apporta aussitôt une poche de glace, et un pédiatre se présenta rapidement. Jaime ne semblait plus souffrir mais elle avait une grosse bosse sur le front, et Zoe pleura de honte en expliquant ce qui s'était passé.

— Cela arrive à tous les bébés, déclara le médecin pour tenter de calmer la jeune maman bouleversée par l'accident. Ses pupilles sont normales : elle n'a pas de commotion cérébrale, c'est seulement un bel hématome. Gardez juste un œil sur elle et rappelez-moi si elle vomit, ajouta-t-il d'un ton rassurant.

Il fut surpris lorsque Zoe le pria de demander un deuxième avis à un neurologue pédiatrique. Il lui répondit que ce n'était pas nécessaire, mais elle insistait tellement qu'il céda. La jeune femme demanda alors au spécialiste si Jaime devait passer un scanner, mais il était du même avis que le pédiatre de garde : Jaime ne présentait aucun signe de commotion cérébrale, elle avait juste un œuf impressionnant sur la tête. Les deux médecins se trouvaient encore dans la salle de consultation quand Austin arriva une demi-heure plus tard, à temps pour les entendre affirmer que sa fille allait bien. Il sentit le soulagement déferler en lui. Zoe était tellement paniquée au téléphone qu'il avait craint de découvrir leur bébé plongé dans le coma ou souffrant d'un traumatisme crânien.

Jaime passa le retour à sourire à son père et à éclater de rire quand il l'embrassait. Elle ne semblait pas le moins du monde ébranlée par sa chute alors que Zoe, écrasée par la culpabilité et toujours très secouée, ne cessait de répéter à quel point elle avait été stupide.

— Au fil des ans, elle va fatalement se faire des bosses et des bleus. Impossible de tous les éviter, dit Austin pour la rassurer.

Puis il l'embrassa et lui fit part de ce qui lui était venu à l'esprit :

— Je pense qu'avec ta formation en médecine et toutes tes connaissances en matière de santé tu te fais trop de souci. Peut-être as-tu besoin de te détacher de ce que tu as lu ? Tu es intelligente, sensible, et extrêmement vigilante. Tu ne peux pas faire mieux. Pourquoi continuer à envisager le pire à chaque fois ? Elle va bien, et un coup sur la tête n'est pas forcément un accident mortel. La plupart du temps, c'est juste une bosse. Mes neveux seraient en état de mort cérébrale à l'heure qu'il est, s'ils avaient eu une commotion chaque fois qu'ils se cognaient.

— Mais ça peut arriver, et tu le sais aussi bien que moi. C'est exactement comme ça que les drames se produisent. Parce que les gens se disent que ce n'est rien, et sont aveugles aux signaux.

— Mais tout n'est pas toujours grave, insista-t-il. Tu es une mère incroyable, Zoe, et tu te fais trop de souci.

— Même les meilleures des mères perdent leurs enfants, souffla-t-elle.

Les causes profondes de l'anxiété de sa femme ne lui échappaient pas. C'était évidemment la mort de sa petite sœur qui la poussait à ce dévouement extrême envers leur fille. La protéger à tout prix était devenu son unique mission.

Après les avoir raccompagnées, Austin retourna au bureau tandis que Zoe mettait Jaime au sein. Cette fois-ci, le bébé ne régurgita pas. La bosse sur son front, énorme, lui rappelait constamment sa terrible erreur, mais elle s'estompa au bout de quelques jours et ne fut bientôt plus qu'un lointain souvenir. La jeune femme considéra cet incident comme un avertissement et se montra encore plus prudente avec Jaime. Cela lui rappela aussi à quel point elle devrait être vigilante en recrutant la nounou. Si une nourrice avait fait la même erreur et que Jaime était tombée de la table à langer sous sa garde, Zoe l'aurait licenciée aussitôt.

Il lui restait encore un mois pour trouver quelqu'un de fiable, mais elle pleurait chaque fois qu'elle y pensait. Elle aimait son travail, mais son bébé était encore plus précieux à ses yeux. Elle ne supportait pas la perspective de devoir le quitter chaque jour. La séparation allait être déchirante, et elle avait la ferme intention de continuer à l'allaiter même après avoir repris le travail. Austin pensait qu'il serait plus simple qu'elle y mette fin à ce moment-là car à 4 mois, Jaime aurait reçu toute l'immunité dont elle avait besoin du lait de sa mère. Mais Zoe avait lu qu'un an était préférable, et il était impossible de lui faire changer d'avis. De toute façon Austin avait renoncé à en discuter avec elle : sa femme était la meilleure des mamans, et il n'avait jamais connu de femme aussi dévouée à son enfant. Certes, ils s'étaient éloignés et passaient beaucoup moins de temps ensemble. Ils ne se retrouvaient jamais plus seuls tous les deux, et leur vie sexuelle s'était réduite à presque rien. Mais Jaime était l'heureuse bénéficiaire de la passion et de la vigilance de Zoe, et c'était le plus important à ses yeux.

4

Après avoir mené, sans succès, plus de 20 entretiens pour trouver une nourrice à domicile satisfaisante, Zoe parvint à la conclusion que Jaime était encore trop petite pour être laissée aux soins de quelqu'un d'autre. Elle rallongea donc son congé maternité de deux mois, ce qui la soulagea incroyablement. Certes, son travail lui manquait, et elle regrettait les défis quotidiens à résoudre et de ne plus voir les enfants, mais Jaime était plus précieuse que tout à ses yeux et elle ne se sentait pas encore prête à reprendre son poste. La perspective d'être séparée de sa fille l'angoissait. Sa remplaçante était de toute façon ravie de prolonger son contrat, le foyer fonctionnait bien, et Zoe appelait fréquemment son équipe qui la consultait sur les décisions importantes. Elle leur avait expliqué qu'en raison de l'apnée de Jaime elle avait besoin de rester plus longtemps avec elle, et personne ne lui reprocha de retarder son retour. Le bébé n'avait pas eu d'autre épisode, mais c'était une parfaite excuse pour s'octroyer deux mois de plus avec sa fille et bénéficier par la même occasion d'un délai supplémentaire pour dénicher la nounou idéale

– une nécessité qui commençait à ressembler à une tâche impossible.

Zoe rencontra plus de 30 personnes présentées par quatre agences différentes. Elle finit par en trouver une à son goût, qui en prime déclara qu'elle était prête à se conformer aux diverses règles et théories de Zoe. Celles-ci ne semblaient d'ailleurs par la choquer plus que ça. Jamala, une Jamaïcaine d'une cinquantaine d'années, chaleureuse et amicale, était forte de nombreuses années d'expérience passées à s'occuper de nouveau-nés, et elle-même mère de six enfants. Quand elle s'était adressée au bébé de sa voix chantante à l'accent musical, Jaime avait éclaté de rire. Elle avait semblé s'attacher à Jamala immédiatement et Zoe avait été surprise qu'elle ne se rebiffe pas lorsque la nounou l'avait prise dans ses bras. Jaime n'était pas habituée aux étrangers et résistait souvent lorsque sa grand-mère tentait de l'embrasser. Elle avait même pleuré pendant la dernière visite de Brad et Pam. Le père d'Austin venait, lui, rarement la voir. Il appréciait mieux ses petits-enfants quand ils étaient en âge de parler. Quant à Beth, elle n'avait pas encore fait le voyage depuis la Californie. Elle avait de nombreuses heures de gardes dans son service de soins intensifs, et ne pouvait pas prendre de congé. Mais elle avait rencontré Jaime sur Skype, et l'avait trouvée magnifique.

Si Zoe et sa mère ne s'étaient jamais complètement retrouvées après leurs longues années de deuil et d'isolement respectifs, elles entretenaient tout de même une bonne relation. Mais la jeune femme s'était toujours sentie plus proche de son père, qui s'était occupé d'elle pendant les multiples séjours de Beth à l'hôpital.

L'attitude quasi catatonique de sa mère après la mort de sa petite sœur avait creusé un gouffre béant qui ne s'était jamais refermé, et Zoe ne pouvait oublier toutes ces années pendant lesquelles sa mère ne lui avait prêté aucune attention. Il n'y avait pour autant aucune animosité entre elles, juste une sorte de distance et de froideur. Le fait que Beth n'ait pas pris la peine de venir voir Jaime pendant les six premiers mois n'avait pas contribué à resserrer leurs liens. Elle avait manqué là une occasion de se rapprocher de sa fille aînée. Mais il était de toute façon trop tard pour remonter le cours de l'histoire.

Jamala avait été recommandée à Austin et Zoe par un couple d'amis pour lesquels elle avait travaillé six ans. Ils ne tarissaient pas d'éloges à son sujet et la décrivaient comme une personne consciencieuse, aimante et dévouée. Leurs enfants étaient désormais tous scolarisés et après l'école, c'était leur mère ou la femme de ménage qui les gardaient. Ils n'avaient donc, à leur grand regret, plus besoin des services de Jamala. Pour sa part, toute sa famille vivait en Jamaïque et elle semblait ravie de pouvoir prendre soin d'un nouveau-né.

Jamala commença à travailler deux semaines avant que Zoe reprenne son poste. La jeune mère put ainsi l'observer avec le bébé, et fut entièrement rassurée. D'autant qu'elle avait dissimulé des caméras de surveillance dans tout l'appartement pour être certaine que la nounou respectait vraiment les règles établies. Une précaution jugée à la fois inutile et excessive par Austin, mais il s'était rendu à ses raisons. Il savait combien il allait être difficile pour sa femme d'abandonner le bébé chaque matin aux soins d'une autre. Depuis la naissance de Jaime, elle ne l'avait pas quittée un seul instant, n'avait pas déjeuné avec une amie ni même fait des courses sans sa fille. Austin et elle n'étaient pas retournés au cinéma depuis des mois, et ils se rendaient uniquement dans les restaurants où ils pouvaient emmener Jaime. Pour Zoe, être disponible en permanence constituait un élément crucial pour le développement de son bébé.

Ce dévouement n'allait pas sans conséquences, et Austin espérait que Jamala serait disposée à travailler certains soirs ou pendant le week-end pour leur permettre de passer un peu de temps en amoureux. La nourrice avait donné son accord, et même s'il adorait son bébé, Austin était impatient de retrouver un semblant de vie de couple après ce grand chamboulement. Zoe affirmait que cela lui ferait plaisir à elle aussi, mais elle ne semblait pas pressée d'organiser quoi que ce soit. Désormais, sa priorité absolue était Jaime, et Austin souffrait d'être si souvent délaissé.

Pendant la période d'observation, Jamala avait suivi les instructions de Zoe à la lettre. Mais la jeune mère avait beau être pleinement rassurée, cela ne rendait pas facile pour autant son retour au travail. Elle avait tiré son lait et le congélateur était rempli d'un stock suffisant pour nourrir le bébé pendant plusieurs semaines – même si elle n'avait bien sûr aucunement l'intention de l'abandonner aussi longtemps. Elle avait aussi emballé le petit tire-lait pour l'emporter à son bureau, afin de pouvoir stimuler sa production. La veille, elle avait rédigé des dizaines d'instructions supplémentaires et listé tous les numéros d'urgence possibles.

Le grand jour arrivé, Austin faillit renoncer à lui faire quitter l'appartement. Alors qu'auparavant elle s'enthousiasmait pour le foyer et partait avec le sourire le matin, elle ne pensait maintenant plus qu'à son bébé pour lequel elle éprouvait une passion dévorante. La jeune femme sanglotait en s'habillant et elle fut incapable d'avaler quoi que ce soit au petit déjeuner. Elle avait allaité Jaime en la regardant avec désespoir, comme si c'était la dernière fois de sa vie.

— Elle sera ravie de revoir sa maman ce soir, madame Roberts, lui promit Jamala quand Zoe lui tendit la petite en pleurant.

Austin, qui lui avait proposé de la déposer au foyer, l'escorta hors de l'appartement. Zoe était magnifique et il avait le sentiment de retrouver sa femme. Six mois après l'accouchement, elle avait déjà récupéré sa belle silhouette grâce aux cours de gym d'un club du quartier où elle pouvait emmener Jaime dans sa poussette. Ce matin-là, le regard vif, ses cheveux noirs et brillants coupés à hauteur d'épaule, elle portait un jean sombre et un pull rouge. Disparues, les tenues de sport confortables et les chemises de nuit tachées de lait ! Il avait devant lui la professionnelle accomplie dont il était tombé amoureux, mais avec une dimension supplémentaire : elle était mère, à présent. Cela allait sans doute lui insuffler une maturité accrue dans sa mission auprès des enfants défavorisés.

Pour le compte du foyer, Austin s'occupait – bénévolement, comme toujours – de deux affaires de maltraitance dans lesquelles les grands-parents souhaitaient se voir confier la garde de leurs petits-enfants contre la volonté des parents. Les pères étaient incarcérés et les mères coupables de grave négligence. Sur le trajet, Zoe lui en parla avec une passion renouvelée. Il l'embrassa tendrement quand elle sortit de la voiture et lui sourit. Il était si fier d'elle ! Et si heureux qu'elle reprenne son métier, dans lequel elle excellait.

Ne plus partager une vraie intimité avec la femme qu'il adorait lui manquait terriblement. Chaque fois qu'il essayait de se rapprocher de Zoe, le maudit moniteur d'apnée se déclenchait, ou bien Jaime se réveillait en hurlant et elle se précipitait pour la prendre dans ses bras. Quand il s'en était ouvert à ses frères, ils lui avaient assuré que les jeunes filles au pair avaient sauvé leurs mariages. Elles leur permettaient d'avoir un peu de temps à deux, et aussi d'être moins épuisés. Son frère aîné avait admis avec beaucoup de honte qu'il avait eu une liaison après la naissance des jumeaux, quand leur couple battait de l'aile. Mais il avait affirmé qu'il regrettait beaucoup cette erreur, et que désormais tout était comme avant. Austin avait apprécié cette honnêteté. Ils étaient très proches, et Austin était parvenu à lui avouer que ses rapports avec Zoe n'étaient pas simples. Il avait l'impression qu'elle avait beaucoup changé et espérait recoller les morceaux au plus vite. Le retour de Zoe dans la vie active allait sans aucun doute lui faire du bien. « Espérons que ça ira mieux avant que ta fille entre à l'université ! » avait plaisanté son frère. Austin avait ri jaune.

Il pensait justement à Zoe quand son téléphone sonna. C'était elle, folle de rage, au bout du fil. Elle était rentrée à l'improviste déjeuner à la maison pour allaiter le bébé au lieu de tirer son lait et avait trouvé Jaime, nourrie quelques instants plus tôt et ivre de lait, profondément endormie dans les bras de Jamala qui la berçait en chantonnant.

— Où est le problème ? l'interrompit Austin.

Jamala lui semblait parfaite, et elle était exactement le genre de personne qu'ils voulaient. Ils ne se seraient pas sentis sereins avec pour nounou une adolescente avec la musique à fond dans ses écouteurs ou, pire, constamment au téléphone avec son petit ami.

— Elle lui a bien donné ton lait du congélateur ? demanda-t-il avec inquiétude.

Peut-être Jamala avait-elle nourri le bébé avec du lait en poudre ? C'était un véritable crime aux yeux de Zoe.

— Jaime était allongée au lieu d'être en position verticale, et elle ne portait pas son moniteur de sommeil ! s'exclama Zoe.

Elle semblait prête à fondre en larmes, mais il ne comprenait pas ce qui la dérangeait. Jamala tenait leur enfant dans ses bras, elle s'en serait donc immédiatement rendu compte si le bébé avait cessé de respirer – ce qui ne s'était de toute façon jamais reproduit. Il en avait par-dessus la tête de ce fichu moniteur qui fonctionnait mal et les réveillait continuellement, le bébé et eux.

— Elle n'a pas suivi mes instructions et Jaime aurait pu mourir !

— Zoe, elle était dans les bras de Jamala. Ce n'est pas comme si elle l'avait abandonnée toute seule dans son lit.

Jaime était devenue trop grande pour le couffin et dormait désormais dans un lit à barreaux qui encombrait leur chambre, car Zoe tenait à garder constamment un œil sur le bébé. Elle ne faisait pas confiance aux moniteurs vidéo qu'ils avaient installés dans toutes les pièces – en plus des six caméras dissimulées partout pour surveiller Jamala. Austin trouvait que c'était franchement exagéré, pour ne pas dire autre chose…

— Peu importe ! Elle n'a pas suivi mes instructions ! Je ne peux plus lui faire confiance. Je veux qu'on la vire. Je l'ai renvoyée chez elle et j'ai dit au bureau que la baby-sitter était souffrante.

— Ne la congédie pas si vite, Zoe. Les Johnson ne tarissent pas d'éloges à son sujet et comme tu le sais, ce sont des gens très sérieux qui s'occupent admirablement bien de leurs enfants.

Sur la base des critères exigeants de Zoe, ce n'était pas le cas de beaucoup de gens.

— Tu sais le mal que nous avons eu à la trouver, plaida-t-il. À combien de personnes as-tu fait passer un entretien ? Quarante ? Cinquante ? Donne-lui une autre chance. Tu ne retourneras jamais travailler au foyer si tu renvoies les nounous comme ça.

Il se sentait découragé, autant par cette idée que par l'attitude rigide de sa femme.

— Et peut-être vaudrait-il mieux que je n'y retourne pas ! J'ai l'impression qu'il est impossible de trouver une nourrice décente.

Elle était horrifiée par le niveau d'incompétence des jeunes filles au pair embauchées par ses belles-sœurs. Elle avait d'ailleurs dit à Austin qu'elle ne leur aurait même pas confié leur chien, s'ils en avaient eu un. Mais de toute façon elle considérait qu'avoir un animal à la maison n'était pas hygiénique pour Jaime. Quant aux chats, tout le monde savait qu'ils étaient porteurs de maladies potentiellement mortelles pour les enfants. Les animaux de compagnie étaient donc exclus. C'était dommage, car Austin aurait adoré que Jaime grandisse avec un chien, comme lui. Ses frères avaient adopté un labrador chocolat et un golden retriever et Austin trouvait que s'occuper d'un animal était un bon moyen pour que les enfants apprennent à être responsables et délicats. Mais Zoe n'en ayant jamais eu, elle n'était pas favorable à cette idée. Il avait bien l'intention de l'amener à changer d'avis un jour.

— Tu devrais lui donner une autre chance, redit-il encore, parlant de Jamala.

Il avait du mal à envisager sereinement la période qui les attendait si Zoe devait recruter une nouvelle nounou, et donc retarder encore la date de son retour au travail. Sans compter qu'il appréciait Jamala et la trouvait parfaite, à la fois douce, aimante et compétente.

— Je vais y réfléchir, gronda-t-elle, la voix tremblante d'une colère à peine contenue.

Zoe fulminait encore quand il rentra à la maison ce soir-là. Elle garda Jaime dans ses bras après la tétée, puis elle finit par l'installer dans son lit à barreaux et rejoignit Austin dans la cuisine. Trop fatigué pour préparer le repas, il avait acheté de quoi dîner sur le chemin du retour. Mais Zoe était bouleversée et n'avait guère d'appétit. Il lui répéta ses arguments en faveur de Jamala et elle l'écouta, sceptique, avant de consentir à lui donner une seconde chance. Quand elle l'appela chez elle, la pauvre femme fondit en larmes en réitérant ses excuses et Zoe lui proposa froidement de reprendre les choses de zéro, à la condition absolue de respecter ses règles à la lettre.

Jaime poussa un cri de joie en la voyant arriver le lendemain matin, et la nourrice eut l'air heureuse et soulagée en la serrant dans ses bras. Elle se confondit de nouveau en excuses, mais Zoe était tendue et l'atmosphère glaciale. Austin était persuadé que son épouse avait déjà pris sa décision. Au premier faux pas – et il y en aurait un, quel qu'il soit –, Zoe renverrait Jamala sans pitié.

La nounou tint encore un mois. Un soir, Zoe découvrit que Jamala avait donné à Jaime de la compote de pommes du commerce au lieu de la cuisiner elle-même. Zoe lui fit la leçon sur les produits chimiques contenus dans les aliments pour bébés industriels, et sur les dommages qu'ils étaient susceptibles de causer à sa fille, autant sur sa santé physique que mentale. Pour elle, les plats préparés étaient assimilables à du poison. Elle donna à Jamala un préavis de trois semaines, le temps de trouver quelqu'un pour la remplacer. La nounou partit ce soir-là dépitée, bien qu'elle se soit rendu compte que c'était une bataille qu'elle ne pouvait pas gagner. Jamala adorait Jaime mais Zoe était impossible à satisfaire et elle savait bien que, tôt ou tard, elle aurait commis une nouvelle erreur impardonnable. C'est pourquoi elle ne se défendit même pas. Austin et elle se contentèrent d'échanger un regard de désespoir quand elle franchit la porte.

Austin prévint bien sûr Zoe qu'elle aurait le plus grand mal à retrouver quelqu'un d'aussi fiable. Jamala était une nourrice aimante, expérimentée, honnête, digne de confiance, et Jaime l'adorait. Zoe avait visionné des heures de vidéo grâce aux caméras cachées, et avait amplement pu constater à quel point Jamala se montrait affectueuse et responsable. Malheureusement, elle estimait que les infractions au règlement qu'elle avait mis en place étaient suffisamment graves pour justifier son licenciement. Même s'il n'était absolument pas d'accord avec elle, Austin n'avait pas l'intention d'ajouter des tensions à leur mariage en allant contre sa volonté inflexible.

Par miracle, deux semaines plus tard, ils firent passer un entretien à une infirmière hospitalière, une Irlandaise de 36 ans récemment arrivée de Dublin avec une carte verte. Le rythme moins stressant du poste lui convenait et elle avait écouté avec attention tous les diktats sur l'éducation de Zoe. Elle ne voyait pas d'inconvénient à s'y conformer scrupuleusement. Si Fiona était loin d'être aussi chaleureuse que Jamala, qui avait pleuré comme une Madeleine en embrassant Jaime une dernière fois, elle était fiable et efficace, très ponctuelle, et suivait les consignes à la lettre. Austin regrettait qu'elle interagisse peu avec le bébé, mais Zoe considérait que le respect des règles et la sécurité et la santé de Jaime primaient. Celle-ci, visiblement sensible à son manque de tendresse, avait eu beaucoup de mal à se laisser aller avec Fiona. Mais à part ça, Zoe ne trouva rien à lui reprocher.

Au lieu d'accentuer la douceur qui lui avait tant plu chez sa femme, la maternité avait eu l'effet inverse : Zoe était devenue rigide et inflexible. Obnubilée par ses théories et par son besoin obsessionnel de protéger Jaime, elle se montrait impitoyable avec ceux qui avaient le malheur de commettre le moindre impair vis-à-vis de son bébé. Austin avait également découvert la nouvelle facette très possessive de sa femme. Zoe était toujours tendue quand sa belle-mère venait leur rendre visite. Elle n'appréciait pas ses points de vue et ne faisait aucun cas de ses suggestions bienveillantes. Constance avait pris note de sa froideur et s'efforçait de ne pas jeter de l'huile sur le feu, d'autant que sa belle-fille l'invitait de moins en moins. Elle ne s'en était pas plainte à Austin, de peur de nourrir l'hostilité de Zoe à son égard et de perdre à la fois son fils et sa petite-fille. Elle avait aussi constaté la tension manifeste de la jeune femme quand les gens se montraient trop proches de Jaime. Elle voulait garder son bébé pour elle toute seule et consentait uniquement à le partager avec Austin, et encore. Lui aussi était placé sous étroite surveillance.

Après sa dernière visite, Constance avait fait part de ses craintes à son époux. George lui avait, comme toujours, conseillé de ne pas s'inquiéter, et lui avait rappelé à quel point Zoe était brillante et équilibrée. La preuve, elle gérait de main de maître une association caritative complexe. Elle était devenue mère plus tard que leurs autres belles-filles, et n'avait pas non plus la même personnalité. George était certain qu'avec le temps la jeune femme finirait par s'adoucir et se détendre. Il pensait que Constance prenait le sujet trop à cœur, et il préférait accorder le bénéfice du doute à Zoe. Constance l'appréciait également beaucoup mais, comme son fils, le changement de personnalité de la jeune femme depuis la naissance de Jaime lui posait question. Ils n'en avaient pourtant jamais discuté car Austin aurait trouvé cela déloyal vis-à-vis de Zoe. Il l'aimait sincèrement et elle était une maman merveilleuse, même si elle péchait par souci de perfection. Comment le lui reprocher ?

5

Fiona remplissait parfaitement son rôle de nounou. Elle n'était pas la plus imaginative ni la plus drôle – elle était infirmière spécialisée dans la récupération postopératoire pour les adultes, et n'avait pas appris à divertir un jeune enfant – mais Jaime était toujours repue, les cheveux bien peignés et vêtue d'un pyjama propre quand ses parents rentraient. Fiona l'emmenait se promener tous les jours et suivait à la lettre les ordres de Zoe. Elle ne posait jamais de questions à moins d'y être obligée. Elle n'était de toute façon pas bavarde. Lorsque Jaime eut 11 mois, elle demanda à Zoe combien de temps elle comptait encore l'allaiter, ou si elle souhaitait la sevrer bientôt.

— Ça fonctionne bien comme ça, lui répondit Zoe. J'avais initialement prévu d'allaiter seulement un an, mais je pense prolonger un peu. Elle est heureuse, et moi aussi. Alors pourquoi ne pas continuer quelques mois de plus ?

Peu importait à Fiona que Jaime soit sevrée ou non. Elle n'avait pas d'opinion particulière sur la question et ne prêtait foi à aucune théorie, contrairement à Zoe qui avait une idée sur tout. À ce stade, l'allaitement était un plaisir pour Jaime, mais plus une nécessité. Tous continuaient à suivre les précautions concernant l'apnée respiratoire, bien qu'aucun nouvel incident ne se soit produit. Les médecins lui avaient affirmé qu'elle pourrait abandonner toutes les précautions au bout d'un an, mais Zoe voulait continuer encore un peu.

Le jour où Jaime fit ses premiers pas, Fiona prit une vidéo avec son téléphone et l'envoya aussitôt aux parents, qui étaient au bureau. Zoe pleura de déception d'avoir manqué ce moment. Elle adorait son travail, les réunions complexes auxquelles elle participait quotidiennement, tant en interne qu'en externe, pour obtenir des subventions publiques ou privées ou en lien avec le suivi juridique. Et elle adorait plus que tout retrouver Jaime chaque soir. Sa vie était riche et bien remplie, entre un bébé et un mari qu'elle aimait et un travail qui avait du sens. Sans compter sa relation privilégiée avec les enfants du foyer. Ceux qui vivaient là depuis longtemps lui étaient particulièrement chers.

Austin réagit différemment en voyant que son bébé savait désormais marcher. Lui aussi regrettait d'avoir raté ses premiers pas, évidemment. Mais cela voulait aussi dire que le moment était venu de sécuriser l'appartement. En général c'était Zoe qui s'occupait de tout ça, mais cette fois-ci il souhaitait s'impliquer plus.

— J'irai acheter des barrières de protection ce week-end, annonça-t-il le soir même.

Jaime avait fait une démonstration peu assurée de sa nouvelle compétence à ses parents, et ils avaient applaudi lorsqu'elle avait traversé la pièce pour aller vers eux, sous les encouragements de Fiona. Mais quand

Austin l'avait vue tituber sur ses petites jambes instables, il avait aussitôt pensé aux marches menant à leur chambre. Elles présentaient désormais un danger.

— Elle va ramper pendant encore un moment, elle n'essaiera pas de gravir les marches de sitôt, affirma Zoe avec assurance.

Pour l'instant, il était en effet assez facile de la canaliser. Mais Austin considérait tout de même que le risque d'accident était bien présent.

— Nous pouvons attendre un peu et, de toute façon, je n'aime pas le principe des barrières, renchérit-elle. C'est bon pour les chiens, pas pour les enfants. Comme les harnais, d'ailleurs. Je déteste voir un enfant tenu en laisse à l'aéroport ou au zoo. En plus, si la barrière est en accordéon, Jaime risque de se pincer les doigts.

— Il vaut mieux ça que de se fracturer le crâne, rétorqua-t-il en pensant au jour où Jaime, encore toute petite, avait roulé de la table à langer.

— Elle ne risque pas de tomber dans l'escalier. Et si nous lui en interdisons l'accès, elle ne saura jamais comment les prendre. Les bébés sont plus intelligents qu'on ne le croit, répondit Zoe avec fermeté.

Austin était mécontent, mais il se tut. Leur mariage était encore harmonieux, cependant leurs opinions divergentes au sujet de leur enfant provoquaient des disputes, certes souvent sans importance, mais agaçantes et de plus en plus fréquentes.

Quelques jours plus tard, comme promis, il revint avec des barrières extensibles en accordéon pour protéger la volée de marches menant à leur chambre.

— Ce sont précisément celles dont je t'ai dit que je ne voulais pas ! s'agaça aussitôt Zoe. Elle court plus de risques en s'y coinçant un doigt, voire en se le coupant, qu'en tombant dans l'escalier ! Et pourquoi en as-tu pris trois ? Tu comptes l'enfermer dans sa chambre comme un petit animal ?

— Bien sûr que non. Mais maintenant que tu en parles, c'est vrai que si elle se réveille un jour avant nous et réussit à sortir de son lit, elle pourrait se balader partout et se blesser. Ce ne serait effectivement pas une mauvaise idée de bloquer l'entrée de sa chambre.

Leur appartement était vaste et comportait des zones où elle risquait de se faire mal si elle échappait à leur surveillance.

— Pas question de mettre des barrières, je te l'ai déjà dit ! Nous devons la respecter en tant que personne, ce n'est pas notre prisonnière ! explosa Zoe.

— Nous devons surtout la traiter comme une enfant de 1 an qui dispose de plus de capacités motrices que de bon sens, répondit-il sur un ton autoritaire.

Le discours de Zoe l'irritait. Elle se montrait parfois déraisonnable, surtout quand on connaissait son obsession pour la sécurité et le bien-être de Jaime. Il garda cette pensée pour lui, mais installa aussitôt la barrière, après avoir expliqué à Zoe que seul le modèle en accordéon pouvait convenir chez eux, où les portes étaient inhabituellement larges.

La jeune femme, furieuse, la retira aussitôt. Une dispute s'ensuivit, la première depuis un moment mais peut-être la plus violente.

— Si elle tombe dans l'escalier et se blesse, ne t'avise pas de m'appeler depuis les urgences ! cria-t-il, exaspéré. Nous n'avons même pas posé de moquette sur ces marches, elle pourrait se faire très mal. Et Dieu seul sait ce qui pourrait arriver si elle sort toute seule de sa chambre !

— J'ai sécurisé la maison, affirma-t-elle sur un ton assuré.

— C'est impossible de tout sécuriser, tu le sais aussi bien que moi. Jaime pourrait se faire tomber une lampe dessus en tirant sur le fil. C'est beaucoup plus simple de mettre une barrière.

— C'est un manque de respect envers notre enfant ! lâcha-t-elle sur un ton féroce. Je préfère encore poser de la moquette, si ça te fait plaisir.

— En attendant, j'exige d'installer cette barrière, répliqua-t-il avec colère. C'est ma fille tout autant que la tienne.

— Alors traite-la comme telle, et pas comme ton chien ! Je ne veux pas de ces trucs chez moi.

Ce soir-là, ils montèrent se coucher fâchés. Elle l'avait traité de type abusif et insensible, et lui de cinglée. Mais elle avait gagné : il n'avait pas remis la barrière en place, il savait pertinemment qu'elle l'aurait aussitôt retirée de nouveau.

Le lundi, ils étaient encore en froid. Après cette vilaine querelle, aucun des deux n'avait fait le premier pas. Zoe reçut un appel de Fiona en milieu de matinée, alors qu'elle se trouvait en réunion. La nounou semblait nerveuse, et Zoe en fut désarçonnée. Fiona était habituellement imperturbable. Consciente qu'elle la dérangeait, elle alla droit au but :

— Rien de grave, mais Jaime s'est blessée. J'étais en train de mettre les assiettes du petit déjeuner dans le lave-vaisselle quand elle est sortie de la cuisine. Je pense qu'elle vous cherchait, car elle est allée tout droit à l'escalier qui mène à votre chambre. Je l'ai rejointe aussitôt, mais malheureusement elle a eu le temps de tomber et elle s'est entaillé la lèvre. Je crains qu'elle n'ait besoin de quelques points de suture. Elle s'est aussi méchamment cogné le bras. Je l'emmène tout de suite à l'hôpital. J'ai déjà appelé le docteur Clark et elle me retrouve là-bas, mais je tenais à vous prévenir avant de me mettre en route.

Fiona connaissait Zoe et sa nature parfois explosive. Il était évident qu'elle craignait sa réaction.

— J'arrive le plus vite possible, promit Zoe, qui se sentait terriblement coupable.

Austin avait raison. Ce maudit escalier était dangereux, bien plus qu'elle ne l'avait soupçonné ou n'avait consenti à l'admettre. Sur le moment, elle avait juste voulu imposer son point de vue. Mais elle avait eu tort, et maintenant Jaime était blessée.

Zoe s'éclipsa de la réunion en expliquant que sa fille avait eu un accident. Puis elle se précipita dans la rue pour héler un taxi.

Fiona avait également appelé Austin, qui arriva à l'hôpital avant Zoe. Cathy Clark s'y trouvait déjà, en compagnie de la nounou qui appliquait de la glace sur la bouche de Jaime. L'enfant pleurait et quand elle aperçut son père, elle tendit les bras vers lui en sanglotant de plus belle.

— Nous avons là une jeune demoiselle très active, lui dit Cathy en lui adressant un sourire compatissant.

J'ai appelé un chirurgien esthétique pour sa lèvre, et nous allons aussi faire une radio de son bras.

— Un chirurgien esthétique ? Mais pourquoi ? C'est si grave que ça ?

Cathy le rassura :

— Elle a seulement besoin de quelques points de suture, mais c'est toujours mieux de se tourner vers un spécialiste pour recoudre les blessures à la bouche, afin d'éviter les cicatrices. Il faut savoir qu'une fois la ligne des lèvres interrompue, il reste immanquablement une marque. Il est hors de question que son joli sourire garde des traces de ce bête accident ! Le chirurgien sera là dans quelques minutes. Par ailleurs, j'ai bien peur qu'elle ne se soit cassé le bras.

Cela acheva Austin. Mais en se rappelant sa dispute avec Zoe au sujet de la barrière, il sentit la colère monter en lui. Lorsqu'elle arriva, dix minutes plus tard, il était encore furieux et ses yeux lançaient des éclairs. Ils étaient tous deux cruellement conscients que l'accident aurait pu être évité si Zoe n'avait pas été si têtue. La jeune femme semblait rongée par le remords.

Cathy avait malheureusement raison et la radio montra une fracture nette. La fillette devrait garder un plâtre au bras pendant six semaines.

— Elle est trop petite pour se casser un os ! se lamenta son père. Dire que ça ne m'est arrivé que quand j'ai commencé à jouer au football à l'université…

— Vous avez eu beaucoup de chance, alors ! lui répondit gentiment Cathy. C'est une petite fille très dynamique. Certains enfants ont plus le goût de l'aventure que d'autres. Je crois que vous n'allez pas vous ennuyer, maintenant qu'elle sait marcher !

Par loyauté envers sa femme, il n'avoua pas à la pédiatre qu'il avait installé une barrière de sécurité, et qu'elle l'avait enlevée. Le chirurgien esthétique fit son entrée à ce moment-là, et Austin maintint Jaime pendant qu'on lui endormait la lèvre pour la recoudre. Elle n'eut que deux points de suture, mais Austin trouva tout de même l'expérience traumatisante. Elle était si petite !

Ensuite, le chirurgien orthopédique appliqua un plâtre orange fluo sur le bras du bébé. Cathy, qui resta avec eux tout ce temps, ne sembla pas remarquer que les parents s'adressaient à peine la parole. Une fois rentrés chez eux, Austin et Zoe se retirèrent dans leur chambre pour parler tandis que Fiona préparait le repas de Jaime.

— J'imagine que tu sais très bien ce que je pense, déclara-t-il d'emblée sur un ton glacial. Si tu n'avais pas touché à cette fichue barrière, rien de tout ça ne serait arrivé. Il faut toujours que tu donnes des ordres et prennes toutes les décisions, avec tes théories à la noix. Eh bien, tu as montré tellement de respect à notre fille que maintenant elle se retrouve avec deux points de suture sur la lèvre et un bras cassé. J'espère que tu es contente de toi ?

Zoe se mit à pleurer.

— Je suis désolée, murmura-t-elle. C'est juste que je n'aime pas qu'on enferme les enfants.

Austin eut aussitôt honte de s'être ainsi emporté contre elle et il s'assit à ses côtés pour l'enlacer.

— Je suis navré moi aussi. Mais il m'arrive parfois d'avoir raison. Nous sommes dans le même bateau, Zoe, et tu ne peux pas constamment prendre toutes les décisions. C'est ma fille aussi.

— Je sais bien. Je m'en veux tellement. J'ai du mal à croire qu'elle se soit fait aussi mal.

— Ça aurait pu être pire, répondit-il, bon prince.

Voir à quel point Zoe se rongeait à propos de l'accident lui avait fait l'effet d'une douche froide. Ils devaient tous deux retourner au travail, et ils repartirent ensemble après avoir cajolé Jaime et remercié Fiona d'avoir si bien géré la situation. Au moins, la dispute entre eux était passée. Ils prirent le même taxi et il l'embrassa en sortant du véhicule.

Quand sa mère l'appela le lendemain pour prendre de ses nouvelles, il lui raconta l'incident.

— Pourquoi n'as-tu pas installé une barrière, maintenant que ta fille sait marcher ? s'enquit aussitôt Constance, visiblement choquée.

— Je n'en ai pas eu le temps, répondit Austin, désireux de couvrir sa femme.

Il préférait passer pour un idiot plutôt que de lui apprendre que Zoe s'était opposée à lui et avait démonté la barrière.

— J'aurais cru que Zoe se montrerait plus prudente…, fit remarquer Constance, surprise.

Elle connaissait bien son fils et avait l'impression que quelque chose clochait, mais elle n'arrivait pas à mettre le doigt dessus.

— Nous ne nous étions pas rendu compte du danger, mais nous ferons plus attention à l'avenir.

— J'espère bien ! s'exclama-t-elle.

Ce soir-là, Zoe et Austin firent l'amour pour la première fois depuis longtemps. Il se sentait plus proche d'elle, tout à coup, et elle semblait si vulnérable et si triste. Il aurait tant voulu recoller les morceaux, mais il ne savait pas comment s'y prendre.

Les mois suivants furent difficiles pour Jaime. Maintenant qu'elle marchait, elle se faisait mal constamment et était couverte d'éraflures et de bleus. La poussée dentaire lui causa des douleurs et des fièvres. Et tous les petits bobos provoqués par ses nombreuses chutes la faisaient ressembler, comme le déclara un jour Austin en lui donnant son bain, à un enfant battu. Mais son bras cassé avait bien guéri, et la coupure sur sa lèvre n'avait laissé aucune cicatrice.

Un samedi après-midi, alors qu'Austin était parti jouer au tennis avec un ami, Zoe emmena Jaime à l'aire de jeux. Elle s'amusait à la faire tourner autour d'elle en la tenant par les mains et la petite poussait des cris de joie quand soudain, elle laissa échapper un cri strident. Zoe s'agenouilla à ses côtés dans le sable, stupéfaite, et la prit dans ses bras. Désemparée par cette douleur soudaine, elle finit par emmener Jaime aux urgences. Pelotonnée contre sa poitrine, la petite fille sanglota pendant tout le trajet. Zoe entra au pas de course dans l'hôpital, l'enfant toujours en larmes dans ses bras. Une infirmière leur sourit et les salua d'un signe de la main.

— Salut, Jaime, comment vas-tu ? demanda-t-elle en la regardant gentiment.

— Elle vient de se blesser à l'aire de jeux, expliqua Zoe avec angoisse.

— Pas le même bras que la dernière fois, j'espère ?

Zoe secoua la tête.

— Ne bougez pas, je vais chercher le pédiatre, ajouta l'infirmière tandis que la jeune mère se dirigeait vers le bureau d'accueil pour donner son nom.

La procédure ne prit que quelques minutes, car elle était déjà enregistrée. L'infirmière les installa dans une salle de consultation et quand le médecin arriva quelques instants plus tard, Jaime pleurait encore.

— Que s'est-il passé ? Elle est tombée ? demanda-t-il en lisant la fiche de l'enfant.

— Je la faisais tourner dans les airs, et elle s'est tout à coup mise à hurler en tenant son coude.

Il hocha la tête.

— Rien de bien méchant, ne vous inquiétez pas. Ça va faire bobo pendant une minute, Jaime, mais ensuite ça ne fera plus mal du tout, d'accord ? déclara-t-il en s'adressant à la fillette.

Zoe l'observa avec attention tandis qu'il saisissait fermement le bras de Jaime d'une main, tirant sur son avant-bras et le tournant pour le remettre en place de l'autre. Elle s'arrêta de pleurer instantanément, comme par magie.

— Elle s'est juste déboîté le coude, expliqua-t-il. Cela arrive fréquemment aux tout-petits, leurs articulations sont lâches à cet âge et un rien suffit. Cela peut se produire à n'importe quel moment, en empoignant une cuillère ou en enfilant un pyjama. Il faudra garder un œil sur elle, car si elle a une fragilité à ce niveau-là, l'incident est susceptible de se reproduire. Et, dorénavant, évitez de la tirer par les bras.

— C'est promis, annonça Zoe, l'air abattu.

Elle se sentait prête à défaillir. La procédure pour remettre le coude de Jaime en place avait dû être douloureuse, mais si rapide et efficace que l'enfant n'avait pas eu le temps de réagir. Elle semblait n'avoir plus mal du tout.

— Vous pouvez lui donner de l'aspirine pour bébé ce soir si elle en a besoin, mais je ne pense pas que ce sera le cas. Maintenant que l'os est replacé dans l'articulation, il ne devrait pas y avoir de douleur résiduelle. Au revoir, Jaime ! Merci pour la visite et prends bien soin de toi, déclara-t-il en lui adressant un signe de la main.

Jaime agita aussi le bras, comme si de rien n'était.

— Eh bien, c'était rapide ! fit remarquer l'infirmière en les revoyant. On ne s'ennuie pas avec votre petite, n'est-ce pas ?

Elles rentrèrent à la maison où Zoe donna du jus de fruits et des biscuits à Jaime pour son goûter. Elle avait cessé de l'allaiter six semaines auparavant, à 14 mois. C'était Jaime qui, un soir, avait boudé le sein. Cela s'était fait du jour au lendemain. Zoe était un peu triste, mais c'était le bon moment puisque la petite l'avait décidé. Pour sa part, Austin était d'autant plus soulagé que sa mère lui avait fait comprendre qu'elle trouvait Jaime trop grande pour téter encore. Il s'était bien gardé de le répéter à sa femme.

— C'était comment à l'aire de jeux ? demanda-t-il en rentrant, toujours en tenue de tennis.

Zoe le trouva très attirant, le visage encore rougi par l'effort après le match qu'il avait gagné.

— Pas terrible, lui répondit-elle en l'embrassant. On jouait et Jaime s'est disloqué le coude. Nous rentrons à l'instant de l'hôpital. Le médecin a dit que c'était un accident fréquent à cet âge. Il a remis l'os en place et tout va bien. Mais j'ai eu si peur, quand elle s'est mise à hurler de douleur ! J'étais juste en train de la faire tourner dans les airs…

— Bon sang, mais je fais ça tout le temps ! s'exclama-t-il, mortifié. Je m'abstiendrai, à l'avenir. C'est fou comme elle se blesse souvent ! Tu crois que c'est pareil avec tous les enfants ? Je ne pense pas que c'était le cas de mes neveux, et pourtant, on peut dire qu'ils étaient turbulents !

— Cathy ne pense pas qu'il y ait quoi que ce soit d'anormal. Jaime a beaucoup d'énergie, c'est tout.

Il se rendit compte par lui-même de la facilité avec laquelle Jaime se blessait quand la même chose se produisit un mois plus tard. Zoe était en train d'enfiler son pyjama à la petite quand elle se démit encore le bras, comme le médecin l'avait prédit. Austin fut horrifié par les hurlements de douleur de la fillette. Ils se précipitèrent aux urgences, où le pédiatre de garde lui remit le coude en place. Mais cette fois Zoe était moins bouleversée, car elle savait désormais que l'incident était sans gravité. Austin, quant à lui, avait été choqué de voir son bébé souffrir ainsi.

La même infirmière était de service ce soir-là et elle salua Zoe et Jaime par leur nom. De retour à la maison, Austin commenta la chose :

— Je ne peux pas dire que je suis ravi que la moitié du personnel des urgences nous connaisse personnellement. Nous y allons beaucoup trop souvent. Ça ne t'inquiète pas, toi ?

— Mais je serais bien incapable de lui remettre le coude en place moi-même ! s'exclama-t-elle.

— Bien sûr que non, ce n'est pas ce que je veux dire. Mais elle se blesse tout le temps.

— C'est faux. Elle a eu quelques accidents, comme tous les enfants.

Austin n'était pas de cet avis, mais il garda le silence.

Il questionna tout de même Cathy Clark à ce sujet quand il la vit quelques semaines plus tard. Jaime avait un rappel de vaccination et Zoe n'avait pas le temps de l'amener à son rendez-vous. C'était une parfaite occasion pour Austin de s'entretenir librement avec la pédiatre. La fillette ne pleura presque pas, et la jeune femme demanda à Austin comment ça se passait au quotidien.

— On se croirait un peu dans *Les Malheurs de Sophie*. J'ai l'impression qu'il ne s'écoule pas cinq minutes sans qu'elle se fasse mal. Elle s'est déboîté deux fois le coude récemment, après s'être cassé le bras le mois dernier. Sans compter les points de suture sur la lèvre, bien sûr, l'apnée, les coliques, les poussées dentaires… Et j'en passe et des meilleures… Zoe dit que c'est normal, mais je m'interroge.

Austin semblait très contrarié et Cathy le regarda avec compassion. C'était une femme calme, discrète et posée, qui avait un contact merveilleux avec les enfants. Il savait qu'elle venait d'une famille de médecins de Columbus, dans l'Ohio. Ses parents et ses deux frères étaient médecins, comme son grand-père, qui avait épousé une infirmière. Austin appréciait sa personnalité. Elle avait les pieds sur terre et des manières sans prétention. Et elle prêtait autant d'attention aux grandes théories éducatives de Zoe qu'à ses propres inquiétudes. Elle leur avait confié un jour qu'elle était mariée à son travail. Elle était séduisante, mais sans artifices, à la façon des gens du Midwest.

— Il ne s'agit heureusement pas de blessures graves, mais de petits tracas dus à son âge. Certains enfants, tout comme certains adultes, ont plus tendance que d'autres à se faire mal. Jaime est une petite demoiselle pleine de vie, curieuse du monde qui l'entoure. On dit souvent que les garçons sont plus turbulents que les filles, mais ce n'est pas toujours le cas. Jaime est encore fragile, mais elle se montre intrépide. Les deux ne font pas bon ménage, comme vous avez pu le constater. Elle arrêtera de tomber et de se blesser quand elle sera plus stable sur ses pieds.

Austin fut soulagé de constater que la pédiatre n'avait pas l'air de s'inquiéter outre mesure.

— Je suis ravi de vous l'entendre dire. J'ai des neveux un peu plus grands qu'elle, et aucun d'eux n'est jamais allé aux urgences ! La nounou n'a rien à se reprocher, tous les accidents se sont produits en son absence. Mis à part la chute dans l'escalier, qui était aussi notre faute…

Il ne voulait pas faire porter le chapeau à Zoe devant Cathy, qu'ils appréciaient tous les deux. C'était réciproque, d'autant qu'elle voyait quels bons parents vigilants ils étaient.

— Elle va grandir, et tout ça ne sera bientôt plus qu'un mauvais souvenir ! lui promit Cathy pour le rassurer.

Dans le taxi qui le ramenait à la maison, il se sentit rasséréné. Il joua avec sa fille jusqu'au retour de Zoe, et quand elle lui demanda comment la visite s'était passée, il lui dit que tout allait bien, sans mentionner sa conversation avec Cathy. Pourtant, ses propos lui revinrent à l'esprit une semaine plus tard.

Ce soir-là, Zoe donnait son bain à Jaime quand elle lui tourna brièvement le dos pour attraper une bouteille de shampooing. La petite fille glissa, se cogna la joue contre la baignoire et se tordit le poignet. Zoe et Austin se précipitèrent aux urgences et, une fois de plus, tout le personnel les reconnut. Jaime avait une entorse et le médecin leur annonça que leur « petit poisson glissant » aurait sûrement aussi un gros bleu sur la joue le lendemain, mais ses blessures étaient sans gravité. Mais Austin était préoccupé.

— Bon sang, Zoe, tout le monde nous connaît aux urgences ! Qu'est-ce que ça signifie, à ton avis ?

— Que je suis une mère indigne ? lui demanda-t-elle, les larmes aux yeux.

— Bien sûr que non ! Mais je pense que nous ne la surveillons pas d'assez près. Elle se blesse beaucoup trop fréquemment…

— Je ne peux quand même pas l'enfermer à double tour dans sa chambre ! Elle se fait souvent mal, oui. Tu penses vraiment que j'y suis pour quelque chose ?

Elle avait l'air effondrée. Austin ne voulait pas faire de peine à Zoe, mais il était inquiet pour sa fille.

Zoe n'avait toujours pas séché ses larmes quand ils rentrèrent à l'appartement. Ils mirent Jaime au lit, puis Austin demanda pardon à sa femme et lui assura qu'elle était une mère merveilleuse. Il ne savait quoi lui dire d'autre, mais cela ne l'empêchait pas d'être inquiet.

Le lendemain, Jaime arborait un bel œil au beurre noir. Un rappel brutal, pour son père, de ses préoccupations.

6

Jaime avait 18 mois quand elle attrapa sa première grosse maladie. Son père était ce jour-là à Washington pour un congrès d'avocats spécialisés dans la défense des enfants. Quand il était parti, la petite avait une forte fièvre, mal aux oreilles et le nez bouché. Zoe, qui se trouvait seule avec elle, dut appeler Cathy Clark vers minuit. Jaime venait d'avoir des convulsions fébriles, avec un pic de température à 40 °C. La pédiatre ne s'affola pas et lui assura que c'était une chose qui arrivait. Toutefois, elle lui demanda de conduire l'enfant aux urgences au plus vite.

Zoe emmitoufla Jaime dans une couverture et l'emmena à l'hôpital en taxi. À leur arrivée, la fièvre était déjà tombée à 38,9. Il n'y avait plus lieu de s'inquiéter. Zoe précisa qu'elle lui avait donné de l'aspirine et Jaime ne refit pas de crise. Toutefois, Cathy décida qu'il valait mieux qu'elle reste sous surveillance pendant la nuit au cas où un nouvel incident se produirait. Zoe décida de ne pas prévenir Austin pour ne pas l'alarmer. Cathy lui avait de toute façon assuré que Jaime ne courait aucun danger, et il n'aurait rien pu faire de plus.

La pédiatre prit congé quand la fillette s'endormit dans son lit d'hôpital, sous la surveillance attentive de Zoe. Les infirmières qui lui préparaient son lit d'appoint furent impressionnées par son dévouement, car elle ne quitta pas sa fille des yeux un seul instant. La fièvre tomba complètement pendant la nuit et Jaime n'eut pas d'autre crise. Au petit matin, Zoe envoya un message à Austin, puis elles rentrèrent à la maison, où Fiona les attendait. Zoe devait aller travailler.

Son mari l'appela alors qu'elle était en route pour le bureau. Zoe avait eu très peur, mais Cathy lui avait expliqué que ces épisodes étaient plus impressionnants que dangereux.

— J'aurais voulu être là, dit-il, se sentant coupable d'être loin. Je rentre ce soir. Excuse-moi de ne pas être resté à vos côtés.

— Elle n'a rien de grave. Quand on a quitté l'hôpital ce matin, sa fièvre était déjà descendue et on lui a prescrit des antibiotiques pour son otite. Elle a juste une mauvaise grippe.

Zoe avait eu un gros rhume la semaine précédente et ils convinrent que Jaime avait dû l'attraper.

Le soir venu, Austin fut heureux de retrouver ses deux petites femmes et le lendemain, à son réveil, Jaime semblait tout à fait remise. Zoe sortit faire des courses et Austin s'occupa de sa fille tout le samedi. Constance en profita pour leur rendre visite. Quand il lui apprit que Jaime avait passé la nuit à l'hôpital pour un gros accès de fièvre à cause d'une mauvaise grippe, sa mère sembla inquiète. Elle joua un moment avec sa petite-fille, puis ils la mirent au lit pour sa sieste, ce qui leur donna l'occasion de discuter avant le retour de Zoe. Il y avait certains points que Constance souhaitait aborder avec Austin.

— Je me fais un peu de souci pour Jaime, commença-t-elle gentiment.

Elle paraissait troublée, comme si elle ne savait pas comment poursuivre. Elle avait beau avoir un doctorat en psychologie, il était toujours difficile de traiter de sujets délicats avec ses propres enfants devenus adultes.

— Je trouve qu'elle est souvent malade, et qu'elle se blesse fréquemment…, continua-t-elle.

— J'ai une confiance absolue en notre pédiatre. Elle nous a dit que Jaime était dans une période sensible parce qu'elle est encore toute petite et qu'elle se montre particulièrement active, curieuse et volontaire. Ce n'est pas facile. Et puis à chaque fois elle n'a pas eu de chance…

— Apparemment pas. Mais moi, j'ai eu trois garçons, tous très dynamiques, et pourtant à vous trois vous ne vous êtes jamais autant fait mal que Jaime en l'espace de dix-huit mois !

— J'y ai réfléchi moi aussi, maman. Et je pense que Jaime est juste une enfant très active. On se retrouve souvent aux urgences parce que Zoe est très angoissée. Je suis convaincu que la perte de sa sœur l'a profondément marquée, et elle est terrifiée à l'idée que quelque chose puisse arriver à Jaime.

Pour Austin, l'explication était toute trouvée. Mais pas pour sa mère.

— Il y a de mon point de vue plusieurs scénarios susceptibles d'expliquer pourquoi Jaime se retrouve plus souvent aux urgences que la plupart des enfants de son âge. La première réponse qui vient à l'esprit, c'est la maltraitance. Évidemment, ce n'est pas le cas ici. La deuxième, c'est la nounou. Mais comme Jaime s'est plus souvent fait mal quand elle était sous votre surveillance que sous la sienne… La troisième raison, c'est une forme de négligence ou un manque de supervision de la part des parents. L'enfant n'est pas surveillé d'assez près, ou les risques sont sous-estimés. J'ignore si cela vient de toi ou de Zoe, mais il me semble que c'est peut-être le cas avec Jaime… Certes, chaque fois que je vois ta femme avec la petite, elle ne la quitte pas des yeux. Mais certains phénomènes psychologiques plus complexes pourraient être en cause. Peut-être en rapport avec la mort de sa sœur, ou sa relation avec ses parents dans les années qui ont suivi. Je sais bien que Zoe n'a pas eu la vie facile pendant la maladie de Rose, ni après. À votre mariage, sa mère m'a confié qu'elle avait mis des années à surmonter le décès de sa benjamine et le départ de Brad. Quand il s'est remarié à la hâte et a eu ses deux autres enfants, Zoe a dû se sentir complètement abandonnée. Il est difficile d'évaluer le traumatisme qu'elle a subi, et ses conséquences sur le long terme.

Elle tentait de mesurer ses paroles pour ne pas faire de peine à Austin, qui était profondément loyal, et très amoureux de sa femme.

— Qu'est-ce que tu essaies de me dire, maman ? Que Zoe a perdu la boule, ou qu'elle se rend coupable de négligence envers notre fille ?

Il avait l'air blessé et Constance sentit qu'elle devait poursuivre avec plus de délicatesse.

— Je n'insinue rien d'autre que ce que je viens de te dire et que j'ai pu observer, à savoir que Jaime se fait souvent mal et que je suis inquiète.

— Je le suis également. Peut-être que c'est ma faute, répondit-il vaillamment. Je ne me montre peut-être pas aussi prudent que je le devrais.

Mais Jaime ne s'était jamais blessée en sa présence. Les incidents étaient survenus uniquement lorsque Zoe s'occupait d'elle. Et cette barrière qu'elle avait refusé qu'il installe… Puis la crise fébrile qui s'était déclarée au moment où il était en voyage d'affaires. Mais ce que sa mère lui laissait entendre était impensable.

— Zoe aime Jaime plus que tout au monde, même plus que moi. Elle serait incapable de lui faire du mal.

Il semblait sur la défensive et Constance comprit qu'elle avait perdu la bataille. Toutefois, elle espérait être parvenue malgré tout à semer une graine dans son esprit. Peut-être réfléchirait-il sérieusement à tout ça.

— Bien sûr que non, elle ne lui ferait jamais de mal, l'apaisa Constance. Je sais à quel point elle adore Jaime. Peut-être faudrait-il simplement instaurer des principes un peu plus stricts, ou poser des limites, suggéra-t-elle.

Elle vit Austin se détendre à ces mots.

— Ça, c'est une autre histoire. Pour Zoe, les bébés ont droit au respect de leurs libertés au même titre que les adultes. Elle pense qu'édicter des règles est abusif, et que les barrières sont bonnes pour les chiens. Selon elle, Jaime devrait avoir la permission d'aller où ça lui chante, et de faire tout ce qu'elle désire. Je ne suis pas d'accord avec ça, mais Zoe est inflexible. Nous nous querellons souvent à ce sujet, admit-il. Moi non plus, je ne veux pas que Jaime se fasse mal !

Constance était ravie de l'entendre.

— Alors j'espère qu'elle va y réfléchir, avant que Jaime ne se blesse plus sérieusement.

Mais ils étaient tous les deux conscients que ce n'était pas un sujet facile à aborder avec une personne aussi têtue et sûre de son fait.

— Moi aussi, maman. Je te remercie de ta vigilance. Aux urgences, tout le monde nous connaît. Je t'avoue que ça ne m'enchante pas. Peut-être que nous maîtriserons mieux la situation quand Jaime entrera à l'école maternelle.

Mais ce n'était pas avant un an et demi.

— Quoi qu'il en soit, conclut-il, sache que j'y travaille. Ce n'est pas une négociation facile avec quelqu'un qui a des idées aussi arrêtées que Zoe.

— Ses théories sont peut-être un peu trop modernes à mon goût, expliqua Constance.

Zoe rentra quelques minutes plus tard et après une brève conversation polie, Constance prit congé. La discussion avec son fils ne s'était pas mal passée mais elle ignorait si elle porterait ses fruits, ni si Austin exerçait une quelconque influence sur Zoe. Elle en doutait.

Elle s'en ouvrit à son époux mais, comme toujours, George se montra sceptique à l'égard de ce qu'il considérait comme une interprétation psychologisante. Il avait une vision plus pragmatique des choses et ne ressentait pas le besoin d'aller chercher plus loin.

— Je ne pense pas que le problème soit lié à un manque de vigilance, se contenta-t-il de dire. Chaque fois que je l'ai vue avec Jaime, Zoe était constamment sur son dos et ne la laissait pas respirer.

— Elle est très attachée à son enfant et semble être une mère hypervigilante, concéda Constance. Mais le fait est que Jaime se blesse très souvent. Aucun de nos autres petits-enfants ne s'est autant fait mal, et elle n'a que 18 mois ! En plus, c'est une fille, et elles sont généralement moins turbulentes. Souviens-toi de tes fils… Nous n'avons jamais eu besoin de les emmener à l'hôpital. Et aucun d'entre eux n'a jamais eu de convulsions non plus…

— Peut-être est-elle simplement de santé très fragile, répondit-il.

Ce n'était pas impossible non plus. Mais dans ce cas, c'en était presque alarmant.

— Dis-moi plutôt le fond de ta pensée, veux-tu ?

Sa femme hésita, sachant pertinemment qu'il se moquerait d'elle.

— Si je te raconte ce que je pense vraiment, tu vas me traiter de folle, avança-t-elle avec réticence.

— Probablement, si c'est encore l'une de tes théories psychologisantes compliquées. Tu connais le proverbe : « Si tu entends un bruit de sabots, pense d'abord à des chevaux, pas à des zèbres. » Ne cherche pas la petite bête, Constance. Nous avons toutes les raisons de croire qu'Austin et sa femme ne surveillent pas suffisamment leur enfant. Et même si c'est douloureux de l'admettre, il ne faut sans doute pas aller chercher plus loin que ça. Inutile de te rendre malade ! Par ailleurs, quelle que soit la cause de ces accidents à répétition, il n'y a rien que nous puissions faire.

George avait sans doute raison, et il savait toujours comment ramener les choses à l'essentiel. Jaime était la fille de Zoe et Austin, et ils faisaient comme bon leur semblait. Toutefois, savoir que son fils n'était pas complètement aveugle à la situation la rassurait un peu. Son rôle de grand-mère la forçait de toute façon à rester assise sur le banc de touche et à en dire le moins possible, voire à garder le silence. D'autant que l'expérience lui avait enseigné que Zoe n'appréciait pas ses commentaires… Constance s'en était bien rendu compte après la naissance de Jaime. Zoe n'arrivait pas à l'allaiter, mais elle refusait les conseils de son entourage. Elle préférait se crisper sur la théorie, et sur ce qu'elle avait lu dans ses livres. Constance ne pouvait que prier pour que les jeunes parents deviennent plus raisonnables et vigilants, et instaurent des règles basiques de sécurité. En dehors de cela, elle était absolument impuissante, sauf à entreprendre de nouveau ce qu'elle avait fait aujourd'hui : parler à Austin, et croiser les doigts pour qu'il réfléchisse à ce qu'elle lui avait dit.

Les semaines suivantes, Zoe se consacra à la réorganisation de son foyer. Cela impliquait des mouvements de personnel, l'adoption de nouveaux process, un système informatique mieux adapté et de nombreuses réunions du conseil d'administration. Zoe étant contrainte de travailler tard plusieurs soirs d'affilée, Austin resta seul à la maison avec Jaime. C'était une petite fille vive et affectueuse, et il appréciait beaucoup cette opportunité de passer plus de temps avec son enfant.

Grâce à Zoe, tous ses rêves étaient devenus réalité. Il avait une femme qu'il aimait profondément et une magnifique petite fille. Même si elle ne pouvait pas encore bien s'exprimer, il était évident que Jaime était très intelligente. Elle connaissait déjà beaucoup de mots et il avait hâte qu'elle commence à vraiment parler. Il était certain qu'elle allait être très drôle. Il la trouvait un peu intimidante quand elle était bébé, mais plus elle grandissait, plus il appréciait sa personnalité.

La paternité était tout ce qu'il avait espéré et plus encore, même si les débuts avaient été déroutants.

Quand Zoe rentra à la maison ce soir-là, elle lui exposa les changements qu'elle était en train de mettre en œuvre au foyer. En tant que membre du conseil d'administration, il en entendrait bien sûr parler lors de la prochaine réunion, mais il appréciait d'être mis dans la boucle plus tôt. Les tribunaux leur attribuaient de plus en plus de cas difficiles : des enfants qui avaient subi de graves violences physiques ou d'autres, grièvement blessés, qui leur étaient directement confiés par les hôpitaux. Certains étaient trop perturbés pour être placés dans des foyers d'accueil, car ils auraient été incapables de s'adapter à une vie de famille normale. D'autres avaient été abusés par des membres de leur entourage, père, frères ou oncles. D'autres encore, maltraités par leur mère, souffraient de traumatismes physiques irréversibles. Un enfant, par exemple, avait perdu la vue quand on lui avait pulvérisé de l'eau de Javel dans les yeux. Face à ces situations tragiques, Zoe faisait toujours montre d'une sagesse, d'une dignité et d'une compassion remarquables, ainsi que d'un grand discernement sur le plan médical. Elle avait conclu une alliance solide avec plusieurs juges qui lui faisaient confiance et se félicitaient de la façon dont elle gérait le foyer.

En l'écoutant, Austin se rappela tout ce qu'il aimait chez elle, et à quel point elle était compétente. Il y avait peu de personnes qu'il admirait autant que Zoe – sauf peut-être sa mère, dont il estimait qu'elle était la femme la plus intelligente de sa connaissance.

Malheureusement, il devinait que Constance ne comprenait pas Zoe. Elle était si discrète et modeste, et parlait rarement du travail qu'elle accomplissait. Il regrettait que sa famille ne la connaisse pas mieux, et ne soit pas plus proche d'elle. Austin se faisait souvent la réflexion que les épreuves qu'elle avait subies petite lui permettaient de mieux cerner les enfants dont elle avait la charge. Elle en savait plus que quiconque sur la souffrance humaine.

Zoe souhaitait qu'Austin s'occupe de trois nouvelles affaires judiciaires. Elle espérait que certains parents allaient bientôt être traduits en justice, et voulait qu'il se fasse l'avocat des enfants pour les guider tout au long de la procédure. Il était brillant dans son domaine et faisait toujours preuve d'une immense compassion.

La réunion du conseil d'administration, durant laquelle Zoe présenta les remaniements sur lesquels elle œuvrait depuis de longs mois, fut électrisante. Même Austin ne s'était pas rendu compte de tout ce qu'elle avait réalisé, de ses objectifs ambitieux et de la richesse de sa vision globale concernant l'avenir des enfants. Elle s'efforçait de forger une alliance avec des établissements scolaires de façon que les jeunes du foyer reçoivent une véritable éducation et puissent aspirer à un futur épanouissant. Certains membres du conseil avaient été très émus par la vision de Zoe, la vigueur avec laquelle elle mettait en œuvre ses projets et son éloquence. Austin était fier d'y contribuer à son échelle, et d'être son mari.

Alors qu'il la regardait parler avec animation, il se souvint des inquiétudes de sa mère. Constance semblait penser que pour un obscur motif psychologique lié à un vieux trauma, Zoe négligeait leur fille. C'était vraiment absurde. Zoe était une femme extraordinaire, la plus généreuse, la plus altruiste, la plus honorable de toutes les personnes de son entourage, la plus vaillante protectrice des enfants maltraités. Malgré tout ce que Constance pouvait penser, Zoe se rapprochait autant qu'il était possible d'une sainte, et lui et Jaime étaient les plus chanceux du monde d'être son mari et sa fille unique. Austin avait une confiance totale en Zoe. Elle remplissait à la perfection ses rôles de femme, d'épouse et de mère.

7

Pour le premier anniversaire de Jaime, Austin et Zoe s'étaient contentés d'une petite fête en famille, car ils estimaient que les adultes profiteraient davantage de la célébration que le bébé. Ils s'étaient donc contentés de mettre deux bougies sur un gâteau – la seconde pour l'aider à bien grandir dans l'année qui s'annonçait. Seuls Constance et George avaient été conviés à manger une part de gâteau et lui présenter leurs vœux.

Mais pour les 2 ans de Jaime, Zoe décida de mettre le paquet. Elle invita les parents d'Austin, ses frères, leurs épouses et leurs enfants. Coup de chance, Brad et Pam prévoyaient de se trouver à New York ce jour-là, et ils avaient promis de passer. Leurs enfants, en revanche, ne seraient pas là. Christopher avait obtenu son diplôme de l'UCLA l'année précédente et effectuait un stage à Londres, chez un graphiste. C'était un artiste, comme leur père. Quant à Ashley, elle était étudiante en dernière année à l'université de Northwestern. Beth, quant à elle, n'avait vu Jaime qu'une seule fois depuis sa naissance. Elle avait avoué à Zoe qu'il lui était pénible de voir sa petite-fille, car elle était réticente à s'attacher à un enfant de cet âge. Certes, elle côtoyait des petits tous les jours dans son unité de soins intensifs, mais ce n'était pas pareil. Jaime réveillait en elle des souvenirs intimes trop douloureux. C'était pour les mêmes raisons que Zoe ne rentrait jamais en Californie. Elles préféraient toutes les deux occulter la période la plus cruelle de leur vie, que malheureusement l'autre venait réveiller. Il leur était plus facile de s'appeler de temps à autre. En revanche Zoe et son père n'abordaient jamais le passé. Aussi étaient-ils en mesure d'entretenir une relation superficielle, et se revoyaient-ils avec plaisir chaque fois qu'il venait à New York pour le travail.

Cathy Clark, qui était devenue une amie, faisait elle aussi partie des invités. Elle appréciait beaucoup Austin et Zoe et aurait bien aimé qu'il y ait plus de parents comme eux dans son cabinet. C'était toujours un plaisir pour la pédiatre de passer du temps avec eux, et Jaime était une petite fille charmante, à l'image de sa mère.

Elle se blessait désormais beaucoup moins, et bien que constamment en mouvement, elle était plus stable sur ses pieds. Il faut dire que Fiona la surveillait de près. Elle travaillait toujours pour les Roberts, qu'elle estimait. S'occuper de Jaime n'était pas de tout repos et certaines fixettes de Zoe la laissaient songeuse, mais elle appréciait beaucoup son poste.

Les invités furent accueillis avec du champagne – et des sodas pour les neveux d'Austin. Les garçons avaient accepté de venir pour faire plaisir à leurs parents, à condition qu'ils ne restent pas trop longtemps. Austin les avait installés devant le sport à la télé, car l'appartement était trop exigu pour cinq gamins exubérants. Dans sa jeunesse, il avait pratiqué le football, le base-ball et le hockey sur glace, et il jouait encore régulièrement au tennis et au squash. Il adorait aussi toujours regarder les matchs à la télévision, tout comme ses frères et ses neveux, et regrettait que Zoe ne partage pas sa passion.

Constance et George se réjouissaient de voir tous leurs petits-enfants réunis. George rejoignit aussitôt ses petits-fils dans le salon et les taquina sur leurs coupes de cheveux et leurs pantalons baggy. Il fit beaucoup rire Seth, âgé de 6 ans, en lui demandant le prénom de sa petite amie.

Brad discuta un peu avec George, quand il s'arracha de son fauteuil après un essai. Il appréciait beaucoup Constance, qu'il trouvait particulièrement intelligente, élégante et agréable. Elle avait d'ailleurs de nombreux points communs avec Pam, et s'intéressait de près à sa pratique thérapeutique. Pam exerçait au sein du même cabinet à Santa Barbara depuis vingt-trois ans en tant que conseillère conjugale, familiale et spécialiste des enfants.

Zoe, ses belles-sœurs et Cathy s'affairèrent autour de Jaime et lui présentèrent son gâteau d'anniversaire en forme de poupée. Puis elles prirent des photos pendant que Jaime soufflait ses bougies. Constance s'inquiéta en voyant les longs cheveux noirs de la petite fille pendre dangereusement près des flammes – ce que Zoe n'avait pas l'air de remarquer. Mais Fiona se tenait tout près de la fillette, et elle maintint sa chevelure en arrière tandis qu'elle soufflait en éclatant d'un rire joyeux. Elle avait beaucoup de vocabulaire pour une enfant de 2 ans et, le visage barbouillé de glaçage rose, elle semblait très heureuse de sa fête. Il n'y avait pas d'autres petits invités que ses cousins car elle ne s'était pas encore fait de vrais amis, à part les camarades avec lesquels elle jouait au parc. Il lui restait un an avant sa rentrée à l'école maternelle. Zoe avait envoyé des demandes d'inscription dans les meilleurs établissements de la ville et elle discuta avec ses belles-sœurs de la difficulté du processus d'admission et de la complexité des dossiers de candidature.

— Je me demande si se faire admettre à Yale ou Duke n'est pas plus simple que de s'inscrire à la maternelle, de nos jours ! affirma-t-elle, et tous pouffèrent de rire.

— J'ai quasiment dû me vendre pour obtenir des lettres de recommandation, renchérit Amelia. Personne ne se souciait de Tommy. La seule chose qui les intéressait, c'étaient nos fiches d'impôts et nos relevés bancaires. Ils nous ont demandé de faire un don à la minute où il est entré à l'école, et ils n'ont pas cessé de nous réclamer de l'argent depuis !

Après le gâteau, Brad s'approcha de sa fille et l'enlaça. Il se réjouissait de son bonheur. Austin lui avait raconté le travail phénoménal qu'elle accomplissait au foyer, et il était très fier d'elle. Puis Zoe discuta un peu avec sa belle-mère. Pam s'était inquiétée à son sujet pendant des années et elle était soulagée de la voir enfin heureuse après les drames de son enfance. Il suffisait de la regarder pour comprendre qu'elle avait trouvé un réel équilibre avec Austin et Jaime.

Zoe s'éclipsa quelques minutes et, à son retour, elle demanda sur un ton sec qui avait laissé l'abattant des toilettes levé.

— Il n'y a rien de plus dangereux quand il y a un enfant en bas âge dans la maison, précisa-t-elle, faisant tressaillir tout le monde. La tête d'un petit de 2 ans est plus lourde que le reste de son corps. Il peut tomber dans la cuvette la tête la première et se noyer. J'ai suivi un cours de secourisme l'année dernière, et ils nous ont sensibilisés sur ce risque. Donc messieurs, je vous le répète, refermez l'abattant des toilettes, pour la sécurité de Jaime.

Son annonce déroutante plongea l'assemblée dans le silence, mais Austin détendit aussitôt l'atmosphère en la taquinant sur le fait que l'appartement était si bien protégé que lui-même n'arrivait plus à ouvrir les placards.

— Je la surnomme notre gardienne en chef de la sûreté.

Il cita plusieurs exemples et tout le monde éclata de rire. Quelques minutes plus tard, Seth, le plus jeune des cousins, renversa son soda et Constance se rendit à la cuisine pour chercher de quoi éponger. En ouvrant le placard sous l'évier, qui n'était pas verrouillé, elle découvrit qu'il était rempli d'une myriade de produits ménagers aussi dangereux que facilement accessibles. Ce contraste entre ce qu'elle avait sous les yeux et ce qu'Austin venait d'affirmer au sujet de Zoe la laissa perplexe. On était à mille lieues de la prudence personnifiée. De la même façon, cette contradiction entre l'intervention impromptue de la jeune femme au sujet de l'abattant des toilettes et la fréquence des visites de Jaime à l'hôpital la troublait. Elle se demandait dans quelle mesure l'appartement était réellement adapté pour un enfant, et si Zoe se montrait aussi prudente qu'elle le prétendait. Constance tremblait à l'idée que Jaime puisse un jour se faufiler jusque dans le placard sous l'évier.

Quand elle revint au salon avec plusieurs feuilles d'essuie-tout et une éponge, elle s'aperçut que sa petite-fille s'amusait à enrouler les longs rubans de ses ballons d'anniversaire autour de son cou. Fiona était occupée à ranger les restes du gâteau. Quant à Zoe, elle était plongée dans une conversation animée avec Cathy Clark sur la question du lien entre les vaccins et l'autisme. Fallait-il refuser la vaccination de son enfant et courir le risque qu'il ne soit pas admis à l'école ? D'ailleurs, s'agissait-il d'une obligation légale ? Pendant ce temps, Jaime continuait à jouer avec les rubans, et personne ne la surveillait. Constance traversa vivement la pièce pour les dénouer avant qu'elle ne s'étrangle. Austin surprit l'intervention de sa mère et s'approcha d'elle pour la remercier.

— C'est fou la vitesse avec laquelle elle trouve de nouvelles bêtises à faire ! dit-il, l'air penaud. La semaine dernière, elle s'est fourré des petits pois dans les oreilles, et on a dû l'emmener chez Cathy pour qu'elle les lui retire !

Cathy l'entendit et se tourna vers Constance avec un sourire.

— Ah oui, le fameux coup des petits pois ! Un autre de mes jeunes patients se les est enfoncés dans le nez ! Les enfants peuvent être très créatifs avec la nourriture…

Constance éclata de rire comme les autres mais elle savait que les rubans autour du cou et l'eau de Javel, contrairement aux petits pois, constituaient de vrais dangers. Elle profita d'un moment de calme pour prévenir discrètement Zoe du risque qu'il y avait à laisser de tels poisons sous l'évier.

— Je ne fouinais pas, rassure-toi, je cherchais simplement une éponge pour nettoyer le soda de Seth, s'excusa par avance Constance en chuchotant. Et je suis tombée sur vos produits ménagers. Vous devriez sécuriser le placard ou poser un verrou avant que Jaime n'ait l'idée d'aller explorer la cuisine.

En cas d'ingestion, la petite risquait de se retrouver à la morgue, et non plus aux urgences.

— Elle doit apprendre par elle-même ce qui est dangereux, et les endroits où elle n'a pas le droit d'aller. Il s'agit pour elle de respecter les limites que nous lui imposons, répliqua Zoe, sous le regard incrédule de Constance. J'ai tout à fait foi en l'intelligence de ma fille. Elle doit savoir que je lui fais confiance. On ne peut pas tout cadenasser dans l'appartement. Elle pourrait tomber dans les toilettes par accident, mais si elle ouvrait ces bouteilles, ce serait son choix, car elle a été prévenue de ne pas le faire. Je suis certaine qu'elle m'obéira.

— Je ne crois pas qu'un bébé de 2 ans soit capable de faire la part des choses, répliqua Constance avec fermeté.

Elle sentit la panique monter. Il était tout à fait absurde de parler de question de confiance. Il s'agissait ici d'une enfant de 2 ans, et d'un placard rempli de poisons laissés à sa portée. Elle se demanda si Austin était aussi stupide que sa femme sur ce point. Elle espérait que non. Elle aurait bien voulu s'occuper elle-même de ce maudit placard, mais elle n'osait pas intervenir ainsi dans la maison de son fils. Elle avait l'impression que sa petite-fille vivait avec une bombe à retardement prête à exploser sous ses pieds.

— Je te remercie toutefois pour tes conseils, Constance, dit froidement Zoe en s'éloignant.

— Que se passe-t-il ? demanda Austin, qui s'était aperçu que Zoe était en colère.

Elle le cachait bien, mais ne pouvait s'empêcher de jeter des coups d'œil furieux en direction de sa belle-mère.

— Je viens de me rendre compte que vous gardez tous vos produits toxiques sous l'évier, dans un placard qui n'est même pas fermé à clé. J'ai conseillé à ta femme de poser un verrou ou de les ranger hors de portée de Jaime.

— Je sais, oui. Elle pense que Jaime doit apprendre la notion de danger. Moi aussi, ça me rend nerveux, admit-il avec le sentiment désagréable de trahir sa femme. Mais Jaime ne s'approche jamais de la cuisine, Zoe lui a expliqué qu'elle n'en avait pas le droit.

— Elle ne s'en est pas encore approchée, tu veux dire. Vous ne pouvez pas faire confiance à une petite de 2 ans. Bon sang, on ne peut même pas faire confiance à un gamin de 15 ans ! Toi et tes frères vous serviez dans le placard à alcools dès que nous avions le dos tourné ! Mais le whisky ne vous aurait pas tués, alors que l'eau de Javel est un poison mortel ! Austin, tu dois te montrer un peu raisonnable. Jaime a le goût de l'aventure, et elle n'a que 2 ans ! Tu dois entreposer ces produits ailleurs, martela Constance.

— Je vais m'en occuper, promis. J'en avais l'intention.

Quand il avait tenté, Zoe en avait fait un tel drame qu'il avait aussitôt renoncé. Mais il savait que sa mère avait raison. Zoe avait des idées un peu étranges parfois, et le respect de la liberté d'une enfant de 2 ans était capital pour elle. Il n'adhérait pas plus à cette théorie qu'à son refus d'installer une barrière de sécurité. D'ailleurs, c'était à cause de ça que Jaime s'était cassé le bras.

— Merci, répondit Constance à voix basse avant de retourner discuter avec Pam.

Quand il ouvrit le placard sous l'évier, ce qu'il n'avait pas fait depuis un moment, Austin comprit avec effroi que sa mère avait raison. Des produits dangereux, mortels même pour des adultes, étaient rangés à portée de main. Il se releva et, en se retournant, se retrouva face à face avec Zoe qu'il n'avait pas entendue arriver.

— C'est ta mère qui s'est plainte de moi ? Jaime ne s'approche jamais de la cuisine, elle sait très bien qu'elle n'est pas autorisée à le faire, répliqua-t-elle en lui lançant un regard noir.

— Voyons, ma chérie. Elle n'a que 2 ans. C'est la même chose qu'avec la barrière de l'escalier ! Je comprends à quel point tu l'aimes et la respectes, mais là c'est purement et simplement dangereux. Ne prenons pas de risque inutile, je t'en supplie.

— Très bien, fais comme ça te chante.

Zoe, vexée, sortit de la pièce, et son attitude et le regard glacial qu'elle lui adressa, sans compter sa froideur envers Constance, lui gâchèrent son plaisir. Ils poursuivirent néanmoins les festivités comme si de rien n'était jusqu'au départ de tous les invités. Puis Austin retourna dans la cuisine et déplaça tous les produits ménagers sur une étagère en hauteur. Zoe, qui préparait le dîner de Jaime, le regarda faire.

— Ne sois pas fâchée contre moi, lui dit-il d'une voix douce, mais ma mère avait raison sur ce point.

— Le problème, c'est qu'elle ne m'aime pas, voilà tout. D'ailleurs, elle n'a jamais pu me souffrir.

— C'est complètement faux ! répondit-il.

Il détestait la position dans laquelle il se trouvait, à faire le grand écart entre les deux femmes.

— Elle t'apprécie, mais c'est la championne de la sécurité des enfants, et elle est de la vieille école. Là on ne parle pas d'heure de coucher ou de règles éducatives, mais de substances dangereuses laissées à la portée d'un tout petit enfant ! Tu sais que je te soutiens toujours, Zoe. Mais pas là.

— Jaime ne s'approche jamais de la cuisine. Elle comprend très bien qu'elle n'a pas le droit d'y entrer.

— Et si un beau jour elle oublie, ou décide d'entrer quand même ? Cette conversation est tout bonnement absurde et ne mène à rien. Ne fais pas de moi ou de ma mère le méchant de l'histoire, je te prie. C'est une simple question de bon sens ! Tu t'inquiètes pour l'abattant des toilettes, mais les produits sont bien plus dangereux ! Pourquoi ne veux-tu pas comprendre ça ?

— Je respecte l'intelligence de ma fille, voilà tout. Contrairement à toi.

— Alors laisse l'abattant ouvert et dis-lui de ne pas plonger dedans, tant que tu y es ! lança Austin en haussant le ton.

Il avait horreur de se disputer avec Zoe, mais ne pas pouvoir discuter sereinement avec elle de ce genre de choses le rendait fou. Il s'agissait tout de même de la sécurité de leur enfant…

— Si elle se retrouve la tête la première dans les toilettes ce sera parce qu'elle est tombée dedans, pas parce qu'elle a décidé d'y plonger tête la première !

— Tu te rends compte à quel point ce que tu dis est délirant ? lui demanda-t-il, exaspéré. Cette fête d'anniversaire était magnifique, ajouta-t-il pour changer de sujet.

— Je te remercie, répondit-elle d'un ton glacial. C'est ce que je pensais aussi, et je m'amusais bien jusqu'à ce que ta mère vienne mettre son grain de sel.

— Pourquoi ne laisses-tu pas simplement tomber, Zoe ? Les poisons sont hors de portée de Jaime. Ça me suffit.

— Ça suffit pour qui ? Pour ta mère ? Parce qu'elle compte revenir chez nous pour vérifier qu'on a bien tout rangé ? ironisa Zoe sur un ton sarcastique déplaisant.

C'était son ton habituel quand elle était en tort.

— Non, ça me suffit à moi, Zoe. Si tant est que cela compte encore pour toi.

Il avait l'air si triste qu'elle se sentit coupable et préféra sortir de la cuisine. Elle aussi était malheureuse. Elle partit retrouver Jaime. Elle était dans sa chambre, à s'amuser avec ses jouets. Elle ressemblait à un chérubin aux cheveux noirs et elle releva un regard innocent sur ses parents quand ils entrèrent dans la pièce.

— Tu as aimé ta fête d'anniversaire ? lui demanda Austin.

La petite hocha la tête avec un sourire.

— Gâteau… Soufflé… J'ai 2 ans.

Elle tenait deux de ses doigts pour indiquer son âge. Elle était si irrésistible que même ses grands cousins avaient craqué. Ils l'aimaient beaucoup, malgré le fait qu'ils ne la voyaient pas souvent. L'un des frères d'Austin habitait dans le New Jersey et l'autre dans le Connecticut, mais Zoe et Austin avaient pris la décision de rester vivre à New York City, même avec un enfant. L'atmosphère de la ville leur semblait bien plus stimulante, et ce serait sans doute le cas aussi pour Jaime quand elle serait plus grande. Ils se satisfaisaient de leur appartement dans Charles Street et n'avaient de toute façon pas besoin d'une maison pour eux trois. Et ils ne comptaient pas agrandir la famille. La fillette les comblait, sans compter qu'Austin était devenu père plus tard que ses frères et avait récemment fêté ses 42 ans. De son côté, Zoe, à 36 ans, n'avait aucune envie d'être de nouveau enceinte ni de subir l'enfer des premiers mois avec un nouveau-né. Leur vie était tellement plus simple maintenant que leur enfant avait grandi.

Le soir venu, Zoe donna son bain à Jaime et Austin lui lut une histoire avant de la mettre au lit. Puis ils mangèrent les restes du buffet de la fête et allèrent se coucher à leur tour. Zoe se montrait toujours aussi froide à l'égard d'Austin. Ses critiques et ce qu'elle considérait comme les ingérences de sa belle-mère l'avaient irritée, et elle n'avait pas apprécié la réaction d'Austin.

Au lit, ils regardèrent la télévision un moment sans un mot, puis il lui passa un bras autour des épaules. Elle se déroba. Elle avait toujours besoin de plus de temps que lui pour digérer leurs querelles qu'elle percevait comme des trahisons, surtout cette fois-ci.

— Je ne supporte pas de me disputer avec toi, lui dit-il à voix basse.

Elle garda le silence une minute.

— Alors fais en sorte que ça n'arrive pas.

C'était plus facile à dire qu'à faire. Il s'étonnait de l'aimer à ce point, tout en étant par moments en profond désaccord avec elle, notamment au sujet de leur enfant. Elle avait des idées très différentes des siennes sur la liberté, le respect et les valeurs à lui inculquer, même s'ils se rejoignaient heureusement sur les questions de moralité, le bien et le mal.

— J'apprécie beaucoup ton père, déclara-t-il tout de go pour changer de sujet.

— Il essaie de bien faire, même s'il a pris des décisions difficiles il y a longtemps. C'était la meilleure chose à faire car il touchait le fond avec ma mère. Mais il ne faut pas oublier qu'elle a failli mourir de chagrin quand il l'a quittée. Je constate aujourd'hui que Pam lui correspond parfaitement, même si je ne m'en rendais pas compte à l'époque. Je leur en ai beaucoup voulu de partir pour Santa Barbara. Ils m'invitaient souvent mais ma mère m'avait clairement fait comprendre que je la trahissais chaque fois que j'allais chez eux. Alors j'ai fini par ne plus y aller du tout. Mes parents ont tous les deux gardé de grosses séquelles après la mort de Rose. Ma mère n'en parle pas, mais je pense qu'elle n'a toujours pas fait son deuil. Je me demande si elle y parviendra un jour. J'ai quand même l'impression qu'elle va mieux maintenant, mais elle ne s'en est jamais complètement remise.

Austin acquiesça, sans savoir quoi dire. C'était un sujet très délicat pour tout le monde. Il avait l'impression de marcher sur un champ de mines, avec de très anciens explosifs enfouis profondément.

— Moi aussi, j'aime beaucoup ton père, conclut Zoe.

Mais pas ma mère, ne put-il s'empêcher de noter. Elle lui sourit, mais une tension difficile à cerner planait encore entre eux. Austin devinait que Constance, sans l'avoir exprimé, décelait quelque chose d'inquiétant chez sa belle-fille. Malgré son tact, ses réserves vis-à-vis de Zoe étaient palpables et celle-ci s'en était bien rendu compte. Pourtant, avant la naissance de Jaime, tout se passait bien entre elles.

Austin et Zoe regardèrent la télévision pendant un moment, puis la jeune femme finit par s'endormir. Il s'allongea contre elle et la contempla, le cœur débordant d'amour comme au tout premier jour. Il était néanmoins conscient qu'une partie d'elle demeurerait un mystère pour lui. Il avait beau l'aimer et essayer de toutes ses forces de la comprendre, son côté obscur continuait de lui échapper.

8

Deux semaines après l'anniversaire de Jaime, un samedi, Austin dut se rendre au bureau pour travailler sur l'une des affaires de garde juridique dont il s'occupait pour le foyer. Zoe, quant à elle, emmena Jaime à l'aire de jeux près de leur appartement pour qu'elle puisse se défouler. La petite fille aimait beaucoup observer les plus grands. Ce jour-là, en les voyant, elle se mit à courir aussi vite qu'elle le pouvait pour impressionner un groupe de fillettes plus âgées. Mais celles-ci ne lui prêtaient aucune attention : une enfant de 2 ans emmitouflée dans une doudoune rose ne les intéressait guère. Jaime, fascinée par ces aînées, courait à perdre haleine autour d'elles tandis que sa mère était plongée dans une discussion avec plusieurs mamans qu'elle croisait régulièrement au parc. L'une d'elles venait d'accoucher et c'était sa première sortie avec son bébé, un solide gaillard de 5 kilos, son quatrième. Malgré les exclamations admiratives des autres mères, Zoe voyait seulement le cauchemar que ce devait être de l'allaiter. Elle avait eu son lot de problèmes avec Jaime et ses coliques, ses apnées et ses vomissements.

Elle aimait bien plus être mère maintenant. Jaime finit elle aussi par s'approcher pour contempler le bébé. Elle le regarda avec de grands yeux et le montra du doigt :

— Un bébé, maman ? Pour Jaime ? demanda-t-elle à Zoe.

Celle-ci éclata de rire.

— Non, Jaime, tu me combles et je n'ai pas besoin d'un autre enfant. C'est toi mon bébé.

La petite voulait faire de la balançoire, mais toutes celles réservées aux plus jeunes étaient prises.

— Une balançoire pour grandes ? demanda-t-elle avec une voix pleine d'espoir.

En règle générale, Zoe refusait. Mais comme la queue pour les petites balançoires était interminable, elle acquiesça.

— Vas-y, mais tu dois bien t'accrocher.

Elle ne pouvait pas attacher la petite sur la balançoire trop haute pour elle, mais Jaime était robuste. De plus, le sol était recouvert d'une dalle amortissante en caoutchouc.

Zoe poussa doucement l'enfant, qui tendait ses petites jambes et piaillait de joie.

— Plus haut ! cria-t-elle à sa mère, qui poussa un peu plus fort.

Puis elle s'exclama « Encore ! » en tournant la tête par-dessus son épaule pour regarder Zoe au moment même où celle-ci lui donnait une nouvelle poussée, et Jaime fit un vol plané.

Zoe se précipita vers son enfant au sol, manquant de peu de se prendre la balançoire dans la tête. La petite pleurait et un de ses bras pendait mollement.

— J'ai mal à la main, maman.

La petite main de Jaime commençait déjà à enfler. Zoe l'installa sur un banc pour vérifier si tout allait bien, mais ce n'était pas joli. Elle quitta rapidement l'aire de jeux sous le regard curieux des autres mères qui lui adressèrent des signes d'adieu. Une fois dans la rue, elle héla un taxi et demanda au chauffeur de les amener aux urgences de l'hôpital de la NYU, un court trajet qu'elle connaissait désormais par cœur.

— Mais qu'est-ce que vous faites encore ici ? les interpella une infirmière à l'air familier quand elles arrivèrent.

— Je suis tombée de la balançoire des grands, répondit Jaime entre deux sanglots.

Jaime ne semblait pas s'être recassé le bras, ce qui soulageait Zoe. Une infirmière qu'elles ne connaissaient pas les accompagna dans une salle de consultation, installa Jaime sur la table avec des gestes doux et lui ôta délicatement sa doudoune, ce qui eut pour effet de faire redoubler les pleurs de la fillette. Puis elles attendirent le médecin quinze minutes tandis que plusieurs infirmières venaient les saluer. Zoe n'avait toujours pas prévenu Austin. Elle préférait le faire une fois qu'elle aurait vu le médecin. Celui-ci n'eut qu'à jeter un coup d'œil pour constater que le poignet était fracturé. Une aide-soignante installa Jaime dans un fauteuil roulant pour enfants et l'emmena faire une radio pour confirmer ce diagnostic. La petite commençait à être habituée.

Elle n'était vêtue que d'un jean, d'un pull simple et d'une doudoune noire mais le médecin nota aussitôt l'allure élégante et l'apparence soignée de Zoe.

— Votre fille a eu son lot de blessures l'année dernière, commença-t-il. Bras cassé, coude disloqué à deux reprises, et maintenant le poignet. Vous ne devez pas vous ennuyer ! Vous lui avez fait passer un test de TDAH ? Ça fait beaucoup, pour une enfant de 2 ans…

Zoe sentit le soulagement l'envahir. Pendant une minute, elle avait cru qu'il allait l'accuser de maltraitance. Mais il suggérait simplement que Jaime était peut-être hyperactive. Zoe en doutait, Cathy Clark l'aurait remarqué. Or, elle n'avait même jamais émis cette hypothèse.

— Je ne manquerai pas d'en parler à notre pédiatre, dit-elle sobrement.

Il demanda à Jaime quel plâtre elle préférait. Ils venaient d'ajouter le rose fluo dans la palette des couleurs disponibles, et c'est bien sûr celui qu'elle choisit. La petite se tenait toujours la main, mais elle avait cessé de pleurer. Le médecin posa le plâtre puis leur dit qu'il faudrait venir le faire retirer quatre semaines plus tard – une précision inutile, Zoe connaissait la procédure. Quand elles sortirent des urgences, les infirmières leur adressèrent des signes d'adieu. Zoe appela enfin Austin pour lui raconter leur mésaventure.

— Elle a fait quoi ?! s'exclama-t-il aussitôt.

— Elle est tombée de la balançoire et s'est brisé le poignet.

Austin se demanda immédiatement comment il allait bien pouvoir annoncer cette nouvelle à sa mère.

— Mais comment a-t-elle fait son compte ? Il y a du sable sous les portiques, et les enfants ne peuvent pas tomber de ces sièges sécurisés.

— Elle ne se trouvait pas sur la balançoire des petits, expliqua Zoe en soupirant.

Elle appréhendait énormément la réaction de son mari, mais elle savait que Jaime vendrait la mèche tôt ou tard.

— Toutes les petites balançoires étaient prises, alors je l'ai installée exceptionnellement sur une grande et elle a glissé. Il y a des dalles en caoutchouc dessous, mais elle a atterri sur son poignet.

— C'est le même bras que celui qu'elle s'est cassé la dernière fois ?

Il avait l'air découragé.

— Non, l'autre. Elle doit garder un plâtre pendant un mois.

— Ils t'ont posé des questions ? Ils doivent vraiment penser que nous maltraitons notre enfant. Peut-être qu'il vaudrait mieux l'emmener dans un autre hôpital, la prochaine fois.

Il ne plaisantait qu'à moitié.

— Le médecin pense que Jaime a un trouble de l'attention. Peut-être que c'est le cas, d'ailleurs.

— Elle n'est pas hyperactive, Zoe. C'est juste qu'on ne la surveille pas correctement, sinon ça n'arriverait pas. Tu n'aurais jamais dû la laisser aller sur les grandes balançoires.

Le reproche était clair.

— Je sais, répondit-elle doucement. Je ne pensais pas qu'elle se ferait mal.

— On se dit toujours ça, jusqu'au moment où ça arrive. Où êtes-vous ?

— Devant l'hôpital. On sort à l'instant. Ça fait une heure qu'on est ici.

— Je passe vous chercher et je vous emmène déjeuner. J'ai quasiment fini.

Il avait l'air grave quand il se gara devant l'entrée des urgences quelques instants plus tard. Zoe et Jaime s'assirent sur la banquette arrière, car il n'y avait pas de siège auto dans le véhicule de fonction d'Austin, et Jaime montra son plâtre rose à son père en babillant tandis qu'il échangeait un regard inquiet avec Zoe. Il ne semblait pas en colère contre elle.

— Tu as appelé Cathy ?

Elle secoua la tête. Elle était aussi bouleversée que lui, et furieuse contre elle-même.

— Je ne voulais pas la déranger un samedi… Je ne pensais pas que le poignet de Jaime était cassé.

— Ils vont probablement finir par nous signaler aux services de protection de l'enfance, annonça-t-il sur un ton grave.

— Cathy se porterait garante de nous.

— Encore faudrait-il qu'ils lui demandent son avis ! Surtout s'ils découvrent que nous sommes amis…

Ils voulaient déjeuner à Soho, dans un restaurant qu'ils aimaient bien et devant lequel se pressait toujours une petite foule.

— Je n'arrive pas à croire qu'elle s'est encore cassé quelque chose ! s'exclama Austin une fois qu'ils furent installés. Peut-être que ses os sont anormalement fragiles ?

— Je ne pense pas. C'est juste un manque de bol.

— Ce n'est pas fréquent, une telle poisse…

Le restaurant était très fréquenté, mais ils appréciaient beaucoup sa cuisine. La soupe de poulet était excellente, et Jaime raffolait de leurs hot dogs. Ils étaient en train de consulter la carte quand Austin leva les yeux et s'aperçut que la fillette venait de quitter la table. Elle déambulait en faisant de grandes risettes aux gens et en exhibant son plâtre rose, tandis que les serveurs chargés de plats brûlants passaient en trombe devant elle et la contournaient de justesse. Zoe esquissa un sourire en la voyant, mais Austin bondit de son siège et alla la récupérer à la hâte. Il la prit dans ses bras et la rassit sur sa chaise, lui parlant sur un ton sévère :

— Tu dois rester assise tant qu'on ne te dit pas de bouger, Jaime. Tu comprends ?

Les lèvres de la petite fille se mirent à trembler et ses yeux se remplirent de larmes. Zoe le regarda avec indignation.

— Mais pourquoi as-tu fait ça ? Tu lui as fait honte ! C'est humiliant pour elle quand tu la portes comme un bébé.

— Pourquoi j'ai fait ça ? Tu te moques de moi ? N'importe lequel de ces serveurs aurait pu trébucher sur elle et lui renverser de la soupe brûlante dessus. Tu veux aller visiter l'unité des grands brûlés, la prochaine fois ? Personnellement, je commence à me lasser du charme des urgences, et j'ai l'impression de connaître toute l'équipe.

Encore sous le choc de la catastrophe à laquelle ils venaient d'échapper alors que la petite sortait à peine de l'hôpital, il lui parlait durement.

— Tu ne vois donc pas quand un accident est sur le point de se produire, Zoe ? On ne peut pas la laisser gambader comme ça dans un restaurant bondé, enfin !

— Que veux-tu que je fasse ? Que je l'attache à sa chaise ? Elle a le droit de se lever, comme toi et moi.

— Certainement pas ! Elle est toute petite. Les serveurs ne la verraient même pas et lui renverseraient du café sur la tête.

On venait de leur apporter du café, et Austin n'avait même pas pu tremper les lèvres dedans tant il était bouillant.

— Nous devons absolument être plus vigilants, et savoir devancer les accidents avant qu'ils ne se produisent, et non pas après.

Zoe, au bord des larmes, se sentait minuscule.

— Il ne s'agit pas de respecter ou non un enfant de 2 ans, Zoe, reprit-il. Nous devons nous comporter en parents responsables.

— Alors, selon toi, je suis irresponsable ?

Elle avait l'air effondrée.

— Nous le sommes tous les deux, si notre fille se blesse encore et encore. Elle n'y est pour rien, mais nous si. Nous devons lui enseigner que certaines choses sont dangereuses. Comme de monter sur la balançoire des grands, ou courir dans un restaurant. On ne peut pas la laisser faire ce qu'elle veut.

— Elle voulait seulement montrer son plâtre aux gens.

En entendant cela, Jaime intervint.

— Je leur ai dit que j'avais un bobo, et ils ont aimé le plâtre rose. Moi aussi.

Au moins, elle ne semblait plus souffrir.

— Bon sang ! Ce sont des ours en peluche ou des barrettes à cheveux qu'elle devrait choisir, à son âge. Pas des plâtres !

Austin était accablé. Le serveur vint prendre leur commande : une soupe au poulet pour Zoe, un hot dog et un beignet pour Jaime et un sandwich au pastrami pour Austin – le restaurant préparait les meilleurs de la ville.

Quand le hot dog de Jaime arriva, Austin le découpa aussitôt en petits morceaux malgré les vigoureuses protestations de la fillette.

— Mais que fais-tu ? s'exclama Zoe.

Austin ne s'était même pas donné la peine d'écouter les objections de Jaime.

— Si elle s'étouffe avec un bout de saucisse, je risque d'avoir une crise cardiaque avant d'avoir pu lui faire la manœuvre de Heimlich. On a eu bien assez d'émotions pour aujourd'hui, non ?

Zoe hocha la tête et affirma à Jaime qu'elle allait se régaler, puis elle nappa ses frites de Ketchup exactement comme elle les appréciait. À la fin du déjeuner, Austin semblait plus détendu. Il commanda une part de cheesecake pour le dessert tandis que Jaime mangeait son donut saupoudré de sucre. Zoe, quant à elle, avait à peine touché à sa soupe. Elle était trop bouleversée par les propos d'Austin, qui la rendait responsable de toutes les blessures de Jaime. Elle avait envoyé un SMS à Cathy, qui les rappela à ce moment-là.

— Que s'est-il passé ? demanda celle-ci, abasourdie par la nouvelle de cette énième fracture.

Zoe lui expliqua l'accident en détail.

— C'est entièrement ma faute. Je n'aurais pas dû lui permettre d'aller sur la balançoire des grands. Je n'aurais jamais pensé qu'elle risquait de tomber, mais quand elle s'est retournée pour me regarder, elle a glissé…

— Ce genre de choses arrive.

Cathy aussi semblait assez découragée.

— Le médecin m'a demandé si elle était hyperactive. Tu crois que c'est le cas ?

— Bien sûr que non ! C'est juste une enfant de 2 ans qui croque la vie à pleines dents !

— Une enfant de 2 ans avec une mère irresponsable…

Austin se sentit coupable quand il lut la détresse dans le regard de Zoe. Elle avait pris de plein fouet chaque mot qu'il lui avait assené.

— Je passerai la voir plus tard, promit Cathy. Je suis dans un marché aux puces à Brooklyn.

— Nous sommes encore au restaurant. Jaime a mangé un hot dog, des frites et un beignet. Son appétit semble intact !

Austin se retint de justesse d'ironiser sur le fait que leur fille était habituée aux fractures, désormais.

— Cathy va passer tout à l'heure, annonça Zoe en raccrochant.

— C'est sans doute inutile, elle a l'air parfaitement en forme. Je pense que nous sommes plus bouleversés qu'elle.

En effet, Jaime était détendue et joyeuse.

À leur retour, Austin alla garer la voiture au parking. Quand il remonta vingt minutes plus tard, Zoe avait déjà couché Jaime pour sa sieste et souhaitait s'allonger aussi. La matinée l'avait épuisée et elle se sentait nauséeuse.

— Qu'est-ce qui t'a pris si longtemps ? demanda-t-elle à son mari.

— Ma mère m'a téléphoné et j'ai dû lui expliquer ce qui s'était passé. Au début, elle pensait que je plaisantais. Elle n'arrivait pas à croire que Jaime s'était vraiment cassé le poignet. Je dois avouer que quand tu m'as appelé, moi non plus je n'y ai pas cru.

— Et moi non plus ! répliqua Zoe, l'air exaspéré.

Elle était épuisée par la visite à l'hôpital et l'attitude d'Austin, qui faisait une montagne de l'accident.

Austin, qui avait besoin de se changer les idées, alla regarder la télévision au salon. Il n'avait pas raconté à Zoe que sa mère avait éclaté en sanglots quand il lui avait appris la nouvelle.

— Je ne sais pas ce qui se passe, mais ce n'est pas normal, avait-elle fini par dire à son fils après avoir retrouvé son calme. Je n'ai jamais vu un enfant se blesser aussi souvent.

Elle le lui avait déjà dit à plusieurs reprises et ça ne lui faisait guère plaisir de l'entendre, mais il était bien de son avis. Il avait le sentiment que dès qu'il tournait le dos, Jaime se retrouvait aux urgences, et se sentait terriblement impuissant. Peut-être n'avait-elle plus jamais eu d'épisode d'apnée, mais désormais elle se cassait un os toutes les cinq minutes.

Il aurait voulu être en colère contre Zoe, mais il en était incapable. Elle avait l'air si abattue et bourrelée de remords qu'il se faisait l'impression d'être un monstre. Il jeta un coup d'œil dans la chambre de Jaime et la vit endormie dans son lit, un véritable petit ange. La matinée avait été éprouvante pour elle aussi. Puis il finit par aller s'allonger à côté de Zoe.

— Tu me hais, n'est-ce pas ? murmura-t-elle d'une voix rauque.

La télévision était allumée, mais elle ne la regardait pas.

— Bien sûr que non. Pourquoi dis-tu une chose pareille ? Je t'aime. Je me demande seulement ce qu'on fait de mal. Les autres enfants ne se blessent pas aussi souvent, et leurs parents ne connaissent pas toutes les infirmières des urgences par leur petit nom.

Zoe s'était toujours montrée si aimable avec le personnel de l'hôpital qu'ils se souvenaient d'elle et de Jaime. Austin s'aperçut alors qu'elle pleurait. Quand il tendit la main vers elle, ses larmes se transformèrent en sanglots irrépressibles. Il la prit dans ses bras et la serra contre lui.

— Je suis tellement désolée, c'était un accident. Je te promets que ça n'arrivera plus, dit-elle à travers ses larmes.

Mais Austin avait comme un sinistre pressentiment, comme si quelque chose se jouait en périphérie de sa conscience, qui échappait à sa compréhension.

— Je te crois. Et je suis désolé, moi aussi. Tu es la meilleure mère au monde.

Pour la première fois, il eut l'impression que ses mots sonnaient creux. Il répéta encore et encore à Zoe qu'elle était une bonne maman, et tandis qu'il la serrait contre lui, des larmes se mirent à couler sur ses propres joues. La femme dans ses bras était comme une étrangère. Et si sa mère avait raison ?

9

Lorsque Jaime eut 2 ans et demi, Zoe profita d'un bilan de santé avec Cathy pour lui poser une question qui stupéfia la pédiatre.

— Tu vas trouver ça bizarre, se lança-t-elle, gênée, mais pourrais-tu lui prescrire des analyses de sang pour vérifier qu'elle n'a pas une leucémie ?

Cathy fronça les sourcils, l'air inquiet. La requête était pour le moins étrange.

— Pourquoi ? Tu soupçonnes quelque chose ?

Zoe avait suivi deux années d'études de médecine, et s'intéressait toujours beaucoup à tout ce qui touchait à la santé. La jeune femme lisait encore des revues médicales et ses connaissances scientifiques étaient étonnantes.

— C'est juste que… Ma mère m'a dit qu'il y avait eu des symptômes six mois avant que la maladie de ma sœur se déclare. Ça n'aurait probablement pas fait de différence, mais qui sait… Elle aurait peut-être survécu si le cancer avait été diagnostiqué plus tôt. Elle souffrait de la forme la plus agressive de la leucémie, ça n'aurait sans doute rien changé. Mais je ne veux pas manquer le coche et le regretter toute ma vie. Cela me rassurerait beaucoup de voir ses tests négatifs.

— C'est une requête pour le moins inhabituelle, répondit calmement Cathy.

Elle avait de la peine pour son amie. Zoe était manifestement toujours hantée par la perte de sa sœur, et terrifiée à l'idée que cela puisse arriver à sa propre fille. La terrible nouvelle, les années d'agonie, la fin tragique.

— Je préfère ne pas imposer aux enfants de tests sanguins inutiles, continua-t-elle. D'autant que je n'ai pas détecté le moindre signe de maladie chez Jaime. Sinon je te l'aurais dit, bien entendu. Et je lui aurais fait passer tous les examens possibles. Mais je peux comprendre ton inquiétude.

— J'ai vu ma sœur s'éteindre à petit feu. Si nous devons faire face à ça, je préfère le savoir dès maintenant. Ma mère a été extraordinaire avec Rose. Elle lui a donné sa propre moelle osseuse pour une greffe, ce qui lui a permis de vivre quelques années de plus. Elle aurait fait n'importe quoi pour Rose. Elle ne l'a pas quittée une minute pendant toutes ses années de maladie.

— Ç'a dû être vraiment terrible pour toi, dit Cathy avec douceur.

Zoe ne parlait jamais de son enfance. Depuis qu'elles étaient amies, elle l'avait mentionnée une ou deux fois en passant.

— La mort de Rose a changé ma relation avec ma mère pour toujours. Avant ça, c'était pour nous deux une maman merveilleuse et incroyablement dévouée. J'étais la grande sœur la plus heureuse. Mais une fois que Rose est tombée malade, ma mère a dû l'accompagner à l'hôpital, l'emmener à ses multiples examens et à ses séances de chimiothérapie. On n'a plus fait que se croiser, et après la disparition de ma sœur elle est restée prostrée, comme dans un état second. Il lui a fallu des années pour s'en remettre. Quand elle s'est enfin réveillée de sa léthargie et qu'elle a recommencé à fonctionner normalement, elle a aussitôt repris le travail qu'elle avait arrêté à ma naissance. En résumé, on peut dire que j'ai perdu ma mère le jour où Rose est tombée malade. Nous ne sommes jamais parvenues à nous retrouver. Nous voir nous rappelle trop, à l'une comme à l'autre, les mauvais souvenirs. Le simple fait d'entendre sa voix me ramène vingt-cinq ans en arrière, et c'est probablement la même chose pour elle. Nous nous téléphonons de temps à autre, mais je ne lui rends jamais visite, et elle ne vient jamais à New York non plus. C'est peut-être mieux ainsi, il est trop tard pour rectifier le tir. Mais je dois dire qu'elle m'a montré comment être une bonne mère. Je n'ai jamais vu un tel dévouement ni une personne donner autant qu'elle pour ma sœur. J'espère de tout mon cœur qu'un tel drame ne nous arrivera jamais. Mais si c'était le cas, j'aimerais pouvoir suivre son exemple. Tout le monde était bouleversé, elle était réellement formidable.

Zoe avait les larmes aux yeux et Cathy sentit la compassion l'envahir.

— Toi aussi tu es une mère admirable, Zoe, la meilleure que j'aie jamais reçue dans mon cabinet. Tu es toujours inlassablement disponible pour Jaime. Et avouons-le, cette petite n'est pas de tout repos. Elle est curieuse et active, elle s'intéresse à tout. Je sais bien qu'elle a connu quelques mésaventures mais à mon avis ç'aurait été bien pire si tu n'avais pas été là. Je suis convaincue que tu fais tout ce qui est en ton pouvoir pour la protéger.

Cathy comprenait mieux les motivations de Zoe, après l'avoir entendue parler du passé.

— En tant que médecin, je refuse de demander ces examens pour Jaime, car je ne les trouve pas justifiés. En revanche, au nom de notre amitié, je voudrais t'aider à apaiser tes craintes. Je vais donc accéder à ta demande. Mais promets-moi qu'ensuite tu laisseras tout ça derrière toi. Jaime n'est pas ta sœur. C'est une petite fille en bonne santé qui a toute la vie devant elle. Aie confiance.

Zoe, infiniment reconnaissante, lui sourit à travers ses larmes.

— Tu sais, Cathy, je reste éveillée toute la nuit, terrifiée à l'idée que la foudre va nous frapper, comme elle s'est abattue sur ma famille il y a des années. D'une certaine manière, nous sommes tous morts avec Rose, et son décès a précipité la fin du mariage de mes parents. Mon père a attendu deux ans que ma mère fasse son deuil, mais elle en était incapable. Il a fini par partir. Je pense qu'il n'en pouvait plus. Un an plus tard, il a épousé Pam, et ç'a été le coup de grâce pour ma mère. Elle a sombré plus profondément encore quand elle a appris la nouvelle.

— J'imagine que vous avez tous suivi une thérapie, après ça ?

Elle fut effarée en voyant Zoe faire non de la tête.

— Seulement mon père. Pam était sa psychologue, à la base… C'est une femme bien, mais j'ai longtemps refusé de me rapprocher d'elle car cela affectait trop ma mère. Du coup, je ne les voyais presque jamais. Ils ont rapidement eu deux enfants. Si mon père est parti, c'est parce que ma mère refusait de suivre une thérapie avec lui. Lui souhaitait se reconstruire, mais elle prétendait en être incapable. J'avais 10 ans quand Rose est morte. Le temps que ma mère retrouve la raison, j'étais déjà entrée dans ma période d'adolescence rebelle. Je ne suis pas certaine qu'ils aient même pensé à me faire suivre par un psy. Mes parents étaient tous les deux si anéantis après la mort de Rose qu'ils ne s'adressaient plus la parole, et ils ne me parlaient pas beaucoup plus. Le bateau avait coulé, et c'était chacun pour soi. Mon père s'est enfui, ma mère est restée au fond plusieurs années. Moi j'ai pagayé, toute seule, en essayant de remonter à la surface.

— Et plus tard, à l'âge adulte ?

Cathy n'avait jamais osé lui poser ces questions auparavant. Toutefois, dans le secret de son cabinet, elle s'autorisait à le faire. Selon elle, leur amitié lui conférait aussi une certaine légitimité.

— J'avoue que je n'en ai jamais vu l'utilité, répondit Zoe. Je suis entrée à l'université et j'ai remis de l'ordre dans ma vie. Puis j'ai été très occupée à l'école de médecine, avant de déménager à New York. J'ai rencontré Austin, nous nous sommes mariés et avons eu Jaime, et nous voilà. Nous sommes heureux, nous nous entendons bien, et Rose n'est plus qu'un lointain souvenir désormais. Il n'y a plus grand-chose à dire.

— Tu as eu une enfance très difficile, Zoe, et solitaire d'après ce que tu viens de me confier. Et tu as subi un choc brutal quand Rose est morte. Ce drame, plus le divorce de tes parents, cela faisait beaucoup à gérer pour une fillette de ton âge. Tu as dû te sentir abandonnée de tous.

Zoe hocha la tête.

— Beaucoup d'eau a coulé sous les ponts. La petite fille triste et perdue que j'étais a disparu depuis longtemps. Désormais je suis épouse et mère. Ma seule crainte, c'est que Jaime ait une leucémie comme ma sœur, et que notre univers s'écroule, déclara-t-elle après un silence.

Mais Cathy ne percevait pas les choses de la même façon. Selon elle, toutes ces années de souffrance devaient avoir laissé de profondes cicatrices. Entreprendre une thérapie aurait permis à Zoe de réellement se détacher de son passé. Elle s'étonnait que son amie n'ait jamais cherché à consulter. Une opération à cœur ouvert lui paraissait moins difficile que de devoir surmonter un tel traumatisme sans assistance.

— Je vais demander les analyses de sang pour Jaime. De cette façon, tu pourras chasser cette peur de ton esprit.

Elles s'accordèrent sur le fait que Jaime grandissait bien et se réjouirent de constater que la fillette ne s'était pas fait mal depuis plusieurs mois.

Ce soir-là, Zoe se sentit si soulagée après sa discussion avec Cathy qu'elle mentionna les tests à Austin. Celui-ci eut aussitôt l'air paniqué.

— Mon Dieu, elle est souffrante ?

— Non, pas du tout. Notre fille va très bien, ou du moins c'est ce qu'il me semble. Mais ma sœur avait quelques mois de plus qu'elle quand elle est tombée malade, sans que personne ait pu déceler le moindre signe avant-coureur. Je me suis toujours dit que si j'avais un enfant, je ne voudrais pas que cela se passe ainsi. J'ai simplement besoin de la confirmation qu'elle est réellement en bonne santé. Mais il ne s'agit que de moi et de mes inquiétudes. Sache que Cathy n'a rien observé d'anormal chez Jaime. J'aimerais seulement pouvoir enfin me détendre.

Cela sembla apaiser Austin.

— C'est quand même malheureux qu'elle doive subir une prise de sang juste pour te rassurer, fit-il cependant remarquer d'un air chagrin. Cathy en pense quoi ?

Il comprenait les motivations de sa femme, mais désapprouvait l'idée de soumettre Jaime à des tests. Toutefois, Cathy avait toute sa confiance concernant la santé de leur fille.

— Elle m'a promis que Jaime ne sentirait rien, et c'est vraiment important pour moi.

— J'aimerais tellement trouver un autre moyen de te rassurer.

— Il n'y en a pas d'autres, répondit-elle à voix basse. Je tiens à ce qu'elle passe les tests.

Il ne la ferait pas changer d'avis.

— Tu es certaine que tu ne me caches rien ?

— Bien sûr que non. Je te le promets.

Il hocha la tête et ils finirent de dîner, mais leur conversation resurgit dans l'esprit d'Austin quelque temps plus tard. Imposer à Jaime un test sanguin pour des symptômes inexistants, simplement pour rassurer Zoe, lui semblait déraisonnable.

Après la prise de sang, quelques jours plus tard, Zoe l'emmena choisir le jouet de son choix pour la consoler. La fillette jeta son dévolu sur un poupon avec un biberon, une couche et une petite baignoire, et, ce soir-là, elle s'endormit avec sa poupée après lui avoir donné son bain.

Le résultat des tests leur parvint quelques jours plus tard. Ainsi qu'ils l'espéraient, Jaime était en parfaite santé. Cette nuit-là, Zoe dormit paisiblement, comme elle ne l'avait pas fait depuis des années, et elle rêva de Rose.

Au cours des mois suivants, Zoe fut de plus en plus occupée au foyer. Ils avaient obtenu trois belles subventions et un don privé significatif, ce qui rendait la situation à la fois plus facile et plus complexe. Cet afflux d'argent leur avait permis d'embaucher davantage de personnel, ce qui présentait immanquablement de nouveaux défis. Certaines recrues étaient formidables, tandis que d'autres se montraient plus difficiles à gérer. Mais Zoe avait toujours réussi à conjuguer harmonieusement toutes ses responsabilités professionnelles, et elle faisait preuve d'un jugement sans faille sur les individus et les projets. Elle savait comment organiser, encourager et gérer ses équipes, et tenait fermement la barre. Elle travaillait également en étroite collaboration avec Austin et d'autres avocats sur les cas de maltraitance et de garde et mettait un point d'honneur à rencontrer chacun des enfants du foyer. Sa relation avec eux était empreinte de compassion. Elle connaissait en détail leur passé, et ils lui étaient tous très attachés.

Il était tout à fait curieux, comme Zoe s'en ouvrit à Cathy un jour qu'elles déjeunaient ensemble, qu'elle se sente aussi peu sûre d'elle concernant sa propre fille. Cela faisait déjà deux ans et demi qu'elle était maman, et pourtant elle doutait systématiquement de toutes ses décisions et se remettait constamment en question, chose qui ne lui arrivait jamais dans sa vie professionnelle.

— Je pense que c'est plus difficile quand il s'agit de ses enfants. Je le vois fréquemment avec mes patients. Des parents qui dirigent de grandes entreprises n'arrivent pas à choisir à quelle heure leurs enfants doivent aller au lit, ou ce qu'ils doivent manger, ou encore dans quelle école les inscrire. Sans compter les tensions que ça engendre dans le couple.

— Au moins, Austin et moi sommes d'accord sur son établissement scolaire.

La fillette venait en effet d'être admise dans une excellente école qui accueillait les élèves de la maternelle à la terminale, à trois rues de chez eux. Cela inspirait à Zoe des sentiments mitigés. Jaime lui paraissait encore trop jeune pour aller à l'école, et elle détestait voir sa petite enfance se terminer déjà. Austin était du même avis, mais ils avaient tous deux une vie professionnelle prenante et faisaient de gros horaires. De toute façon leur fille restait la plupart du temps à la maison avec la nounou. À l'automne, il était donc prévu que Fiona passe à temps partiel, et commence à travailler aussi pour une autre famille.

— Prépare-toi à ce que Jaime ait constamment le nez qui coule pendant les deux prochaines années, dit Cathy en riant. Ils tombent tout le temps malades quand ils commencent l'école.

— Tu crois qu'on devrait attendre un an de plus ? On n'est pas obligés de l'y inscrire tout de suite. Nous avons seulement pensé que ce serait plus stimulant pour elle que d'aller au parc et de jouer avec Fiona à la maison. Je suis convaincue que le cadre scolaire sera positif pour elle. Elle est tellement curieuse et intelligente !

— Et elle est au bon âge pour commencer l'école ! Il ne faudrait pas qu'elle soit trop grande ou trop petite par rapport aux autres, et elle va se faire des amis. Certes, les enfants attrapent tout ce qui passe, mais cela renforce le système immunitaire. Je pense qu'elle va adorer, dit simplement Cathy avant de raconter à Zoe sa récente rupture avec un type décevant qu'elle avait fréquenté quelques mois.

Elle l'avait connu sur un site de rencontres destiné aux professionnels de la santé. Il était chirurgien cardiaque, et Cathy avait confié à Zoe qu'il était narcissique et qu'elle savait qu'il draguait beaucoup sur les réseaux sociaux. Il lui avait menti, mais elle s'en était rendu compte en discutant avec une amie médecin avec laquelle il sortait en même temps qu'elle. Cathy s'apprêtait à fêter ses 40 ans. Elle avait été prise de court par la vitesse avec laquelle le temps s'était écoulé.

— J'ai l'impression qu'hier seulement je commençais mon internat, et voilà que je suis devenue vieille du jour au lendemain.

— Ne sois pas ridicule, tu n'es pas vieille !

Zoe allait sur ses 37 ans, mais c'était différent quand on était célibataire, qu'on n'avait pas trouvé l'homme de sa vie et qu'on désirait avoir des enfants, même si Cathy prétendait qu'elle n'en était pas sûre.

— Je me consacre déjà aux enfants au cabinet. Je doute de ressentir un jour le besoin d'avoir des enfants à moi. Je ne suis même pas convaincue que je serais une bonne mère.

— Comment peux-tu dire ça ? Tu es géniale avec les petits ! s'exclama Zoe.

— Mais ce ne sont pas les miens ! C'est facile d'être géniale avec ceux des autres. De mon point de vue, c'est beaucoup moins évident d'être cohérent et de prendre les bonnes décisions avec ses propres enfants. Les parents font le plus dur, je me contente de prendre soin de la santé des petits. Et c'est peut-être tout ce que je sais faire.

La médecine et son cabinet étaient toute sa vie. Elle était proche de sa famille dans l'Ohio, et avait trois nièces et deux neveux qu'elle adorait. Mais elle n'allait pas les voir aussi souvent qu'elle l'aurait souhaité, et elle s'était éloignée de ses vieux copains de Columbus. Zoe était devenue sa meilleure amie à New York.

— Pourquoi ne réfléchis-tu pas à la possibilité d'avoir des enfants une fois que tu auras rencontré l'homme qu'il te faut ? dit Zoe avec gentillesse.

La conversation glissa ensuite sur autre chose. Entre l'art, les livres, les films et la mode, elles avaient beaucoup d'intérêts en commun. Les deux amies n'avaient pas toujours le temps de se voir, mais elles se téléphonaient régulièrement et s'écrivaient presque tous les jours, principalement pour se faire rire ou partager quelque chose qui les avait interpellées.

En plus de sa proximité, l'école choisie par Austin et Zoe se révéla parfaite. Dès le premier jour, Jaime fut séduite. Elle adorait sa maîtresse, Mme Ellis, et le jeune assistant qui se faisait appeler M. Bob. Les jouets de la classe étaient incroyables, et ils servaient du jus de fruits délicieux. L'établissement défendait des valeurs traditionnelles et une structure classique tout en incorporant dans les apprentissages certaines théories plus modernes, ce qui satisfaisait Austin comme Zoe. Ils se relayaient pour aller déposer Jaime chaque matin, et Fiona venait la récupérer à 14 heures.

En revanche, la prédiction de Cathy se confirma très vite. Trois semaines après la rentrée, Jaime contracta un rhume qui se mua en une méchante otite assortie d'une forte fièvre. Elle manqua quinze jours d'école. Elle n'était qu'en maternelle et ça n'avait aucune importance, mais Zoe ne supportait pas de voir sa fille aussi malade. Elle craignait surtout qu'elle ne fasse une nouvelle crise fébrile si la fièvre montait trop. L'otite avait été si aiguë que la petite avait hurlé de douleur pendant deux longues nuits, jusqu'à ce que Cathy lui prescrive un antibiotique. Malheureusement elle lui avait donné de l'Amoxicilline – un traitement encore jamais administré à Jaime –, à laquelle la petite déclara une sévère allergie. Elle eut de violentes nausées pendant vingt-quatre heures, et il fallut interrompre le traitement.

Zoe pensait chaque jour à ce que Cathy avait dit : Jaime risquait d'être constamment malade pendant les deux premières années. Elle décida donc de prendre le taureau par les cornes et dès que la fillette eut recouvré la santé, elle demanda un rendez-vous avec un spécialiste ORL. Elle voulait à tout prix éviter que Jaime vive à nouveau une telle expérience. Deux mois à peine après la rentrée des classes, les rhumes, toux et autres maux se succédaient déjà.

Zoe emmena Jaime consulter le Dr Parker, qui avait son cabinet dans les quartiers chics, au niveau de la 70e Rue. Une collègue de travail lui avait raconté que son fils avait souffert d'otites chroniques pendant deux ans jusqu'à ce qu'ils voient ce médecin, un véritable faiseur de miracles selon elle.

Dans la salle d'attente du cabinet, il y avait un coffre à jouets et un aquarium et, pendant la consultation, le spécialiste leur montra pourquoi les otites étaient si fréquentes chez les petits à l'aide d'un modèle d'oreille en plastique. Il expliqua que les conduits auditifs n'étaient pas toujours complètement développés à l'âge de Jaime, et que cela facilitait les infections. Zoe lui demanda si celles-ci risquaient d'endommager l'audition des petits malades et le Dr Parker, un homme jeune et séduisant, lui répondit de bonne grâce :

— Les infections chroniques sont susceptibles de détériorer l'audition, oui. C'est pourquoi, en cas d'otites trop fréquentes, j'ai l'habitude de poser des drains transtympaniques, que l'on appelle aussi yoyos ou diabolos. Il s'agit d'une intervention chirurgicale rapide qui nécessite très peu de temps de récupération et fonctionne à merveille en prévention de futures infections.

Le fils de la collègue de Zoe en portait et n'avait plus eu aucun problème depuis.

— Jaime est-elle sujette aux otites ?

— Elle se remet à peine d'une grave otite qui l'a empêchée d'aller à l'école pendant deux semaines, et elle a eu très mal les deux premiers jours.

— Ces infections peuvent être extrêmement douloureuses, chez les enfants comme les adultes, fit-il remarquer avec bienveillance.

Pourquoi attendre que Jaime ait une nouvelle otite, si on pouvait l'éviter ? C'était la raison pour laquelle elle était venue le consulter : la procédure, anodine, ne ferait aucun mal à Jaime. Le médecin l'avait lui-même affirmé. Qu'elle n'ait eu que deux otites ne changeait, selon Zoe, rien à la situation.

Le Dr Parker répéta sa question en souriant :

— Combien d'infections a-t-elle attrapées, disons l'année dernière ?

Il avait déjà ausculté la petite, qui était retournée jouer dans la salle d'attente tandis que les adultes discutaient.

— Je ne m'en souviens plus exactement, dit Zoe, délibérément vague, mais elle en a eu plusieurs. J'ai peur qu'elle n'aille pas beaucoup à l'école si cela continue.

— Elle me semble être la candidate idéale pour la pose de drains, alors, déclara le spécialiste en inscrivant une note dans le dossier de Jaime. Avez-vous des inquiétudes au sujet de la procédure chirurgicale ?

— Pas vraiment. Une collègue à moi m'a dit que vous étiez un vrai magicien.

Il sourit en entendant le compliment.

— C'est vraiment une opération bénigne. Jaime sera sous anesthésie générale pendant quinze minutes, le temps de placer les drains, puis elle restera une demi-heure en salle de repos. Nous pouvons retirer les drains à tout moment, mais je pense que vous en serez très satisfaite. Ce sont les yoyos qui sont magiques, pas le médecin ! Quand souhaitez-vous programmer la procédure ? J'opère à l'hôpital et je peux vous prendre un samedi matin pour que Jaime ne manque pas l'école.

Il appela sur-le-champ son infirmière pour connaître les disponibilités.

— Je peux l'opérer samedi dans deux semaines, si cela vous convient, dit-il en raccrochant.

— C'est parfait, répondit-elle aussitôt.

Le médecin était très accommodant et Zoe était satisfaite d'avoir pris une décision qui allait épargner à Jaime des années de souffrance. Les drains constituaient vraiment une excellente procédure préventive. Le seul problème, c'est qu'elle n'en avait pas encore informé Austin. Mais en lui expliquant bien la situation, elle était certaine qu'il n'y verrait pas d'inconvénient. Il faudrait aussi qu'elle en parle à Cathy, mais elle savait que son amie serait d'accord avec elle. L'opération était tout à fait bénigne.

10

Quelques jours plus tard, Zoe parla des drains transtympaniques à Austin. La journée avait été bien chargée. Ils étaient allés faire les courses, puis Zoe avait emmené leur fille à une fête d'anniversaire chez l'un de ses nouveaux camarades. Avec 20 enfants dans sa classe, la vie sociale de Jaime était sur le point de se développer de manière exponentielle. Zoe trouvait que c'était une très bonne chose, mais c'était aussi une raison de plus pour ne pas être tout le temps malade, entre les toux, les rhumes et les otites que les écoliers se refilaient les uns aux autres.

— Au fait, j'ai oublié de te dire que j'avais emmené Jaime chez l'ORL cette semaine, annonça la jeune femme sur un ton léger.

— Pourquoi ? Ses oreilles la tracassent de nouveau ? demanda Austin, l'air surpris.

— Non, elle va bien. Je voulais seulement me renseigner sur un traitement préventif contre les otites. Le spécialiste que l'on a vu propose la pose de drains. Apparemment, ça marche à merveille.

— Cela semble assez simple, en effet. Mais ne risque-t-elle pas de les retirer ?

— Non, justement. Le médecin insère les yoyos et on les laisse en place aussi longtemps qu'on veut, jusqu'à ce qu'elle n'en ait plus besoin ou qu'ils tombent tout seuls. Cathy m'avait prévenu qu'elle serait constamment malade pendant les deux premières années d'école. Au moins, avec ça, elle n'attrapera plus d'otite. Je n'ai aucune envie qu'elle revive ça, la pauvre a tellement souffert.

— C'est le médecin qui les insère ? Cela me semble assez sérieux comme procédure, non ?

— Il m'a dit que l'opération prenait seulement quelques minutes. Ils vont lui faire une anesthésie générale, et pouf, en quinze minutes c'est terminé.

Austin la regardait avec hésitation.

— Ils l'endorment complètement ? C'est quand même une sacrée opération, alors. Je n'aime pas trop l'idée qu'elle soit sous anesthésie générale.

— Tu préfères qu'elle hurle de douleur à cause d'une otite toutes les trois semaines ?

Même si selon elle c'était la seule option possible, Austin n'était toujours pas convaincu.

— Qu'en pense Cathy ? C'est elle qui l'a suggéré ?

— Elle dit que Jaime va être constamment malade pendant les deux prochaines années.

— Mais quel est son avis sur l'implantation chirurgicale de drains ?

— De nombreux enfants en portent, répondit Zoe avec désinvolture. Elle trouve que c'est une excellente idée.

C'était un grossier mensonge, mais parfois la fin justifiait les moyens. Zoe refusait d'attendre que Jaime attrape sa prochaine otite pour réagir. Quel intérêt y avait-il à laisser leur fille souffrir ? Elle n'en avait certes pas encore parlé à la pédiatre, qui penserait peut-être que c'était inutile ou prématuré. Elle pouvait être assez timorée, parfois.

Austin avait toute confiance en Cathy, et il appréciait la prudence de ses diagnostics et son sens de la mesure. Elle prenait toujours le temps de la réflexion, limitait la prise de médicaments et ne suggérait jamais quoi que ce soit de superflu. Si elle était d'avis que les yoyos étaient nécessaires, alors il se rangeait à son jugement. Malgré ses réticences à cause de l'anesthésie, Austin finit donc par donner son accord.

— Je ne me souviens pas qu'aucun de mes neveux en ait eu besoin, fit-il tout de même remarquer, pensif, tandis qu'ils débarrassaient la table ensemble.

— Peut-être qu'ils avaient la chance de ne pas avoir d'otites ?

— Je n'ai jamais posé la question.

— Rappelle-toi que les otites sont généralement accompagnées de fortes fièvres… Autant éviter que Jaime nous fasse une nouvelle crise fébrile.

— Ça n'est arrivé qu'une fois.

— Je pense vraiment que nous prenons la bonne décision, conclut-elle.

— Cette opération serait prévue pour quand ?

Austin préférait toujours les remèdes les plus simples et les plus naturels, surtout chez une enfant aussi petite. La perspective d'une procédure aussi invasive l'inquiétait.

— Dans deux semaines. On sera entrés et sortis en moins d'une heure.

Austin consulta son frère à ce sujet dès la semaine suivante, et celui-ci lui répondit que l'un de ses fils portait des yoyos.

— Le pauvre voulait faire partie de l'équipe de natation, mais il attrapait des otites à répétition. C'était la seule solution pour lui. On lui a inséré des yoyos, et en plus il met des bouchons quand il va nager. Ça a bien marché pour lui. On les lui a posés à l'âge de 6 ans, et il les a encore à 12 ans. Aucune raison de t'inquiéter.

Cela rassura Austin, mais il avait été un peu déconcerté par la façon dont Zoe lui avait présenté la procédure comme un fait accompli, et avait insinué qu'il serait un mauvais père s'il s'y opposait. Or sa petite Jaime n'avait que 3 ans, c'était encore un bébé à ses yeux. Sans compter qu'elle avait seulement attrapé deux otites en trois ans, ce qui ne lui semblait vraiment pas énorme.

La veille de l'opération, Zoe rappela à Austin que Jaime ne pouvait rien manger ni boire après 21 heures à cause de l'anesthésie générale. La procédure était programmée pour 9 heures, dans un hôpital du centre de Manhattan. Plus l'échéance se rapprochait, plus Austin sentait la panique le gagner, même s'il répugnait à l'admettre devant Zoe. Celle-ci, remarquablement calme, s'exaltait chaque fois qu'elle mentionnait les douloureuses otites que Jaime n'attraperait plus.

Ils l'annoncèrent à Jaime le samedi matin à son réveil.

— Allons nous préparer, ce matin on retourne voir le gentil docteur avec les jouets qui a regardé dans tes oreilles. Mais aujourd'hui, on va le rencontrer dans un autre endroit. Il va nous donner des petits tubes pour tes oreilles.

— Non, maman, répondit Jaime sur un ton sérieux. Je ne dois rien mettre dans mes oreilles.

C'était Cathy qui lui avait expliqué ça après l'épisode des petits pois.

— Tu as raison, ma chérie, sauf si c'est un docteur qui le fait. Tu ne vas rien sentir du tout.

Jaime posa alors ses mains sur ses oreilles en secouant la tête, puis demanda :

— Je vais avoir un plâtre ? J'en veux un rose !

— Non, pas cette fois. Pas de plâtre. Ils ne peuvent pas te poser un plâtre sur les oreilles, sinon tu ne m'entendras pas te dire combien je t'aime, répondit sa mère en l'embrassant dans le cou.

— Mais je veux un plâtre ! insista Jaime, boudeuse.

C'était quelque chose de si familier pour elle qu'Austin se sentit mortifié à l'idée que sa petite fille d'à peine 3 ans s'était déjà cassé les os deux fois.

Zoe continua à papoter avec Jaime le temps de lui enfiler un survêtement rose, des baskets roses et un manteau rose à gros boutons. Jaime avait l'air toute petite et absolument adorable.

Dès leur arrivée à l'hôpital, ils furent dirigés vers le département de chirurgie ambulatoire. Un pédiatre de l'hôpital ausculta Jaime, et l'anesthésiste vint s'entretenir avec eux. Il leur apprit que le Dr Parker était déjà dans le bloc opératoire car il avait un petit patient avant Jaime, et qu'il viendrait les voir après la pose des drains.

L'anesthésiste leur demanda s'ils comprenaient la procédure, et ils acquiescèrent. Après leur avoir rappelé que l'opération serait brève, il se tourna vers Jaime et lui expliqua qu'elle allait faire dodo pendant quelques minutes, le temps que le médecin lui pose des petits tubes dans les oreilles. Puis elle se réveillerait et retournerait voir sa maman et son papa, et ils rentreraient tous à la maison tranquillement.

— Vous ne venez pas avec moi ? s'exclama Jaime, soudain paniquée, quand elle comprit.

Elle se réfugia dans les bras de sa mère, sous le regard d'Austin qui affichait une mine sombre.

— Je peux l'accompagner ? demanda Zoe à l'anesthésiste, mais celui-ci secoua la tête.

Deux assistants s'avancèrent alors pour conduire la petite fille dans la salle d'opération. Jaime se mit à pleurer et tenta de s'agripper à sa mère, tout en jetant des regards implorants vers son père. Austin eut le cœur brisé lorsque les infirmiers détachèrent sa fille des bras de Zoe pour l'emmener sur un brancard, malgré ses hurlements. Les parents s'assirent pour attendre, devant les petits vêtements soigneusement pliés.

— Je me demande encore pourquoi nous lui faisons subir ça, marmonna Austin dont les oreilles résonnaient toujours des cris de Jaime. Pourquoi ne pouvions-nous pas attendre de voir si elle aurait d'autres otites ? Cela me semble tellement exagéré et prématuré.

— C'est une procédure tout à fait bénigne et sans douleur, ce qui n'est pas le cas des otites. C'est la seule chose intelligente et sensée à faire, répondit Zoe.

— Mais elle n'a que 3 ans, pour l'amour du Ciel ! Mon neveu n'a pas eu de yoyos avant ses 6 ans.

Austin s'approcha nerveusement de la fenêtre pour regarder dehors tandis que Zoe restait tranquillement assise. Quarante-cinq minutes plus tard, Jaime était de retour en compagnie du Dr Parker. Les brancardiers poussèrent son lit dans la chambre et la petite, déjà bien réveillée, se redressa et sourit à ses parents. Austin, les larmes aux yeux, la prit dans ses bras et la serra contre lui.

— Tout s'est passé comme sur des roulettes, leur assura le médecin en retirant sa charlotte, souriant. C'est une petite fille très courageuse, mais elle s'est endormie pendant que je lui parlais. Elle peut faire ce qu'elle veut aujourd'hui, avoir une activité normale, et avant tout, manger un gros petit déjeuner. Et finies, les méchantes otites si nombreuses qu'on ne les compte plus !

Il sourit à Zoe, à qui Austin lança un regard surpris.

— Appelez-moi si vous avez la moindre question ou un problème quelconque, mais je doute que ce soit le cas.

Il serra la main aux parents et sortit.

— Tu lui as raconté qu'elle avait eu beaucoup d'otites, « si nombreuses qu'on ne les compte plus » ? murmura Austin, incrédule.

— Je ne me souviens pas au mot près de ce que je lui ai dit, tu sais. Je me suis contentée de lui expliquer à quel point la dernière otite était grave, et il a tout de suite compris, répondit-elle en habillant Jaime.

— Mais elle n'a eu que deux otites en tout et pour tout dans sa vie ! s'exclama Austin, qui essayait de cacher sa colère devant la petite. Tu lui as menti, Zoe ? Tu lui as menti pour lui forcer la main ?

Elle se tourna alors vers lui et le fixa droit dans les yeux.

— Il est hors de question qu'elle attrape d'autres otites, c'est tout.

Austin s'abstint de lui répondre, et dans le taxi qui les ramena chez eux il n'ouvrit pas la bouche. Jaime babillait, et Zoe évitait soigneusement son regard.

Zoe servit son petit déjeuner à Jaime tandis qu'Austin sortait faire un tour. Dès qu'il eut quitté le bâtiment, il appela Cathy.

— Comment ça va ? demanda-t-elle, surprise de l'entendre.

— Je suis furieux.

— Jaime va bien ? s'inquiéta aussitôt la jeune femme, qui abandonna son ton amical pour devenir professionnelle.

— Apparemment, oui. L'opération n'a pas duré plus d'une heure. C'était ton idée ou bien celle de Zoe ? Tu étais vraiment convaincue que Jaime en avait besoin ?

— Quelle opération ? De quoi me parles-tu ? Elle s'est encore blessée ?

— Je te parle des yoyos qu'on vient de lui mettre sous anesthésie générale. J'ai la nette impression que Zoe a raconté au spécialiste que Jaime souffrait d'otites récurrentes. Et elle a prétendu que tu pensais, toi aussi, que c'était une bonne idée.

— Je ne suis au courant de rien. Je conseille cette procédure pour certains de mes petits patients s'ils souffrent d'otites chroniques. Ce n'est pas dangereux, et les drains ne font pas mal. Mais dans le cas de Jaime, après seulement deux otites, cela me semble vraiment prématuré. Et parfaitement superflu, pour te dire la vérité. Je suis d'ailleurs surprise que l'ORL ait accepté de les poser.

— Zoe lui a raconté que Jaime avait eu plus d'otites qu'elle ne pouvait s'en souvenir. Et elle a prétendu que tu lui avais suggéré cette opération comme une mesure préventive efficace !

— Oh non ! s'exclama-t-elle. Zoe ne m'a jamais dit qu'elle envisageait cette opération… Probablement parce qu'elle savait pertinemment que je l'aurais découragée ! Jaime n'en avait pas encore besoin, et n'en aurait peut-être jamais eu besoin. Et tu me connais assez pour savoir que je ne préconise jamais d'anesthésie générale pour un enfant, sauf en cas d'absolue nécessité.

— C'est bien ce que je pensais.

Austin semblait fou de rage.

— Je suis désolée, elle a dépassé les bornes. Je vais lui en parler. Je n'apprécie pas qu'elle se serve de moi comme prétexte pour te convaincre de quelque chose dont je ne suis même pas au courant.

— Moi non plus. Elle m'a menti, et elle t'a utilisée. Je ne lui ai donné mon accord que parce qu'elle m'a dit que c'était toi qui avais fait cette recommandation. Elle nous a menti à tous les trois, toi, moi et le chirurgien.

— Elle ne m'a pas vraiment menti, nuança Cathy. Elle ne m'a simplement rien dit.

— D'accord, c'est un mensonge par omission dans ton cas. Mais en toute connaissance de cause dans le mien.

— Je devine que tu dois être très contrarié, ajouta-t-elle sur un ton compatissant.

Elle aimait beaucoup Zoe, mais ça n'excusait rien. Mentir pour arriver à ses fins était contraire à la morale de Cathy.

— Je suis furieux, oui. Ma femme m'a menti, et mon enfant de 3 ans vient de subir une anesthésie générale sans nécessité médicale et sous de faux prétextes. Comment te sentirais-tu, à ma place ?

— Probablement aussi en colère que toi. Bien que, connaissant Zoe, je suis certaine qu'elle avait de bonnes intentions. Elle est juste allée trop loin. Je suis désolée de ne pas l'avoir su, car sinon nous aurions pu la convaincre tous les deux de renoncer à cette idée. Si une telle chose venait à se reproduire, tu peux compter sur moi pour te prévenir.

Il la croyait. À ce stade, il lui faisait plus confiance qu'à sa femme. Et c'était triste.

— Je suis vraiment désolée, Austin, redit-elle.

— Merci.

Ce soir-là, une fois Jaime endormie, Austin ferma la porte de leur chambre et se tourna vers Zoe, les yeux chargés de colère. Il l'avait évitée toute la journée pour s'empêcher d'exploser devant Jaime, mais ils n'étaient plus que tous les deux à présent.

— Bon sang, mais qu'est-ce qui t'est passé par la tête ? Tu m'as menti pour que j'accepte de faire subir à notre fille une intervention chirurgicale dont elle n'avait pas besoin, et sous anesthésie générale qui plus est ! Tu as prétendu que Cathy était favorable à cette idée alors qu'elle n'en avait jamais entendu parler. Et tu as raconté au médecin qu'elle avait des otites à répétition alors qu'elle n'en a eu que deux en tout et pour tout dans sa vie. Est-ce que tu es devenue complètement folle ? Tu t'es montrée incroyablement malhonnête. Comment peux-tu me faire ça à moi ?

— Je refuse qu'elle tombe malade à tout bout de champ et qu'elle souffre le martyre, comme avec la dernière otite ! se défendit-elle. Pourquoi souhaites-tu attendre qu'elle en attrape dix pour réagir ?

— Pour obtenir ce que tu juges bon, tu es prête à nous mentir, au médecin et à moi ? À omettre volontairement d'en parler à notre pédiatre, qui plus est ton amie ? Comment veux-tu que j'arrive encore à te faire confiance, après ça ? Qu'est-ce que tu dirais si je te faisais la même chose ?

— Je comprendrais que tu as agi pour le bien-être de notre fille ! J'ai fait ce qu'il fallait pour Jaime, et peu importe que tu le croies ou non.

— La fin ne justifie en aucun cas les moyens. Tu sais pertinemment que je n'aurais jamais accepté que Jaime subisse une anesthésie générale, même pendant cinq minutes, si j'avais su la vérité. Tu m'as privé de mon droit de prendre une décision éclairée en tant que père. Jaime n'est pas à toi. Mon avis compte aussi, et les choix concernant notre fille doivent être faits conjointement. Et dans le cas où nous ne sommes pas d'accord, nous devons trouver un compromis. Ne me refais jamais ça, c'est bien clair ?

— C'est promis, dit-elle d'une petite voix, comme une enfant qu'on réprimande. Je t'aime, et je suis désolée. Mais je suis convaincue que c'était la meilleure chose à faire pour elle.

— Ce n'est pas à toi seule de décider. Ton avis ne compte que pour moitié, tâche de ne plus l'oublier !

Austin sortit en trombe de leur chambre et passa la nuit sur le canapé de son bureau. Zoe n'essaya même pas de le convaincre de la rejoindre. Elle savait qu'il avait besoin de temps pour lui pardonner.

Le lendemain matin, il lui annonça qu'il emmenait Jaime chez ses parents, dans leur maison de Sag Harbor. Il ajouta d'une voix sèche qu'elle pouvait les accompagner, mais elle pressentit que l'atmosphère dans la voiture serait tendue. Elle ne voulait pas faire subir ça à Jaime, et de toute façon elle n'avait aucune envie de voir sa belle-mère.

— J'ai beaucoup de travail. Pourquoi n'irais-tu pas voir tes parents seul avec Jaime ? Tu leur passeras le bonjour.

Il n'insista pas. Il ne lui avait d'ailleurs pas demandé son avis. Un de ses frères était également chez leurs parents ce jour-là, et ce serait l'occasion pour Jaime de passer un moment avec ses cousins, puisque Zoe ne songeait jamais à conduire leur fille dans le New Jersey ou dans le Connecticut voir sa famille, et qu'il devait toujours tout organiser lui-même.

Austin n'avait plus évoqué l'opération. C'était fait et il n'y avait plus rien à ajouter, mais la pilule était amère. Si Zoe avait bien remarqué qu'il était toujours contrarié, elle n'avait aucun regret : elle avait pris la bonne décision pour leur fille, même si ses méthodes avaient certes été quelque peu douteuses. Ses motivations étaient pures et seul le bien-être de Jaime comptait. Peu importait si Austin ne le comprenait pas.

Cathy lui téléphona un peu plus tard, alors qu'elle était penchée sur des papiers pour le foyer.

— Je t'appelle en tant qu'amie, pas en tant que pédiatre, annonça-t-elle d'emblée. Comment va Austin ?

— Il est furieux, mais il s'en remettra, répondit froidement Zoe. J'ai cru comprendre qu'il t'avait appelée hier ?

— Effectivement. Zoe, je te demanderai de ne pas te servir de moi pour justifier des procédures médicales pour Jaime, a fortiori sans m'en parler d'abord. J'aurais essayé de t'en dissuader, tu le sais bien. C'est sans doute précisément pour cette raison que tu ne m'as pas demandé mon avis. Les drains peuvent avoir leur utilité, mais pas maintenant, après seulement deux otites en l'espace de trois ans. C'était beaucoup trop tôt pour lui faire subir cette procédure.

— Je refuse qu'elle souffre comme la dernière fois, répondit Zoe. Elle a hurlé de douleur pendant deux jours.

— Et ça s'est arrêté aussitôt qu'on lui a prescrit le bon antibiotique ! Je ne veux pas me retrouver au milieu de vos histoires. Je vous aime tous les deux, Austin et toi. Vous faites partie de mes plus proches amis, et vous êtes les meilleurs parents que je connaisse. Et on se fait confiance, tous les trois, non ? Je tiens à ce que les choses restent comme elles sont.

— Il va se calmer, redit Zoe, sûre d'elle.

Elle ne semblait pas exactement bourrelée de remords.

— J'en suis certaine, même s'il avait l'air très en colère.

— Il l'est encore. Mais je veux ce qu'il y a de mieux pour Jaime.

— Je sais bien, mais tu vas devoir t'y prendre avec un peu plus de franchise, pour donner à chacun sa place.

Zoe ne répondit pas, et elles discutèrent de choses et d'autres pendant quelques instants avant de raccrocher.

Quand Austin arriva avec Jaime, son frère et sa famille n'étaient pas encore là, et ses parents furent enchantés de les avoir un peu pour eux.

— Où est Zoe ? demanda Constance en servant un verre de jus de pomme à Jaime.

— Elle avait des devoirs, répondit la petite à sa grand-mère. Elle m'a dit d'envoyer son amitié. À toi, et à grand-père George.

— Tu lui diras la même chose de notre part, dit Constance en lui souriant.

Quand Jaime sortit dans le jardin avec son grand-père pour jouer avec leur chien, un petit bichon maltais nommé Molly, Constance se tourna vers son fils.

— Tout va bien ? l'interrogea-t-elle.

— Oui. Bien sûr.

— Tu as l'air stressé, fit-elle remarquer sur un ton prudent, se demandant ce qui se passait et pourquoi Zoe n'était pas venue.

— La semaine a été compliquée. En ce moment, je m'occupe bénévolement de beaucoup de dossiers pour le foyer, et je suis confronté à des cas difficiles. Au fait, hier on a fait poser des yoyos à Jaime.

Il préférait le lui annoncer avant que Jaime ne le fasse.

— Ah ? Patrick aussi en porte, et je crois qu'ils avaient l'intention de le faire pour Seth également. Mais j'ignorais que Jaime avait des problèmes de ce côté-là, à part son otite du mois dernier.

— Zoe était convaincue que cette procédure était nécessaire, répondit-il sur un ton tendu.

Sa mère hocha la tête sans faire de commentaire. Au moins, Jaime ne s'était pas blessée récemment, ce qui constituait un net progrès et l'amenait à penser qu'elle avait été un peu extrême dans ses analyses. Peut-être sa petite-fille était-elle simplement très casse-cou.

Le frère d'Austin arriva peu après et ils discutèrent de leurs projets pour Thanksgiving. Habituellement, toute la famille se retrouvait à Sag Harbor pour les fêtes, mais pas cette année-là. Ses deux frères se rendraient chez leurs beaux-parents respectifs et Constance et George avaient décidé de partir en croisière. Le père de Zoe et Pam les invitaient chaque année à Santa Barbara, mais ils n'y allaient jamais. Comme Zoe ne voulait pas avoir à choisir entre ses deux parents, elle préférait ne rien faire du tout. Et de toute façon sa mère travaillait – depuis la mort de Rose, elle détestait les jours fériés. Austin et Zoe allaient donc passer Thanksgiving à la maison. Ce serait la première fois.

Après un délicieux déjeuner, les enfants jouèrent un moment, puis Austin et Jaime rentrèrent à Manhattan. Zoe avait mis la table et acheté des plats mexicains dont tous trois raffolaient. Pendant le dîner, Jaime raconta sa journée en famille, et son babillage les amusa tellement qu'ils se détendirent peu à peu. Puis Austin discuta quelques instants en tête à tête avec Zoe, s'abstenant de mentionner leur dispute. Mais il était douloureusement conscient que désormais les choses ne seraient plus les mêmes. Celle en qui il avait le plus confiance lui avait menti et, malgré tous ses efforts, il ne pourrait pas l'oublier.

11

Malgré la pose des yoyos, Jaime fut constamment souffrante jusqu'à Noël. Elle n'attrapa plus d'otite, mais toutes les autres maladies imaginables y passèrent. Rien de grave, mais des rhumes, une grippe, une bronchite, une laryngite – qui la fit aboyer comme un phoque à chaque quinte de toux – et une gastro-entérite. Elle passa autant de jours dans son lit qu'à l'école et fut même malade à Thanksgiving et pendant les vacances de fin d'année. Juste avant Noël, elle conclut l'année en beauté en attrapant la roséole, une maladie infantile bénigne mais très désagréable. Toutes leurs photos du réveillon montraient donc une petite Jaime en pyjama, le visage marqué par une éruption cutanée. La fillette restait d'ailleurs la plupart du temps dans son bain, et Zoe lui appliquait de la lotion à la calamine dès qu'elle en sortait. Comme elle était fille unique et n'avait jamais été exposée à d'autres enfants, sauf au parc, son immunité était encore vierge. Austin se mit à la surnommer Mademoiselle Patraque tandis que Cathy faisait de son mieux pour leur insuffler du courage pendant cette période difficile. Elle répétait que c'était tout à fait normal pendant la première année de maternelle.

Cela ne les empêcha pas de passer malgré tout de bonnes fêtes, même s'ils étaient déçus de ne pas pouvoir se rendre chez les parents d'Austin, comme chaque année. Jaime n'était pas assez en forme, et de leur côté Constance et George n'avaient aucune envie d'attraper l'une de ses maladies infantiles.

Le père Noël se montra particulièrement généreux et déposa au pied du sapin tous les jouets que Jaime lui avait commandés dans sa lettre postée le 1er décembre – plus un vélo rose avec des petites roulettes qu'Austin avait assemblé pour elle à minuit. Dès qu'elle fut assez en forme, ils l'emmenèrent au parc pour qu'elle l'étrenne, protégée par un casque assorti. Le dernier jour des vacances, elle alla à la patinoire du Rockefeller Center avec ses parents, car le père Noël lui avait aussi apporté de nouveaux patins. Jaime répétait sans cesse que c'était le meilleur Noël de sa vie. C'était surtout le premier dont elle se souvenait ! Le père Noël avait même laissé une lettre à son intention – rédigée par Zoe, au stylo rouge –, dans laquelle il lui assurait qu'il était très fier d'elle, et que Madame Noël et les rennes lui transmettaient leurs amitiés.

La relation entre Austin et Zoe s'était apaisée. Il lui avait pardonné l'incident des drains après avoir compris que ses intentions étaient pures, et Zoe lui avait solennellement juré de ne plus lui mentir. Persuadé que cet épisode lui avait servi de leçon, il avait choisi de lui faire confiance. Il leur avait fallu un mois pour se sentir de nouveau proches, mais ils avaient passé d'excellentes fêtes de fin d'année que même la roséole et le gros rhume de Jaime n'avaient pu gâcher.

La fillette avait tout raconté à ses petits copains, y compris sa maladie. Plusieurs de ses camarades l'avaient d'ailleurs attrapée avant elle. Elle ne manqua aucun jour de classe pendant deux semaines, jusqu'au matin où elle se réveilla avec la voix rauque et un vilain mal de gorge. Zoe prit aussitôt sa température. La petite avait une forte fièvre, apparue soudainement. Zoe l'emmena immédiatement chez la pédiatre et Cathy lui fit un test rapide avant de déclarer que la petite souffrait d'une angine à streptocoque. En attendant les résultats du bilan bactériologique, elle lui prescrivit un antibiotique à large spectre. La gorge de Jaime était si douloureuse qu'elle avait du mal à avaler, et Fiona alla lui acheter de la glace. Cathy l'avertit de faire attention à ne pas l'attraper, d'autant qu'Austin souffrait déjà d'un rhume qui traînait depuis octobre. Chaque fois que Jaime tombait malade, il l'était lui aussi ! L'école maternelle s'avérait être une période difficile pour tous les deux. Toutefois, Zoe semblait avoir une meilleure immunité, sans doute du fait de son travail à l'association qui l'amenait à côtoyer quotidiennement des enfants. Elle n'avait attrapé qu'un seul rhume depuis la vague de maladies qui avait sévi chez eux. Elle avait aussitôt averti Austin de ne pas embrasser Jaime.

— Pourquoi personne ne nous a prévenus que les enfants étaient de vrais dangers ambulants ? gémit-il. Ce sont de véritables fermes à microbes. Comment a-t-elle pu attraper quelque chose aussi vite ? Elle vient juste de retourner en classe !

— Cathy affirme que c'est parfaitement normal, le rassura-t-elle. Les angines sont très contagieuses, et il y en a beaucoup en ce moment.

Il envoya un baiser à Jaime depuis le seuil de la porte de sa chambre, mais sans entrer. Austin savait qu'il devait se laver les mains fréquemment, et prendre ses vitamines. Sa femme se moqua gentiment de lui en lui disant qu'elle commençait à se sentir un peu comme Florence Nightingale, qui s'était occupée avec dévouement des blessés sur le front.

— Tu me fais plutôt penser à une méchante nurse, déclara-t-il pour la taquiner.

L'antibiotique à large spectre prescrit par Cathy fut très efficace, Jaime mangea tous ses sorbets et le surlendemain, elle sautillait dans l'appartement en exigeant de faire des cookies. Sa fièvre était tombée et sa gorge ne la faisait plus souffrir. Zoe la garda à la maison deux jours de plus avant de la renvoyer à l'école complètement rétablie. Par miracle, Austin avait réussi à ne pas attraper l'angine.

Le soir de son retour à l'école, Jaime raconta en détail sa journée à ses parents. La classe préparait une excursion au musée d'Histoire naturelle, et elle allait être nommée Héroïne de la semaine. La maîtresse allait découper un poster sur lequel elle marquerait toutes les choses gentilles que les enfants de la classe pensaient à propos de Jaime. La troisième grande nouvelle du jour était que M. Bob, l'assistant de la maîtresse, avait lui aussi attrapé une angine.

— Le pauvre, déclara Austin, pris de pitié. Même pour un milliard de dollars, je ne voudrais pas être enseignant en maternelle. J'aurais besoin d'un médecin à domicile en permanence pour m'en sortir vivant. Combien de temps crois-tu que ces maladies en série vont encore durer ?

— Cathy m'a dit deux ans minimum, répondit Zoe sur un ton moqueur.

— Oh mon Dieu ! Tu me fais marcher, pas vrai ? On ne peut pas l'inscrire directement au lycée ? Je ne vais pas survivre jusqu'au CP !

Jaime était particulièrement ravie d'avoir été désignée Héroïne de la semaine. Elle rentra un soir à la maison avec le poster sur lequel elle s'était dessinée en robe rose. L'enseignante y avait écrit les commentaires de ses camarades.

— Ils n'avaient pas le droit de mettre des choses méchantes, comme la fois où j'ai fait pipi dans ma culotte, précisa Jaime.

Austin et Zoe adoraient l'écouter parler. Elle était une petite personne à part entière désormais, avec ses propres idées et opinions, et elle s'exprimait bien. Sans surprise, elle s'était fait beaucoup d'amis à l'école.

Après son angine, Jaime resta en forme une semaine entière. Quand Austin demanda à Zoe si elle lui donnait toujours ses antibiotiques, celle-ci lui répondit qu'elle avait arrêté le traitement au bout de quatre jours. Elle n'en voyait plus la nécessité, puisque le mal de gorge de Jaime avait disparu. Elle n'aimait pas abuser des antibiotiques, de peur qu'à la longue la fillette fasse des résistances. Austin se réjouissait de voir Jaime en pleine forme, et sa femme si raisonnable.

Ce soir-là, Zoe rapporta un plat italien en rentrant du travail. Elle avait dû régler diverses crises au foyer, et n'avait pas le temps de cuisiner. De son côté, Austin s'occupait de quatre nouveaux cas de maltraitance infantile et il était lui aussi débordé. Les spaghettis étaient délicieux et Jaime mangea avec un bel appétit, tout comme eux. Ils prenaient souvent des plats à emporter et aimaient beaucoup la nourriture exotique : japonais, thaï, italien, chinois, sans compter le poulet rôti de leur traiteur préféré, et des pizzas.

Tout semblait aller pour le mieux dans le meilleur des mondes jusqu'au moment où Jaime se réveilla au beau milieu de la nuit en criant qu'elle avait mal au ventre. Elle vomit peu après, et se plaignit de douleurs de plus en plus aiguës. Il était 4 heures du matin et Jaime pleurait tandis que Zoe, épuisée, s'efforçait de nettoyer sa chambre quand Austin proposa d'appeler Cathy.

— J'ai horreur de la déranger au milieu de la nuit, lui répondit Zoe en emportant les serviettes souillées pour les mettre à tremper.

À son retour, Jaime sanglotait de plus belle. Zoe avait cru qu'il s'agissait d'un arrêt de digestion ou d'une gastro, mais ça semblait plus grave que ça. La fillette se tordait de douleur.

— On devrait peut-être l'emmener aux urgences, finit par dire Zoe en observant sa fille.

— C'est vrai que ça fait un moment que nous n'y sommes pas allés, fit remarquer Austin, à moitié endormi.

Lui aussi commençait à s'inquiéter. Jaime était très pâle.

Mue par une soudaine intuition, Zoe lui palpa le côté droit et Jaime hurla de douleur. Une même pensée traversa les parents : l'appendicite.

— Je file m'habiller ! lança Austin, qui revint deux minutes plus tard vêtu d'un jean, d'un gros pull et de mocassins.

Zoe fit de même et ils emmitouflèrent Jaime, encore en pyjama, dans une couverture. Puis Austin la porta jusque dans un taxi. Pliée en deux de douleur, elle pleura sans discontinuer pendant tout le trajet. Quand ils arrivèrent, les urgences grouillaient d'activité alors qu'il n'était que 5 heures du matin.

Austin s'assit en tenant Jaime contre lui tandis que Zoe expliquait la situation à l'infirmière chargée des admissions. Celle-ci acquiesça quand Zoe évoqua la possibilité d'une appendicite et les informa que le pédiatre de garde les rejoindrait dans quelques minutes. Il était en train de s'occuper d'un bébé de 6 semaines souffrant d'une pneumonie. Zoe alla remplir les formulaires habituels et, à son retour, une aide-soignante les conduisit dans une salle de consultation, la même que les dernières fois.

— C'est ici que j'ai eu mon plâtre rose, déclara Jaime, temporairement distraite de sa douleur.

Ce plâtre lui servait en quelque sorte de point de repère dans le temps, et elle en réclamait un chaque fois qu'elle se faisait mal. Le médecin de garde, un jeune interne, arriva cinq minutes plus tard et Zoe lui décrivit les symptômes de Jaime. Elle lui expliqua que la fillette ressentait une douleur aiguë, surtout au côté droit, et que c'était bien pire que la grippe intestinale qu'elle avait attrapée deux mois auparavant. Comme pour illustrer les dires de sa mère, Jaime poussa soudain un cri et se mit à gémir en sanglotant. Le médecin posa quelques questions à la petite fille, puis il s'adressa de nouveau à Zoe.

— S'est-elle plainte d'avoir mal quelque part dernièrement ?

— Non.

— Des nausées ?

— Oui.

— N'oublie pas qu'elle a englouti une énorme assiette de spaghettis aux boulettes au dîner…, rappela Austin à sa femme.

— Et elle a vomi huit heures plus tard. Quand j'y repense, elle m'a dit plusieurs fois avoir envie de vomir ces derniers jours, mais comme ça ne durait pas, je n'y ai pas vraiment prêté attention jusqu'à maintenant.

— Je pense que nous sommes devant un cas d'appendicite aiguë, déclara le jeune médecin d'une voix grave.

Austin était si inquiet qu'il commençait à avoir mal au ventre, lui aussi.

— Il n'y a pas de temps à perdre, reprit le pédiatre. La situation peut rapidement se dégrader, poursuivit-il sur un ton catégorique.

Zoe hocha la tête en signe d'assentiment.

— Je suis d'accord, répondit-elle à la hâte, pressée d'en finir.

Mais Austin prit soudain la parole :

— Je voudrais un deuxième avis avant de l'opérer. Y a-t-il un chirurgien de garde ? demanda-t-il avec un calme qu'il était loin de ressentir.

Il était hors de question de se fonder sur le seul avis d'un interne alarmiste et visiblement peu chevronné.

— Bien sûr, dit le jeune homme, froissé, avant de quitter la pièce.

— Si c'est une appendicite, nous devons agir au plus vite, lui chuchota Zoe.

— Mais pas non plus dans la précipitation. Ce type me paraît très jeune. Je veux qu'on nous confirme que c'est bien la seule solution avant de faire quoi que ce soit de définitif.

Il était 5 h 30 et il avait très envie d'appeler Cathy, mais Zoe le persuada d'attendre encore un peu.

L'interne revint dix minutes plus tard en compagnie d'un médecin de l'âge d'Austin. Il lut le dossier avec un air renfrogné après avoir brièvement salué Austin et Zoe d'un regard.

— Je veux une échographie pour voir s'il s'agit réellement d'une appendicite, dit-il à l'interne. À ce stade, ça peut être n'importe quoi. Une grippe intestinale, une colite, quelque chose qu'elle aurait mangé…

Il leva les yeux vers les parents.

— L'année dernière, j'ai ausculté un gamin de 6 ans. Sur l'écho, nous avons repéré une minuscule tortue qui nageait dans son estomac ! Les enfants font de ces trucs, parfois… J'ai aussi eu un petit de 4 ans qui avait ingéré un Lego. Bref, je veux une échographie sans tarder.

Jaime, visiblement effrayée, pleurait toujours de douleur quand ils l'installèrent sur la table d'échographie. Zoe était convaincue qu'ils devaient opérer immédiatement. Elle avait peur que l'appendice de Jaime n'éclate, provoquant une septicémie potentiellement fatale. Mais le chirurgien, qui analysait le sonogramme avec le technicien, se tourna vers eux en secouant la tête.

— Pas de petite tortue, dit-il gentiment à Jaime. Je ne vois rien de spécial. Son appendice n'est pas enflammé. A-t-elle mangé quelque chose d'inhabituel au cours des douze dernières heures ?

— Seulement des spaghettis aux boulettes de viande, répondit Austin.

— Pas de fruits de mer un peu douteux ? Elle n'a pas d'allergies alimentaires connues ? réfléchit-il à haute voix. Je ne vais pas envoyer une enfant sur le billard sous prétexte d'une appendicectomie alors que le sonogramme est clair. Nous allons la garder en observation encore un peu. Elle reste aux urgences.

Ils reconduisirent donc Jaime dans la salle de consultation où Zoe, paniquée, chuchota à Austin dès que le chirurgien quitta la pièce :

— Imagine qu'il n'ait pas lu l'échographie correctement et que son appendice éclate pendant qu'on attend là sans rien faire ?

— J'appelle Cathy tout de suite, répliqua Austin, stressé, en se passant nerveusement une main dans les cheveux.

Il s'éloigna pour lui téléphoner tandis que Zoe restait avec Jaime, qui souffrait toujours atrocement.

Cathy décrocha immédiatement et Austin s'excusa de la réveiller avant de lui expliquer la situation.

— Au début, ils pensaient que c'était une appendicite, et nous l'avons cru nous aussi. L'interne voulait l'opérer sans délai, et Zoe était d'accord avec lui. Jaime hurle de douleur et se plaint d'avoir mal au côté droit. Mais j'ai demandé à ce qu'on appelle le chirurgien de garde, qui a demandé une échographie. Il a dit que tout avait l'air normal et qu'il n'y avait pas d'inflammation, donc il refuse d'opérer pour le moment. Personne ne sait ce qu'a Jaime, et elle souffre le martyre.

— C'est peut-être une mauvaise grippe intestinale. Il y en a beaucoup en ce moment. Je serai là dans vingt minutes.

Elle arriva moins d'un quart d'heure plus tard et s'entretint aussitôt avec le chirurgien, ainsi qu'avec l'interne pour ménager son ego. Puis ils interrogèrent Zoe.

— A-t-elle été malade récemment, ou a-t-elle pris des médicaments ? demanda le chirurgien.

— Elle a attrapé une angine à streptocoque et on lui a prescrit des antibiotiques.

Cathy comprit tout de suite ce qui se passait.

— Tu es bien allée jusqu'au septième jour de traitement, comme je t'avais dit ?

— J'ai arrêté le quatrième jour, elle allait mieux, répondit Zoe avec un air penaud. Je ne voulais pas lui en donner trop.

— Mais il ne faut pas faire ça avec un antibiotique, lui rappela Cathy. Peut-être qu'il a réussi à maîtriser le streptocoque, mais sans l'éliminer totalement. La bactérie a alors pu se déplacer et atteindre la paroi de l'estomac. Ce n'est pas très dangereux mais c'est atrocement douloureux.

— Bingo ! s'exclama le chirurgien en souriant. Beau travail d'enquête, docteur ! Moi aussi, je parierais que c'est ça. Et en effet, ça fait aussi mal qu'une appendicite, expliqua-t-il à Zoe et Austin.

— Qu'est-ce qu'on peut lui donner pour la soulager ? demanda Austin, enfin rassuré.

— Remettez-la tout de suite sous antibiotiques, lui répondit Cathy. Elle se sentira mieux dans vingt-quatre heures, les douleurs cesseront d'ici quelques jours, et elle sera complètement rétablie dans une semaine. Et cette fois-ci, tu vas bien au bout du traitement, Zoe, insista-t-elle.

Zoe ne semblait pourtant pas convaincue par cette théorie.

— Ne pensez-vous pas qu'il serait plus sûr de lui retirer l'appendice maintenant, au cas où vous auriez tort ? S'il éclate, ce sera très dangereux. Je préfère jouer la sécurité, déclara-t-elle d'un ton ferme.

— En l'opérant pour rien ? lui demanda Austin, choqué.

— Son appendice ne montre aucun signe d'inflammation, trancha le chirurgien d'un ton sec. Il n'y a donc aucune raison de le retirer. Qu'est-ce qui vaut mieux, d'après vous ? Une opération ou un antibiotique ? Je ne sais pas pour vous, mais moi je choisis le second !

— Elle veut juste jouer la prudence, traduisit Cathy.

Elle la connaissait bien et savait que son amie était prête à tout pour protéger son enfant.

— Nous allons la garder ici quelques heures, et la mettre sous antibiotiques immédiatement. Je pense qu'elle y répondra très rapidement, poursuivit calmement Cathy.

— Je n'aurais pas dit mieux, conclut le chirurgien. Vous n'avez donc plus besoin de moi.

Il quitta la pièce, et Cathy resta un moment avec eux avant de partir à son tour. Austin la raccompagna jusqu'à la sortie.

— Heureusement que tu es venue, Cathy. Merci mille fois. Bon sang, sans toi, Zoe l'aurait envoyée directement au bloc opératoire.

— Le chirurgien n'aurait pas été d'accord. C'est assez courant que les gens qui ont des notions en médecine réagissent comme ça. Zoe pense connaître toutes les réponses. Mais le vrai diagnostic est souvent plus subtil, comme dans ce cas précis. Je suis sûre que la bactérie de l'angine s'est déplacée jusqu'à l'estomac de Jaime, ce qui a provoqué ces douleurs intenses.

— Je suis content qu'elle ne se soit pas fait charcuter pour rien, en tout cas.

— Et moi donc ! fit Cathy avec un sourire. Et souviens-toi que tu peux m'appeler à n'importe quelle heure du jour et de la nuit. Je suis heureuse d'avoir pu vous aider.

Il appréciait son calme et son sang-froid. Surtout dans les crises. Et malheureusement, il y en avait souvent chez eux.

— Encore bravo ! la félicita-t-il de nouveau.

La jeune femme était restée dans la mesure, comme d'habitude. C'était l'une des raisons pour lesquelles il lui faisait tellement confiance. Zoe, elle, réagissait souvent de façon radicale.

Jaime put quitter l'hôpital à midi. Elle se sentait déjà mieux.

— J'espère que Cathy a raison, dit Zoe, sinistre, dans le taxi du retour.

— Moi aussi, et je suis surtout content que Jaime ne se soit pas fait opérer pour rien. On a eu un sacré bol de tomber sur un chirurgien intelligent.

Ils mirent la petite au lit et elle s'endormit immédiatement, puis Zoe alla s'allonger jusqu'à ce que Fiona arrive. Austin était quant à lui obligé de repartir aussitôt, car il avait une comparution au tribunal pour un cas de maltraitance. Il embrassa Zoe et lui sourit.

— Ça s'est joué à un cheveu, mais tout est bien qui finit bien !

— J'espère sincèrement que tu as raison. Ce serait terrible qu'ils aient fait une erreur… Peut-être aurait-il mieux valu la faire opérer.

Il hocha la tête avec lassitude. Il ne voulait pas remettre le sujet sur la table. Jaime était dans son lit, saine et sauve. C'était tout ce qui comptait. Il était certain que Cathy avait vu juste et que Jaime allait se remettre rapidement. Zoe préférait toujours prendre des mesures extrêmes, mais il savait pourquoi. Elle était terrifiée à l'idée de perdre une autre petite fille qu'elle aimait, et peu lui importait ce qu'il en coûtait pour la sauver.

Le diagnostic de Cathy se révéla correct. Une semaine plus tard, Jaime était rétablie – pour de bon, cette fois –, et elle put retourner à l'école, où elle raconta à tout le monde l'histoire du garçon qui avait avalé une tortue.

12

Ils rencontrèrent moins de déboires de santé pendant le reste de l'hiver, même si Jaime attrapa un gros rhume, tout comme Austin, qui se sentait continuellement fatigué et avait perdu du poids. Aussi, quand il leur proposa de partir en Floride pendant les vacances de printemps, Zoe et Jaime sautèrent de joie.

Austin dénicha une station balnéaire familiale près de Miami et y réserva une suite avec deux chambres. Il y avait une belle piscine, une plage spectaculaire et de nombreuses activités pour les enfants. Dans l'avion, ils étaient impatients et d'excellente humeur.

Jaime fut très excitée en découvrant la piscine et tous les vacanciers qui s'amusaient autour. Elle mourait d'envie d'aller jouer à la plage, tandis que Zoe voulait faire un peu de shopping. Austin, quant à lui, ne désirait rien d'autre que se détendre et profiter de sa femme et de sa fille. Il venait de gagner deux affaires de garde pour le foyer et était épuisé par des mois de travail acharné.

Ils enfilèrent leurs maillots de bain dès leur arrivée et Zoe enduisit Jaime de crème solaire, puis ils se rendirent à la piscine, où la fillette insista pour aller dans l'eau. Elle portait des brassards gonflables car elle ne savait pas encore nager, et Austin la maintenait et lui montrait comment donner des coups de pied en se tenant au bord du bassin. Elle avait pris quelques leçons de natation à New York mais tout ce qu'elle savait faire, pour l'instant, c'était s'agiter comme un chien. Une fois sortie de l'eau, elle commença à courir autour de la piscine mais Austin l'arrêta immédiatement.

— Laisse-la donc s'amuser un peu, intervint Zoe, allongée sur une serviette.

Elle portait un bikini qui la mettait particulièrement en valeur.

— Personne ne va s'amuser si elle tombe et se fait mal. On ne peut pas se permettre d'être laxistes, ici. L'un de nous doit la surveiller en permanence.

— Cela va sans dire, répondit Zoe en fermant les yeux.

Elle avait bien l'intention de profiter du soleil pendant qu'Austin gardait la petite. Plus tard dans l'après-midi, ils partirent se promener sur la plage. Austin et Zoe marchaient main dans la main et Jaime courait devant eux puis revenait au galop en s'arrêtant de temps en temps pour ramasser des coquillages. Austin promit à sa fille de lui acheter un seau, des moules et une pelle, et de l'aider à construire un château de sable. Ce n'était que le premier jour, mais elle s'amusait déjà comme une petite folle.

Le lendemain matin, Austin et Jaime se levèrent tôt pour aller à la plage. Après un arrêt au magasin, il lui construisit comme promis un château de sable digne d'une princesse, puis il l'emmena patauger dans l'océan en lui tenant fermement la main. Des sauveteurs postés autour de la piscine et sur la plage surveillaient les myriades d'enfants qui couraient dans tous les sens. C'était vraiment l'endroit rêvé pour passer des vacances en famille, et à la fin du deuxième jour Jaime s'était déjà fait plusieurs amis de son âge. Ils jouèrent ensemble dans la piscine, sous la bonne garde de leurs mères – c'était au tour de Zoe de s'occuper de Jaime –, et Austin fit une sieste au soleil. Des vacances idéales pour des New-Yorkais épuisés et débordés.

Le soir, ils se rendirent dans un restaurant des environs. Austin avait organisé une sortie sur un bateau à fond de verre le lendemain matin, pour qu'ils puissent admirer les poissons. Dans l'après-midi, ils inscrivirent Jaime à un cours d'artisanat destiné aux petits enfants. Elle fabriqua donc des colliers de coquillages tandis qu'Austin et Zoe faisaient de la plongée avec tuba dans l'océan. Cela faisait des années qu'ils ne s'étaient pas autant amusés. Cela leur rappelait les débuts de leur relation, quand ils étaient insouciants et follement amoureux. Et désormais, Jaime complétait leur bonheur. Ils adoraient passer du temps tous les trois.

Le quatrième jour, ils passèrent l'après-midi à l'océarium et achetèrent des cartes postales à Jaime pour qu'elle puisse les montrer à sa classe après les vacances, avant de retourner nager à l'hôtel. Jaime voulait retrouver ses amies, deux fillettes de New York qu'elle avait hâte de revoir à leur retour. Zoe et Austin devaient constamment lui rappeler de ne pas courir autour de la piscine, car la surface mouillée était glissante et plusieurs enfants étaient tombés. Toutefois, les avertissements sévères de son père et sa surveillance étroite encourageaient Jaime à être prudente, et il était fier que la fillette se comporte aussi bien à l'hôtel et dans les restaurants. Depuis qu'elle avait commencé l'école, Jaime était beaucoup plus sage. C'était un plaisir de faire des choses avec elle. Les parents aussi avaient rencontré plusieurs couples sympathiques avec des enfants du même âge que Jaime, et ils espéraient pouvoir les revoir de temps en temps à New York. Zoe avait rarement le temps et l'opportunité de bavarder avec d'autres femmes, sauf au foyer. Elle était donc ravie de discuter avec des gens en dehors de ce cadre, et de pouvoir profiter de son rôle de mère et d'épouse sans la pression et les contraintes du travail. Mais les vacances touchaient à leur fin, ce qui les attristait tous.

Zoe, magnifique et bronzée, ressemblait à une star de cinéma avec ses lunettes de soleil et son grand chapeau. Tandis que les petits jouaient à proximité, elle se lança dans une conversation animée avec trois mamans rencontrées autour de la piscine. Elles comparaient les avantages et inconvénients des écoles que fréquentaient leurs enfants, l'une en banlieue et les deux autres à New York. Austin était, lui, parti disputer un match de tennis avec l'un des maris.

Quand il revint, il aperçut Jaime qui trottait autour de la piscine. Les enfants déchaînés couraient sur le ciment mouillé, et aucune des mères ne semblait les surveiller – Zoe, souriante et détendue, encore moins que les autres.

Il appela Jaime, mais elle ne l'entendit pas. Le temps qu'il se précipite vers elle pour lui demander de ralentir, la fillette s'était cogné l'orteil contre un pavé et avait trébuché. Elle se heurta violemment le visage sur le rebord du bassin et disparut dans l'eau, où elle coula comme une pierre. Elle ne portait pas ses brassards et personne ne la vit tomber. Elle était petite, et tout se passa très vite. Zoe tournait le dos à la piscine. Le maître-nageur, qui aidait une femme âgée à déplacer sa chaise longue, n'avait rien remarqué. Austin atteignit le bassin en quelques secondes et plongea dans l'eau habillé. Il attrapa Jaime tout au fond et remonta à la surface en la tenant dans ses bras. Le maître-nageur se précipita alors pour l'aider à sortir la fillette de l'eau. Austin se hissa hors du bassin et la serra contre lui en lui tapotant le dos pour l'encourager à cracher. C'est à ce moment-là qu'il se rendit compte qu'il était couvert de sang. Jaime s'était ouvert le menton sur le rebord. Les vacanciers, impuissants, les regardaient avec stupeur en demandant comment ils pouvaient les aider. Austin, tremblant de peur, comprit que Jaime se serait sans doute noyée s'il n'était pas revenu à ce moment-là.

Un homme s'approcha d'eux en annonçant qu'il était médecin. Après un rapide coup d'œil à la plaie qui saignait abondamment, il déclara à Austin qu'il fallait la recoudre. Celui-ci demanda donc au maître-nageur d'aller chercher sa femme, et la désigna du doigt. Zoe, toujours en grande conversation, n'avait rien vu et eut l'air choquée quand le maître-nageur vint la prévenir. Elle se précipita vers Austin et Jaime, manquant de peu de glisser elle aussi sur la surface mouillée. Puis elle s'agenouilla à côté d'eux et tendit la main vers Jaime.

— Va demander une voiture à l'hôtel, lui dit Austin d'une voix dure. Il faut conduire Jaime à l'hôpital. Elle s'est entaillé le menton et a besoin d'être recousue. Bon sang, Zoe ! Tu te rends compte qu'elle a failli se noyer pendant que tu discutais tranquillement ?!

— Pourtant, je la surveillais, rétorqua-t-elle.

— Non, c'est faux, tu ne la regardais même pas. Je t'ai bien vue. Tu discutais, le dos tourné au bassin. Tu n'as rien remarqué du tout. Elle courait comme une folle autour de la piscine, et sans ses brassards en plus !

Toute la semaine, ils l'avaient obligée à les porter dès qu'ils se trouvaient à proximité de la piscine, et il avait fallu qu'ils relâchent leur attention le dernier jour pour qu'une catastrophe se produise. Une nouvelle fois, la loi de Murphy les frappait de plein fouet…

— Va chercher une voiture, on discutera plus tard.

Jaime, agrippée à son père, sanglotait. Leurs merveilleuses vacances se terminaient bien mal. Austin, désemparé, ne pouvait croire que Zoe s'était montrée aussi irresponsable. La petite n'avait que 3 ans, et elle l'avait laissée gambader sans surveillance autour de la piscine.

Les femmes avec lesquelles Zoe discutait plus tôt s'étaient rassemblées autour d'eux et tenaient fermement leurs enfants par la main. L'accident de Jaime leur avait servi de leçon. Des panneaux incitant à la vigilance étaient pourtant bien visibles partout.

— Que pouvons-nous faire ? lui demanda l'une des mamans.

— Il nous faut une voiture pour aller à l'hôpital, mais Zoe s'en occupe.

Jaime continuait à saigner abondamment sur son polo, et la serviette que lui tendit le maître-nageur fut instantanément trempée de sang.

Zoe avait couru pieds nus jusqu'à la réception et elle en revint quelques minutes plus tard en compagnie du directeur adjoint de l'hôtel, qui insistait pour les escorter. Austin n'avait pas pris le temps de renfiler ses chaussures et ses vêtements de tennis étaient trempés et couverts de sang. Mais sa fille était bien vivante, et c'était tout ce qui lui importait.

Il ne leur fallut que dix minutes pour arriver en trombe aux urgences. Le menton de Jaime saignait toujours abondamment et tachait le sol.

— Vous renseignerez la fiche d'informations après, leur dit l'infirmière à l'accueil en les menant directement à une salle de consultation.

Zoe les suivait, toute pâle sous son bronzage et beaucoup moins glamour qu'une demi-heure auparavant.

— Mais qu'avais-tu dans la tête, enfin ? lui demanda Austin d'une voix glaciale alors qu'ils attendaient le médecin. Elle a 3 ans, elle ne sait pas nager, et tu ne la surveillais même pas. Et si elle s'était fracassé le crâne ou qu'elle s'était noyée ?

— Je suis désolée. Deux minutes avant, elle était assise tranquillement sur une chaise longue avec ses amies.

— Et tu as présumé qu'elle ne bougerait pas ? Quand je suis arrivé, elle courait autour de la piscine comme une folle, et elle est tombée dans la partie la plus profonde du bassin.

Zoe, toujours en bikini, frissonna en entendant ces mots. Elle maintenait une serviette pressée sur le menton de Jaime, qui avait cessé de pleurer. Le saignement avait enfin ralenti.

Le médecin entra à ce moment-là et examina attentivement la blessure.

— La coupure est nette, mais profonde. Elle gardera une cicatrice, mais cela ne devrait pas se voir avant ses 70 ans, déclara-t-il avec un sourire.

La tension entre Austin et Zoe était palpable.

— Nous allons devoir faire une anesthésie locale pour la recoudre. À moins que vous ne préfériez qu'on l'endorme quelques minutes ?

— Non, répondit Austin sans consulter Zoe, qui resta silencieuse.

— Entendu. Mais dans ce cas, il va falloir l'empêcher de bouger.

Le médecin prépara son matériel puis se tourna vers Jaime.

— Jeune fille, je vais devoir te faire une petite piqûre minuscule, et dans une minute tu ne sentiras plus rien. Puis je vais recoudre ce bobo, et tu pourras rentrer chez toi.

Jaime se remit à pleurer en entendant ces mots. Zoe lui caressa les cheveux et embrassa le sommet de son crâne en lui parlant doucement pour l'apaiser tandis qu'Austin la maintenait solidement. La petite fille hurla quand on lui fit la piqûre de novocaïne pour l'anesthésier. Puis le médecin lui fit 12 points de suture tandis qu'Austin lui tenait le visage et Zoe les mains. Ensuite, il lui appliqua un grand pansement. Jaime hoquetait en sanglotant, mais c'était déjà fini. Elle tendit les bras vers sa mère, qui la serra fort contre elle.

Le médecin leur donna des instructions pour prendre soin de la plaie et leur expliqua que les points de suture devraient être retirés sous une dizaine de jours. Puis

Austin partit remplir les formulaires qu'ils avaient négligés à leur arrivée. Une heure plus tard, sur le chemin du retour, Zoe et lui ne s'adressaient toujours pas un mot. Austin se sentait très abattu. Ils sortaient une fois de plus de l'hôpital avec leur fille. Une scène familière, la routine en quelque sorte, du déjà-vu, et cette pensée était profondément démoralisante.

À l'hôtel, ils remontèrent dans leur suite et posèrent Jaime sur son lit. La petite fille avait l'air droguée, et elle était tellement épuisée que ses yeux se fermèrent aussitôt. Ce n'était pas la première fois qu'elle vivait un moment désagréable, mais cette fois-ci elle avait failli se noyer. Sans compter les 12 points de suture. Une épreuve pénible, même pour un adulte. Ses parents semblaient d'ailleurs aussi mal en point. Ils passèrent au salon, où Austin se servit une boisson forte. Il était d'une beauté dévastatrice, avec ses cheveux noirs encore mouillés et son corps athlétique et vigoureux. Zoe se demanda s'il allait lui pardonner un jour, et il s'écoula un temps interminable avant qu'il s'installe en face d'elle. On aurait dit qu'elle s'attendait à être battue.

— Que veux-tu que je te dise ? lui demanda-t-il enfin, à voix basse pour ne pas réveiller Jaime. Je suis certain que tu regrettes, mais tu viens d'agir de la manière la plus irresponsable et la plus négligente qui soit. Comment suis-je censé te faire confiance pour veiller sur notre fille après ça ? Je ne peux même plus compter le nombre de fois où elle s'est blessée. Elle a eu plus de cicatrices et d'os fracturés que n'importe quel enfant de ma connaissance, à part ceux du foyer. Je ne comprends pas ce qui se passe. J'ignore si nous sommes négligents ou si Jaime est particulièrement active, mais je commence à penser que nous sommes des parents indignes. Zoe, quelque chose doit changer.

Il avait l'air aussi anéanti qu'elle.

— Ça va changer. Je suis désolée. Je ne sais pas ce qui s'est passé. J'étais en train de discuter, ça n'a pas duré plus de quelques minutes. Et soudain le maître-nageur est venu m'annoncer que Jaime avait failli se noyer.

— Je pense que nous devrions engager une nounou à temps complet, déclara-t-il finalement.

Jaime ne s'était jamais fait mal avec Fiona sauf lorsqu'elle avait chuté dans l'escalier – et c'était la faute de Zoe, qui avait démonté la barrière de sécurité. Et elle ne s'était jamais blessée non plus avec lui. Ces incidents n'arrivaient qu'avec Zoe. Et celle-ci avait toujours une explication logique, une excuse toute trouvée, un bon prétexte. Pendant un moment terrifiant, il se demanda si elle n'essayait pas inconsciemment de tuer leur fille. Se pouvait-il que quelque chose de profondément enfoui en elle, un vieux traumatisme, la pousse à nuire ainsi à leur enfant ? La jalousie ou la peur peut-être, voire quelque chose de profondément psychotique ? Quoi qu'il en soit, il ne pouvait plus lui faire confiance.

— Je te le jure, Austin, dit-elle avec un regard suppliant, je ne la quitterai plus jamais des yeux.

— Je ne te crois pas. Tu es une mère merveilleuse à bien des égards et je sais que tu l'aimes plus que toi-même. Mais j'ai peur, Zoe. Tu dois mieux la surveiller.

— Cela n'arrivera plus. Je te le promets.

Il releva les yeux et vit la femme dont il était amoureux depuis neuf ans, la protectrice des enfants maltraités, et la mère la plus dévouée. Mais l'était-elle vraiment ? Et si rien de ce qu'il pensait connaître au sujet de Zoe n'était réel ? Il voulait encore y croire, s'accrocher à l'image qu'il avait d'elle, mais tout ce qui lui revenait à l'esprit désormais c'était Jaime en sang, se noyant au fond de la piscine pendant que sa mère riait, ignorant même où se trouvait leur fille. Jaime aurait pu mourir ! Rattrapé par les émotions des dernières heures, il se mit à sangloter et Zoe, en larmes elle aussi, vint l'enlacer.

— Je t'aime, et j'aime notre fille plus que tout, chuchota-t-elle.

Il hocha la tête, priant pour que ce soit vrai. Mais il n'en était plus vraiment certain.

Le lendemain, pendant leur vol de retour, Zoe et Austin restèrent très silencieux. Jaime était assise entre eux et jouait sur l'iPad de Zoe tandis qu'Austin les regardait toutes les deux, s'efforçant de ne pas ressasser les événements de la veille. Il aurait suffi qu'il revienne quelques secondes plus tard, et ils auraient dû rentrer à New York avec leur magnifique petite fille enfermée dans un cercueil.

Une fois chez eux, Zoe défit leurs valises et lança une lessive tandis que Jaime jouait dans sa chambre. La petite se plaignait d'avoir mal au menton et avait l'air fatiguée après son accident. L'éclat de leurs belles vacances s'était terni. Jaime était de retour à New York avec un gros pansement, qu'elle arborerait à l'école le lendemain.

Quand Zoe sortit faire quelques courses, Austin en profita pour appeler sa mère. Comme elle le faisait chaque fois qu'elle voyait s'afficher le numéro de l'un de ses enfants, Constance décrocha immédiatement.

— Salut, maman. Comment ça va, toi et papa ? demanda-t-il avec une joie feinte, mais d'une voix éteinte.

— Très bien, et toi ? Comment c'était, la Floride ?

— Merveilleux. On a passé un super moment.

Il aurait tout le loisir de lui dire la vérité quand il la verrait. Il ne voulait pas le lui annoncer au téléphone. Constance eut l'impression qu'Austin avait l'air triste, et qu'il lui dissimulait quelque chose. Elle n'avait aucune idée de ce dont il s'agissait, mais elle sentait bien que ça n'allait pas.

— J'ai réfléchi, pendant le vol de retour. Ça fait des lustres que nous n'avons pas déjeuné ensemble ! As-tu le temps de me voir cette semaine ?

Malgré son effort pour paraître décontracté, lui-même trouva son invitation peu naturelle.

— Pour toi, mon garçon chéri, mon carnet de bal est toujours vide. Quel jour veux-tu que nous nous retrouvions ?

— Qu'est-ce que tu dirais de demain ?

Il ne pouvait dissimuler son désespoir à sa mère plus longtemps.

— Bien sûr. Comme d'habitude ?

Il y avait près de son bureau un petit restaurant italien qu'ils appréciaient tous les deux et où ils déjeunaient de temps en temps.

— Oui, le Da'Giulio me va parfaitement. À 12 h 30 ? Je dois me rendre au tribunal dans l'après-midi.

— 12 h 30, ça me va très bien. À demain, mon grand.

— Merci, murmura-t-il.

— De quoi ? D'avoir envie de déjeuner avec mon fils ?

— D'avoir pris le temps de me parler. D'être comme tu es, fit-il avec gratitude.

Après avoir raccroché, Constance resta assise un instant, l'air inquiet et pensif.

— Tout va bien ? lui demanda son mari en passant.

— Je ne suis pas sûre, non. J'ai le sentiment que non. Austin me demande de déjeuner avec lui demain. Il ne m'a pas invitée depuis mon anniversaire.

— Ne te mets pas des idées en tête. Il doit se sentir coupable de ne pas appeler plus souvent, c'est tout.

— Je ne crois pas.

Elle l'attendait déjà quand Austin arriva au restaurant, beau et grand dans son costume sombre, chemise blanche et cravate bleu marine – sa tenue pour le tribunal.

— Tu es magnifique, lui dit-elle avec fierté.

Elle lui sourit tandis qu'il prenait place en face d'elle et se penchait pour l'embrasser. Son regard était éteint et elle se dit qu'il n'avait pas l'air en forme malgré son bronzage.

Ils commandèrent rapidement, et elle lui sourit de nouveau.

— Alors, la Floride ? Ça vous a plu ? Jaime a aimé ?

Il garda le silence une minute et plongea son regard dans celui de sa mère.

— Jusqu'au dernier jour, oui. Zoe était censée la surveiller à la piscine, sauf qu'elle ne la surveillait pas. Elle bavardait pendant que Jaime courait autour du bassin avec d'autres enfants. Et puis la petite a glissé et elle est tombée tête la première dans la piscine, à l'endroit le plus profond. Elle s'est ouvert le menton et a coulé comme une pierre, car évidemment elle ne portait pas ses brassards. Par chance, je revenais d'un tennis juste à ce moment-là. J'ai plongé et je l'ai tirée de l'eau à temps. Même le maître-nageur n'avait rien remarqué ! Si j'étais arrivé deux minutes plus tard, elle serait morte à l'heure qu'il est. Elle s'en sort quand même avec la bagatelle de 12 points de suture au menton.

En lui racontant l'accident, les larmes montèrent. Sa mère, consciente de sa souffrance, lui prit la main.

— Cette fois, je n'ai pas l'intention de te cacher la vérité et de couvrir Zoe. Maman, je ne sais pas ce qui se passe, mais j'ai peur. Il y a quelque chose qui ne tourne pas rond. Peut-être que c'est Zoe. Jaime ne se fait jamais mal en présence d'autres personnes. J'ai l'impression de ne plus connaître ma femme.

Des larmes glissèrent sur ses joues.

— Je ne sais plus quoi faire, conclut-il dans un filet de voix.

Constance, voyant son fils lutter pour ne pas perdre totalement contenance, sentit l'émotion la submerger à son tour. Elle lui serra la main par-dessus la table.

— Je dois t'avouer que je suis inquiète depuis un moment, répondit-elle d'une voix douce. Je pense que Zoe porte une fracture en elle. Mais elle la cache si bien que la plupart des gens ne s'en rendent pas compte. En surface, Zoe semble être la mère parfaite, ou du moins c'est l'image qu'elle entend donner. Elle dirige le foyer d'une main de maître, c'est une épouse aimante, une femme aussi brillante que charmante. Mais je suis convaincue que la réalité est tout autre. Ce n'est qu'un ressenti et je n'ai aucune preuve tangible mais je crois, hélas, que tout ce qui a pu arriver à Jaime depuis sa naissance confirme mes craintes.

— Tu penses qu'elle fait du mal à Jaime intentionnellement ?

Austin était prêt à envisager toutes les possibilités.

— Je pense que c'est plus compliqué que ça.

Leurs plats arrivèrent, mais aucun d'eux n'avait plus faim.

— J'ai essayé de t'en parler, mais jusqu'à présent tu n'étais pas en mesure de m'entendre. Il existe une forme de maladie mentale qui fait l'objet d'un débat animé dans la communauté psychiatrique. On l'appelle le syndrome de Münchhausen par procuration.

— J'en ai déjà entendu parler, mais je ne comprends pas exactement de quoi il s'agit.

— Les gens qui souffrent de ce syndrome font en sorte que leurs enfants se blessent ou tombent malades. Parfois gravement. Ils les empoisonnent, par exemple, ou usent d'autres moyens pour provoquer une maladie. Je dis bien provoquer, pas feindre. Ou alors ces parents orchestrent un accident en mettant en scène des situations dangereuses dans lesquelles un petit enfant risque de se faire mal. Ils n'infligent aucune blessure, mais ils laissent des drames se produire. Ou bien encore, lorsqu'un enfant est malade, ils exagèrent ses symptômes et insistent sur le fait qu'il est plus gravement souffrant qu'il n'y paraît. Cela va parfois jusqu'à faire opérer un enfant alors que ce n'était pas nécessaire.

Austin pensa immédiatement aux drains transtympaniques que Zoe avait fait poser à Jaime en leur mentant à tous, y compris au chirurgien. Puis il y avait eu son insistance pour l'appendicectomie, après qu'elle avait arrêté les antibiotiques de la petite trop tôt. S'il ne s'y était pas opposé, sa femme aurait peut-être eu gain de cause.

— Je suis d'avis que Zoe se trouve quelque part dans ce spectre, reprit Constance. Elle place Jaime dans des situations dangereuses, et l'inévitable se produit. Et puis il y a eu son obsession avec l'apnée, la crise fébrile dont personne sauf elle n'a été témoin, la fausse appendicite… Il s'agit d'une pulsion qui pousse la mère à tout faire pour attirer l'attention des autres. C'est en quelque sorte un besoin désespéré d'être remarquée, reconnue et réconfortée. Quand l'enfant est réellement malade ou blessé, ou semble l'être, elle accourt et donne au monde l'image d'une maman parfaite. Sa vigilance et son dévouement émeuvent son entourage, et elle devient la protectrice, la sauveuse sans peur et sans reproche de l'enfant. On la considère alors comme une mère exceptionnelle – il semblerait que ce soient surtout des femmes qui souffrent de ce trouble –, et personne ne se rend compte que c'est elle qui a provoqué indirectement les blessures ou rendu l'enfant malade. Certaines mères suivent même une formation médicale, ce qui leur permet d'agir avec plus de finesse encore… Les psychiatres débattent pour savoir s'il s'agit d'une maladie mentale, d'un trouble de la personnalité ou d'une forme de maltraitance. Peut-être que c'est la gravité des actions qui fait la différence. Au cours des trois dernières années, depuis la naissance de Jaime, je me suis beaucoup renseignée sur le sujet. Malheureusement, je crains fort que Zoe ne corresponde parfaitement au profil. Mais ça, tu dois le savoir mieux que moi. Il suffit de repenser à tout ce qui s'est passé : les difficultés avec l'allaitement, la chute de la table à langer, l'accident dans l'escalier, les fractures multiples, et maintenant cette histoire de noyade. Ces profils sont très intelligents et dissimulent généralement leurs traces avec le plus grand soin. Il y a toujours une bonne excuse, et mentir ne leur fait pas peur. Et, je m'en veux de te le dire, mais certaines de ces malades vont jusqu'à tuer leurs enfants. Ou bien les pauvres petits meurent dans un accident qu'elles ont provoqué. Je ne pense pas que Zoe soit aussi gravement touchée, mais je n'ai aucune certitude, et peut-être que toi non plus. Je comprends pourquoi tu as peur, parce que moi aussi je suis terrifiée.

Constance parlait d'une voix calme et sur un ton réfléchi, ce qui rendait ses propos encore plus dramatiques et concrets. Elle se montrait comme toujours intelligente, bien informée, et parfaitement mesurée dans son jugement. Hélas, les situations qu'elle décrivait semblaient bien trop familières aux yeux d'Austin.

— Est-ce que ces femmes se rendent compte du mal qu'elles font ? demanda-t-il d'une voix étranglée.

— Cela se discute. Même les psychiatres ne sont pas d'accord sur ce point. Il s'agit d'une forme de comportement compulsif.

— Tout le monde a trouvé Beth héroïque pendant la maladie de Rose, la sœur de Zoe. Elle est allée jusqu'à faire un don de moelle pour une greffe. Peut-être que Zoe désire obtenir une part de cette admiration, et que le seul moyen qu'elle a trouvé est de rendre Jaime malade, ou de faire en sorte qu'elle se blesse. Maman, tu es sûre de ce que tu avances ?

— Non, répondit-elle honnêtement, c'est pourquoi je ne t'en ai pas parlé plus tôt. D'après mes lectures, les pièces du puzzle s'emboîtent malheureusement très bien, et Zoe correspond à la pathologie décrite. Mais tu es meilleur juge que moi. Si tu as envie de te renseigner, j'ai un livre sur le syndrome de Münchhausen par procuration, rédigé en des termes simples. Je te préviens, les études de cas sont effrayantes. Les personnes atteintes de ce trouble peuvent être, ou devenir, extrêmement dangereuses. Et après ce que tu m'as raconté de l'accident en Floride, je pense que tu devrais surveiller Jaime de très près. Zoe s'est-elle rendu compte à quel point tu es bouleversé par tout ça ?

— Peut-être. Je commence seulement à m'en rendre compte moi-même. À vrai dire, je ne suis même pas certain de ce que je pense.

Constance hocha la tête et picora dans son assiette, et il fit de même.

— Il existe aussi une autre forme de ce trouble, qui s'appelle simplement Münchhausen, dans laquelle les adultes feignent d'être malades. Ils cherchent juste à attirer l'attention sur eux. Mais dans le cas du SMpP, les maladies et les blessures ne sont pas feintes. Elles sont réelles, provoquées par un parent, généralement la mère, et c'est beaucoup plus effrayant. Les malades peuvent également s'attaquer à des personnes âgées, mais la plupart des victimes ont moins de 6 ans car elles ne comprennent pas ce qui se passe et peuvent rarement le signaler. Les actes des personnes atteintes du SMpP, comme leur modus operandi, sont extrêmement difficiles à mettre au jour car leur comportement semble irréprochable, et personne ne les soupçonne.

C'était précisément le cas de Zoe, protectrice des enfants maltraités et mère dévouée. Ce que sa mère lui disait là était tout à fait horrible, mais d'une certaine manière, Austin se sentait soulagé d'entendre enfin la vérité – si telle était bien la vérité.

— Et comment peut-on les empêcher d'agir ainsi ?

— C'est impossible. On ne peut pas les changer. Pour assurer la sécurité de l'enfant, il faut le leur retirer. Je sais bien que c'est une mauvaise nouvelle pour toi. Pour le bien-être de Jaime, tu risques d'avoir à faire des choix difficiles.

Il acquiesça, mais ne fit aucun commentaire. Après tout, il n'était encore sûr de rien. Ce n'était pour l'instant qu'une théorie.

— Certaines personnes finissent derrière les barreaux, car il arrive qu'elles aillent trop loin et assassinent leurs enfants. Mais la plupart des cas passent inaperçus et il faut espérer que la victime survive, physiquement et psychologiquement. En général, ce n'est évidemment pas aussi dramatique. C'est ce que j'ai pensé au début concernant Zoe, mais je dois t'avouer que je suis de plus en plus inquiète. Si Jaime s'était noyée, elle aurait sans doute joué le numéro de la mère endeuillée. Car il s'agit avant tout de jouer un rôle, en général plutôt celui de l'héroïne. Ce qu'attendent ces personnes, ce sont principalement des louanges et de l'attention. Si ces mères semblent irréprochables en apparence, elles sont en vérité gravement malades. Le vieux dicton « trop beau pour être vrai » s'applique parfaitement dans leur cas. Je te prêterai le livre dont je t'ai parlé, si tu veux le lire.

— Oui, répondit-il, l'air déterminé. Bon sang, maman, j'espère que tu te trompes.

— Moi aussi, Austin. Malheureusement, je ne le pense pas. Je vais le déposer à ton bureau. Surtout, arrange-toi pour que Zoe ne tombe pas dessus, ajouta Constance avec sagesse.

— Bien sûr.

Austin avait l'air réellement effrayé et sa mère souffrait de le voir ainsi.

— Tu sais, les poisons sous l'évier de ta cuisine en sont un parfait exemple. Zoe les avait rangés là pour que Jaime puisse y accéder, et ta fille serait morte si elle avait pu y toucher. Dire qu'elle se vante d'être la gardienne de la sécurité domestique…

Il frissonna en y repensant et les paroles de Zoe lui revinrent à l'esprit. Son insistance absurde sur le fait qu'ils devaient respecter les libertés de Jaime, lui enseigner à observer les limites en laissant les produits à sa portée, alors qu'elle n'avait que 2 ans ! Et puis cette barrière de sécurité qu'elle avait retirée de l'escalier… Il y avait tant d'exemples. Il avait même du mal à tous se les rappeler.

Quand il embrassa sa mère pour lui dire au revoir, Austin avait l'air encore plus épuisé.

Tandis qu'il se rendait au tribunal, Constance rentra chez elle et glissa le livre dans une enveloppe en papier kraft qu'elle alla déposer au bureau de son fils. Quand Austin lut la quatrième de couverture, il se dit que c'était pire que ce que sa mère avait décrit. Le syndrome de Münchhausen par procuration était terrifiant. Si Zoe en souffrait réellement, il allait devoir agir vite. Avant que se produise une vraie tragédie.

13

Austin commença le livre de sa mère dès le lendemain, à l'heure du déjeuner, et il poursuivit sa lecture tous les jours pendant ses trajets. Il le dissimulait dans sa mallette fermée à clé, et l'extirpait de sa cachette uniquement quand Zoe était sortie ou qu'elle dormait. Trop d'éléments lui semblaient déjà douloureusement familiers, y compris les motivations supposées. Dans son enfance, Zoe avait été privée d'affection. Désormais, elle entendait briller en tant que mère héroïque. S'il n'avait pas encore tiré de conclusions, la même question lancinante revenait : Zoe faisait-elle du mal à la fillette intentionnellement ? Ou laissait-elle simplement les accidents se produire afin d'attirer l'attention sur elle, une fois que Jaime était blessée ? Elle prétendait être attentive et prudente mais les preuves du contraire s'accumulaient, comme l'incident de la noyade. À chaque nouveau drame elle jouait l'innocente, et elle était très convaincante. Jusqu'où était-elle capable de mettre la vie de Jaime en danger ?

Le samedi suivant, le téléphone sonna alors qu'il était plongé dans le livre de sa mère, et Zoe et Jaime à l'aire de jeux. C'était la secrétaire d'un cabinet médical qui souhaitait confirmer un rendez-vous pour Jaime. Austin n'était pas au courant, et sa curiosité fut piquée. Il demanda de quelle spécialité il s'agissait. C'était un chirurgien orthopédique. Pour répondre à une requête urgente de sa mère, ils avaient réussi à caser Jaime le mardi suivant.

Quand Zoe et Jaime rentrèrent à la maison pour déjeuner, Austin posa sans attendre la question à Zoe.

— De quoi s'agit-il ? Pourquoi Jaime doit-elle rencontrer un chirurgien orthopédique ? Et pourquoi personne ne m'en a parlé ?

— Oh, ce n'est rien de grave pour le moment, je ne te l'ai pas dit parce que je ne voulais pas t'inquiéter. Je souhaite juste qu'il examine la colonne vertébrale de Jaime.

La fillette prenait son déjeuner à la table de la cuisine. Au moins, elle était revenue du parc indemne. Un jour sans blessures. Austin en ressentait de la reconnaissance, désormais.

— Pourquoi veux-tu qu'il examine sa colonne vertébrale ?

— Pour vérifier qu'elle n'a pas une scoliose.

— Qu'est-ce que c'est que cette histoire ?

— J'ai remarqué que Jaime ne se tient pas droite, et j'ai l'intention de m'en occuper sans attendre s'il y a un problème.

— Tu en as discuté avec Cathy ? Qu'est-ce qu'elle en dit ?

— Ce n'est pas son domaine de compétence. Je veux d'abord consulter l'orthopédiste.

Austin ne fit pas de commentaire, mais il se renseigna sur Internet. Il lut que la scoliose était parfois soignée par la chirurgie, en insérant des tiges métalliques le long de la colonne vertébrale pour l'empêcher de se courber davantage. Austin se sentit proche de défaillir. Il n'avait jamais rien remarqué d'anormal avec le dos de Jaime et pourtant il la voyait tous les jours dans son bain. Affolé, il appela Cathy dès le lundi pour lui parler de ce rendez-vous étrange. La pédiatre balaya ses inquiétudes d'un revers de main.

— Tu sais bien comment est Zoe, elle panique pour un rien. Le spécialiste va lui confirmer que Jaime va très bien et ce sera fini.

Elle n'avait pas l'air de se faire de souci.

— Et si ce n'est pas le cas ? Si elle le convainc de poser des tiges dans la colonne vertébrale de Jaime ?

Cathy éclata de rire à cette suggestion.

— Impossible, sauf si c'est un charlatan. La colonne vertébrale de Jaime est parfaite.

Il répugnait à avouer à Cathy qu'il commençait à avoir de sérieuses inquiétudes au sujet de sa femme. Et voilà que celle-ci tentait de faire croire à un nouveau problème médical, un problème nécessitant une lourde opération !

Comme le lui avait dit sa mère, il avait été horrifié en lisant les nombreuses études de cas exposées dans le livre sur le syndrome de Münchhausen. Certaines mères avaient tué leurs enfants et avaient fini en prison. D'autres situations étaient plus difficiles à jauger et lui rappelaient davantage les accidents de Jaime, qui lui avaient semblé banals à l'époque mais détonnaient en raison de leur fréquence. Quand il y repensait, il se sentait très angoissé. Il aimait toujours Zoe, mais il commençait à se demander s'il l'avait jamais vraiment connue.

Le mardi soir, à son retour, Austin questionna Zoe sur le rendez-vous de Jaime chez le chirurgien orthopédique. Il avait lu des articles sur des mères atteintes du syndrome de Münchhausen par procuration qui avaient fait subir à leurs enfants de graves opérations chirurgicales pendant lesquelles certains avaient trouvé la mort. Le simple fait que Zoe s'intéresse à une procédure consistant à insérer des tiges d'acier dans le dos de sa fille le faisait paniquer.

— Qu'est-ce qu'il en dit ? demanda Austin d'une voix étranglée en retrouvant Zoe dans la cuisine.

— Il veut la revoir dans six mois. On verra comment ça a évolué et on fera un point à ce moment-là, répondit-elle tranquillement.

Austin était ravi de ce sursis car, au moins, il n'avait pas à la confronter immédiatement sur le sujet. Depuis la Floride, la tension entre eux était palpable. Austin s'efforçait de se comporter comme si de rien n'était, du moins jusqu'à ce qu'il ait terminé le livre de sa mère et soit parvenu à se faire son idée. Mais il était si inquiet qu'il lui était difficile de passer du temps avec Zoe. Alors il invoquait des problèmes au travail, et elle faisait semblant de le croire sans spéculer sur son attitude inhabituellement distante. À leur retour de vacances, elle avait de toute façon dû gérer des soucis au foyer.

Il finit la lecture de l'ouvrage sur le SMpP le mercredi matin, et appela Cathy sur son téléphone portable dans la foulée.

— Je sais que cela va te paraître bizarre mais j'aimerais venir te voir, en toute confidentialité. Je ne veux pas que Zoe soit au courant. J'ai des scrupules à te placer dans une position délicate, mais il y a certaines choses qui me préoccupent et dont je souhaiterais discuter avec toi.

Il n'avait pas l'intention de jouer la carte du mystère mais il ne souhaitait pas lui en dire plus au téléphone. Il tenait à la voir.

— C'est à propos de ce qui s'est passé en Floride ?

Zoe avait déjà appelé Cathy pour lui raconter sa version des faits et la colère d'Austin, et lui avouer à quel point elle se sentait coupable.

— Un accident est vite arrivé, tu sais, reprit-elle, apaisante. Il suffit de quitter des yeux une fraction de seconde un enfant de l'âge de Jaime pour qu'il se retrouve au fond d'une piscine et se noie.

— Et ça a bien failli arriver, en effet, répondit Austin sur un ton malheureux. Mais il ne s'agit pas de ça. Enfin, pas uniquement. Toutefois, juste pour que tu aies tous les éléments, quand c'est arrivé Zoe était en train de discuter et elle tournait le dos au bassin. Elle ne surveillait pas du tout Jaime. La petite a glissé parce qu'elle était en train de courir sur le béton mouillé. En plus, elle ne portait pas ses brassards. Zoe n'avait aucune idée de l'endroit où elle se trouvait ni de ce qu'elle faisait, et je t'assure que cela a duré bien plus longtemps qu'une fraction de seconde. Mais ce n'est pas de ça que je voudrais discuter avec toi dans la plus grande discrétion. Je suis désolé si cela te met mal à l'aise.

— Je peux m'en accommoder si c'est important pour toi.

Elle désirait l'aider tout en les respectant tous les deux, Zoe et lui.

— Ça l'est. Tu crois que tu peux faire en sorte que ton infirmière ne sache pas que je suis venu ? Tu sais comme Zoe la chouchoute. Elle apporte toujours des chocolats et des cadeaux, ou lui fait des cookies.

En effet, l'infirmière aimait beaucoup Zoe en raison de ces petites attentions.

— Je vais m'arranger.

Heureusement qu'Austin le lui avait rappelé, car elle n'y aurait pas pensé. Pour son infirmière, sainte Zoe marchait sur l'eau, et était la mère la plus dévouée du cabinet. Elle aurait fait n'importe quoi pour elle. Y compris lui parler de la venue de son mari. Cathy savait qu'elle trouverait étrange qu'elle lui demande de tenir sa langue, mais le respect du secret médical exigeait qu'elle s'y conforme.

— Veux-tu passer à l'heure du déjeuner ? C'est la pause la plus longue dans mon emploi du temps aujourd'hui, et au son de ta voix, j'ai l'impression que c'est urgent.

Elle les appréciait beaucoup tous lès deux et espérait qu'elle serait en mesure de le rassurer. Pour elle, Zoe était une bonne épouse, une excellente mère et une amie sincère. Elle se demanda s'ils rencontraient des problèmes conjugaux, bien que Zoe ne lui en ait pas parlé. Elle pensait qu'elle l'aurait fait si c'était le cas. Peut-être à cause de l'incident en Floride ? Austin paraissait bouleversé au téléphone, et Zoe lui avait dit qu'il l'était depuis ce triste accident.

Austin alla droit au but. Il passa devant l'infirmière et se dirigea directement vers la salle de consultation de Cathy, qui lui fit signe de s'asseoir après avoir bien fermé la porte. Un sandwich encore intact trônait sur son bureau.

— Pardonne-moi de perturber ton déjeuner, dit-il, désolé.

— Dis-moi plutôt ce qui t'amène.

Elle lui sourit avec chaleur, à la fois amie et médecin, ou en tout cas essayant d'être les deux. Avant de prononcer un mot, il lui remit une feuille sur laquelle il avait indiqué toutes les blessures subies par Jaime depuis sa naissance : les points de suture, le bras cassé, la fracture du poignet, les entorses à répétition, les coudes disloqués, la chute de la table à langer. La liste était longue et Cathy la lut attentivement. Elle sursauta quand il reprit la parole :

— Je ne sais plus qui est ma femme. Et je ne suis pas certain que tu la connaisses si bien que ça non plus. Le catalogue des accidents est impressionnant pour une enfant de 3 ans et demi, sans parler de ses maladies, de la mystérieuse crise fébrile, de l'apnée, de la procédure inutile des drains dans les oreilles – qu'elle m'a imposée et pour laquelle elle nous a menti, à moi et au médecin. Et l'appendicectomie pour laquelle elle a tant insisté, et que tu as Dieu merci épargnée à notre enfant grâce à ta clairvoyance. Et maintenant la voilà qui court après un chirurgien orthopédique pour une scoliose que Jaime n'a pas ! Je l'imagine malheureusement un peu trop bien être tentée de lui faire poser des tiges dans la colonne vertébrale.

— Tu en es certain ? demanda Cathy en fronçant les sourcils.

— Elle a consulté un chirurgien orthopédique pour une scoliose, et c'est le fonds de commerce de ce type. Que pourrait-elle avoir en tête, à part ça ?

Zoe était passée dans la cour des grands : elle semblait désormais préférer les opérations chirurgicales non justifiées aux « chutes bêtes ».

— S'il s'agit d'un spécialiste honnête, il refusera la procédure à un patient qui n'en a pas besoin, dit-elle avec conviction.

— En attendant, il lui a quand même demandé de revenir le voir dans six mois pour faire le point. Dieu seul sait ce qu'elle aura inventé d'autre d'ici là.

— Qu'est-ce que tu essaies de me dire, Austin ? On sait tous les deux qu'elle est très anxieuse parce que sa sœur est morte alors qu'elles étaient enfants. Ses angoisses de mère viennent de là. Je suis persuadée qu'elle craint que la même chose n'arrive à votre fille, bien qu'elle ne me l'ait jamais dit en ces termes. Il s'agit d'une inquiétude parfaitement légitime chez une enfant de 10 ans qui perd sa petite sœur.

— Mais elle n'a plus 10 ans ! Oui, je pense que la mort de Rose l'a profondément affectée. Et oui, elle a subi de longues années de négligence de la part de ses parents, qui étaient trop anéantis pour s'occuper d'elle. Dans un sens, ils l'ont abandonnée alors qu'elle n'était encore qu'une enfant. Ils sont d'ailleurs les premiers à l'admettre. Zoe a grandi sans affection et sans soutien de personne. Et maintenant, je crains qu'elle ne cherche à attirer l'attention en jouant les Supermamans, et pour cela c'est encore mieux si Jaime est malade. J'ai lu des articles sur le syndrome de Münchhausen par procuration, et laisse-moi te dire, Cathy, que Zoe est un véritable cas d'école.

Quand Austin avait pris la parole, elle était trop abasourdie pour lui répondre. Mais voyant qu'il était sérieux, elle sentit qu'elle devait se reprendre et l'écouter très attentivement. Austin avait les pieds sur terre, et elle comprenait ses inquiétudes.

— En toute franchise, je dois t'avouer que je n'y connais pas grand-chose. Je suis pédiatre, pas psy.

Elle relut la liste des blessures pendant une bonne minute, puis elle la reposa sur son bureau.

— Enfin, je connais la définition générale. Il s'agit de mères, le plus souvent, qui font en sorte que leurs enfants tombent malades ou qui les placent dans des situations à risque pour qu'ils se blessent, ou bien exagèrent leurs symptômes devant les médecins pour se rendre indispensables. Certaines leur font même subir des opérations chirurgicales inutiles…, annonça-t-elle en le regardant droit dans les yeux.

— … conduisant parfois à la mort, compléta-t-il sur un ton sinistre. Les yoyos étaient bénins, mais Jaime a quand même subi une anesthésie générale alors qu'elle n'en avait pas besoin. Elle aurait également survécu à une appendicectomie. Mais maintenant, Zoe va consulter un chirurgien orthopédique, et Dieu sait ce qu'elle peut bien lui raconter ! Elle a quand même fait examiner Jaime par un neurologue pour une simple bosse, et par un gastro-entérologue pour un problème de reflux pendant qu'elle allaitait. Rappelle-toi que, bébé, Jaime a porté pendant un an un moniteur qui a failli tous nous rendre fous. Si on ajoute cela aux accidents, la liste est longue. Et chaque fois, Zoe est l'héroïne de l'histoire, celle qui a sauvé Jaime… Sauf que notre fille ne se fait mal qu'en sa présence, quand elle se retrouve seule avec elle ou à cause du manque de discernement de sa mère. Par exemple la fois où elle a retiré la barrière de sécurité que j'avais installée au pied de l'escalier qui mène aux chambres. Jaime est tombée et s'est cassé le bras. Zoe s'est aussi amusée à ranger tous les produits toxiques de la maison dans un placard non verrouillé sous l'évier. Heureusement que ma mère l'a découvert et m'a demandé de les déplacer hors de portée de la petite. Cela ne te fait pas peur, Cathy ? Moi, ça me fout une trouille bleue. Quelque chose a changé pour moi en Floride, quand je l'ai vue le dos tourné à la piscine pendant que Jaime se noyait. Tout le monde pense qu'elle est une Supermaman, comme moi avant. Mais maintenant je crois qu'il y a quelque chose de brisé en elle. Si profondément qu'aucun de nous ne peut le voir. Cependant cette fracture est bien là, tel un diable dissimulé dans les buissons, attendant de dévorer ma petite fille. Je n'ai plus confiance en Zoe. Elle me ment. Et j'ai peur de ce qui pourrait arriver à Jaime quand elle est seule avec elle. Désormais, chaque fois qu'elle l'emmène quelque part, j'ai peur que Jaime finisse la journée aux urgences.

Il lança un regard implorant à Cathy.

— Je ne sais pas quoi faire. Comment puis-je protéger Jaime de sa propre mère ? Je commence à craindre que Zoe ne soit pas celle que l'on croit. Elle te ment, à toi aussi.

Cathy était si choquée que les mots lui manquaient. Ce qu'Austin lui racontait n'avait rien d'absurde. Il n'était pas fou. C'était un homme sensible, rationnel, intelligent, et elle était persuadée qu'il aimait Zoe.

— Je ne sais que penser, finit-elle par dire. Laisse-moi un peu de temps pour essayer de relire le dossier de Jaime avec le plus d'objectivité possible. Je voudrais aussi exposer le cas à un psychiatre de ma connaissance que je respecte beaucoup, Paul Anders. Je n'ai jamais rencontré de SMpP dans ma pratique. Fort heureusement, c'est un syndrome rare. Je ne dis pas du tout que tes propos sont insensés. Je voudrais seulement recevoir l'avis impartial d'un spécialiste, qui me dira si les pièces du puzzle s'emboîtent. Peut-être qu'il s'agit simplement d'une série de coïncidences malheureuses. J'espère de tout cœur que c'est le cas, ajouta-t-elle, émue.

— Et moi donc !

Le téléphone sur son bureau sonna. Elle décrocha et, l'air grave, remercia son infirmière de l'avoir « prévenue ». Puis elle raccrocha et regarda Austin.

— Il faut que tu partes tout de suite. Je vais te faire sortir par la porte de derrière, dit-elle en se levant.

Elle était anxieuse, tout à coup, et avait manifestement hâte de le voir quitter son cabinet.

— Zoe est en route. Ta fille a été mordue au visage par un chien quand elles étaient au parc.

Austin fut pris de panique en entendant ces mots. Il voulait rester pour voir Jaime, mais dans le même temps, il ne fallait surtout pas que Zoe le trouve ici. Comment lui expliquer sa visite au cabinet de Cathy ? C'était trop suspect. Il suivit donc la pédiatre jusqu'à la sortie de secours.

— Je t'appelle dès que j'ai pu parler à mon ami psychiatre. Ne tire pas de conclusions trop hâtives. Parfois, les choses semblent pires qu'elles ne le sont vraiment. Me donnes-tu la permission de communiquer le dossier de Jaime à mon ami ?

Il hocha la tête.

— Tu dois vraiment y aller, maintenant, redit-elle en lui tenant la porte ouverte.

Austin la remercia et partit. Pendant tout le trajet jusqu'à son bureau, il ne put penser qu'à sa fille. Zoe ne l'avait pas appelé, et il se demandait à quel moment elle comptait le faire. Dire que l'épisode de la Floride était encore si frais dans leurs esprits ! Quelle humiliation pour la mère modèle que leur fille se blesse encore ! À moins qu'elle ne soit en train de perdre les pédales. Elle ne s'était certainement pas comportée en Supermaman le jour où Jaime avait failli se noyer par sa faute. Peut-être avait-elle besoin d'un nouveau drame pour regagner son statut d'héroïne ? Si c'était le cas, elle était gravement atteinte et plus déséquilibrée qu'il ne le craignait. Il était reconnaissant envers Cathy de l'avoir écouté avec attention et de l'avoir pris au sérieux. La liste des maladies et accidents de Jaime était un argument irréfutable. Lui-même avait été choqué en la rédigeant.

Qu'en dirait l'ami de Cathy ? Pencherait-il pour un Münchhausen par procuration ? Même les spécialistes ne devaient pas rencontrer ça tous les jours. Le fait que sa mère l'ait repéré si tôt était remarquable, mais Constance était une femme brillante qui lisait tout ce qui sortait dans le domaine de la psychiatrie. Si Austin comprenait maintenant que ses soupçons étaient malheureusement fondés, il ignorait en revanche ce qu'il convenait de faire, de quelle manière s'adresser à Zoe, et surtout comment protéger Jaime. Sa femme allait désormais consulter directement les spécialistes. La simple pensée de Jaime subissant une opération de la colonne vertébrale le rendait nauséeux. Sa vie était devenue un véritable cauchemar dont il ne savait comment se réveiller.

Encore choquée par les révélations d'Austin, Cathy ne put qu'y repenser en attendant Zoe. Elle appréciait la jeune femme, qui était devenue une amie proche. C'était une personne merveilleuse et profondément humaine dans son travail, et la pédiatre n'avait aucun doute sur le fait qu'elle aimait sincèrement son mari et sa fille. Pourtant, ce qu'Austin venait de lui confier lui paraissait beaucoup trop plausible. Et s'il avait raison ? Si ce qu'il prétendait était vrai, Jaime ne se trouvait pas en sécurité avec sa mère, et Cathy ne pouvait laisser leur amitié interférer dans son jugement. Le syndrome de Münchhausen par procuration était une forme de maltraitance virulente et insidieuse, difficile à identifier et encore plus compliquée à prouver. Cathy ne connaissait pas un seul médecin de son entourage qui y avait été confronté au cours de sa carrière. Elle espérait que Paul Anders avait un peu d'expérience en la matière et qu'il pourrait l'aider à faire la lumière sur cette affaire. Si Austin avait raison, les mois à venir n'allaient pas être un long fleuve tranquille. Toutes ces pensées tourbillonnaient dans sa tête tandis qu'elle priait pour que la morsure de chien ne soit pas trop grave. Dire qu'elle était censée retirer les points de suture au menton de Jaime le lendemain !

Son infirmière prévint Cathy de l'arrivée de Zoe et sa fille cinq minutes à peine après le départ d'Austin. La pédiatre se précipita vers la salle de consultation. Jaime, l'air traumatisé, s'accrochait à sa mère. La petite tremblait de tous ses membres et Cathy craignit dans un premier temps que la morsure ne soit profonde, mais en y regardant de plus près, cela ne semblait pas être le cas.

— Coucou, Jaime, dit Cathy d'une voix douce en lui caressant le dos.

Il était difficile de croire que la peur de Zoe était simulée. Elle avait l'air presque aussi bouleversée que Jaime, et complètement catastrophée. Mais pour le moment Cathy devait se concentrer sur Jaime.

— Alors comme ça tu as croisé la route d'un gros chien ? Il t'a poursuivie et renversée ?

Jaime secoua la tête.

— Non, il était en laisse, dit-elle d'une voix claire tandis que Zoe faisait non de la tête.

— Non, Jaime, il ne l'était pas, intervint-elle. On lui avait retiré sa laisse.

Jaime secoua de nouveau la tête de gauche à droite en signe de contestation.

— Maman m'a dit que je pouvais jouer avec lui.

— Jaime, enfin ! Je t'ai ordonné de rester loin de lui.

— Quel genre de chien était-ce ? demanda Cathy.

— Un berger allemand.

— Il ressemblait à un loup avec de grandes dents pointues, ajouta Jaime.

Pendant qu'elles parlaient, Cathy examina la blessure sur la joue de la fillette. Elle ne saignait pas autant que son menton avait dû le faire, mais la morsure n'était pas jolie et elle craignait que la petite garde une cicatrice. Elle avait eu beaucoup de chance de ne pas perdre un œil, ou pire. Faisant un effort pour occulter sa conversation avec Austin, Cathy se tourna vers Zoe. Elle n'en savait pas encore assez et refusait de porter un jugement hâtif.

— Je vais administrer à Jaime un rappel de vaccin contre le tétanos, juste pour être sûre. As-tu demandé ses coordonnées au maître du chien ?

Zoe, le regard vide, prit un air gêné.

— C'est bête, mais je n'y ai même pas songé. Tout ce qui m'importait, c'était secourir Jaime au plus vite. Le propriétaire a rappelé son chien dès que j'ai crié.

— Il a tiré fort sur sa laisse, ajouta Jaime, qui semblait amorphe.

— Je te dis qu'il n'était pas en laisse, répéta Zoe avec force. L'homme a tiré sur son collier quand j'ai hurlé.

Zoe semblait déterminée à être l'héroïne du jour et Cathy sentit un frisson le long de sa colonne vertébrale. Son comportement correspondait en tout point à celui décrit par Austin quelques minutes plus tôt. Peut-être avaient-ils tous les deux commis une terrible erreur de discernement ? Les fantômes de ses tragédies passées avaient sans doute blessé Zoe plus profondément qu'aucun n'aurait pu le deviner.

— Au moins, nous savons qu'il ne s'agissait pas d'un chien errant, déclara Cathy en sortant le rappel antitétanique d'un tiroir.

Jaime grimaça à sa vue et Zoe la tint dans ses bras pendant que Cathy lui administrait rapidement le vaccin, puis elle sourit à la petite et la félicita pour son courage.

— Maintenant, je vais t'envoyer chez une docteure très gentille. C'est une amie à moi, et je pense qu'elle va te plaire. Elle vient de Hawaï. On a fait l'école de médecine ensemble, son cabinet est à quelques rues d'ici. Jaime a besoin d'être vue par un chirurgien esthétique, poursuivit-elle à l'intention de Zoe. Je ne veux pas tenter de la recoudre moi-même, je ne voudrais pas qu'elle garde une cicatrice. Je pense que c'est préférable que mon amie Jane Yamaguchi s'en occupe. Elle pourra aussi lui retirer les points de suture au menton, comme ça tu feras d'une pierre deux coups.

Elle nota l'adresse de sa consœur à SoHo sur une feuille qu'elle tendit à Zoe.

— Je vais lui téléphoner tout de suite pour la prévenir que vous êtes en route.

Elle embrassa Jaime sur le crâne et serra Zoe dans ses bras, puis la mère et la fille partirent sous les salutations de l'infirmière.

Cathy appela aussitôt son amie. Elle lui décrivit la morsure et lui précisa qu'elle avait déjà administré à Jaime un rappel de tétanos, par mesure de sécurité. Comme l'animal était domestiqué, semblait-il, la rage n'était pas un souci. Elle lui demanda aussi de bien vouloir retirer les points de suture de la fillette.

— C'est qui cette gamine, une championne de boxe ? Tu me dis qu'elle a à la fois des points de suture au menton et une morsure de chien à la joue ?!

— Une succession d'incidents malheureux… Elle s'est cognée au rebord d'une piscine il y a une dizaine de jours, et cet après-midi un chien l'a mordue.

— Pauvre petite. C'est grave ?

— À mon avis, la blessure paraît plus sérieuse qu'elle ne l'est vraiment, mais je préfère que ce soit toi qui la recouses, vu que c'est au visage qu'elle a été mordue.

— Ravie de vous rendre service, madame. Au fait, comment vas-tu ? Il faut qu'on dîne ensemble un de ces jours !

— Avec plaisir, appelle-moi quand tu es libre !

— Ça marche. Et je te remercie pour ta recommandation. Soit dit en passant, moi aussi je vais bientôt avoir du travail pour toi ! J'adopte un bébé à Hawaï, avec l'aide d'une mère porteuse. Il va naître dans deux mois. C'est un petit garçon.

Elle avait l'air tellement heureuse et excitée que Cathy se réjouit pour elle. Déjà, à l'école de médecine, Jane rêvait d'avoir des enfants.

— Félicitations ! Quelle nouvelle formidable !

— Oui, je suis incroyablement heureuse. J'ai décidé de ne plus attendre l'homme idéal. Quand il se présentera, il devra nous aimer tous les deux.

— Je suis ravie pour toi, Jane.

— Mes parents sont un peu contrariés à ce sujet, ce sont des Hawaïens de souche très conservateurs… Mais ils s'y feront, à la longue, d'autant que le donneur de sperme est hawaïen. C'est un vieil ami à moi. Je m'envole pour Honolulu juste avant la date prévue pour l'accouchement et je t'amènerai le bébé en consultation dès qu'on sera de retour à New York ! Ça va être un grand changement dans ma vie.

Cathy se fit la réflexion que la plupart des gens prenaient des décisions drastiques à l'approche de la quarantaine, mais elle-même ne se sentait pas encore prête à sauter le pas.

Elle téléphona à Austin tout de suite après pour lui donner des nouvelles de la blessure de Jaime. Elle ignorait si Zoe l'avait déjà appelé, mais sa voix semblait tendue quand il décrocha.

— Je viens de voir ta fille. La morsure n'est pas profonde et je pense qu'elle ne gardera pas de marque. J'ai quand même préféré l'envoyer chez une chirurgienne esthétique de ma connaissance pour les points, et j'ai aussi fait un rappel de tétanos. Ah oui, et j'ai demandé à ma consœur de retirer les points de suture sur son menton.

— Mon bébé a fait toutes les guerres… Elle a beaucoup pleuré ?

— Au début, un peu. Mais ne t'inquiète pas, elle s'en remettra.

Après une minute d'hésitation, Cathy décida de confier à Austin un détail qui l'avait inquiétée.

— Tu dois savoir une chose. Jaime prétend que le chien était tenu en laisse et que sa mère l'a laissée aller jouer avec lui. Zoe affirme le contraire. Selon elle, l'animal n'était pas en laisse, et elle a ordonné à Jaime de ne pas s'en approcher. Elles m'ont donc servi deux versions très différentes… Heureusement, cette bête avait un maître, il ne s'agit pas d'un chien errant. Ce qui signifie qu'il a probablement été vacciné.

— Est-ce qu'elles t'ont dit quel genre de chien c'était ?

Austin paraissait très secoué et Cathy avait de la peine pour lui. Il avait raison de s'inquiéter.

— Un berger allemand…

— Oh mon Dieu ! Comment peut-on laisser une enfant de 3 ans et demi jouer avec un chien de cette taille ? Est-ce qu'elle a demandé le nom du maître ?

— Non, elle dit qu'elle n'y a pas pensé sur le moment…

Il était impossible de corroborer les deux versions et de connaître la vérité, ni de retrouver le chien et son propriétaire. Cathy avait eu le sentiment très net que Jaime était sincère et que Zoe lui mentait. Cela signifiait donc qu'elle avait encouragé sa fille à jouer avec un chien dangereux, tenu en laisse ou pas. Et le résultat, c'est que Jaime s'était fait mordre au visage… Plus elle y pensait et moins Cathy aimait cette histoire.

Elle composa le numéro de Paul Anders juste après avoir raccroché. Elle s'attendait à devoir lui laisser un message, mais le psychiatre prit l'appel immédiatement. Il semblait surpris d'avoir de ses nouvelles car ils ne s'étaient pas parlé depuis près d'un an.

Elle entra directement dans le vif du sujet :

— J'ai un souci pour lequel j'aurais besoin de tes lumières…

Pas le temps de tergiverser, ils étaient tous deux très occupés, et son prochain patient devait arriver d'une minute à l'autre. C'était probablement la même chose de son côté.

— Est-ce que je peux passer te voir à ton cabinet ? continua-t-elle.

— C'est grave ? C'est urgent ?

— Grave, oui. Urgent, peut-être pas encore. Quand aurais-tu le temps de me recevoir ?

— Tu es libre ce soir ? Je pars à L.A. demain pour un colloque. Je peux te recevoir après mon dernier patient. 19 heures, ça te va ?

— C'est parfait.

— Retrouve-moi à mon bureau, alors. Nous pourrons discuter autour d'un verre de vin.

— Bonne idée. Merci, Paul, dit-elle avec chaleur.

Elle lui était reconnaissante de prendre le temps de la voir si rapidement. Ils étaient sortis ensemble quelques fois, mais elle le préférait comme ami. C'était un type intelligent, sérieux et direct et elle savait qu'il lui ferait une bonne initiation au syndrome de Münchhausen par procuration, et lui dirait franchement si Zoe correspondait au profil.

Son petit patient suivant l'attendait pour le bilan des 6 mois et elle fit de son mieux pour ne plus penser à Austin, Zoe et Jaime pendant quelques heures, au moins jusqu'au soir. Elle devait se consacrer à ses autres patients. Elle espérait que tout s'était bien passé pour Jaime, mais cela la rassurait de savoir que la fillette se trouvait entre de bonnes mains avec Jane.

Elle accueillit la jeune mère avec un sourire et le bébé, une petite fille de 6 mois, lui sourit en retour. Ce doux moment rappela à Cathy à quel point elle aimait son métier. C'était exactement ce dont elle avait besoin, pensa-t-elle en prenant la petite dans ses bras. À quelques exceptions près, son travail était vraiment agréable.

14

Le dernier patient de Cathy quitta le cabinet à 17 h 30. Elle avait donc plus d'une heure à perdre avant son rendez-vous avec Paul Anders. Comme elle n'avait aucune envie de rentrer chez elle pour ressortir aussitôt, elle décida de rester au bureau pour relire attentivement le dossier de Jaime, en toute objectivité.

Elle prit les événements dans l'ordre : les problèmes liés à l'allaitement, les crevasses, l'endormissement de Jaime au sein après quelques minutes, la crainte que la petite ne soit pas assez nourrie. Puis l'hypothèse infondée d'une obstruction gastrique, les vomissements projectiles non démontrés, l'obsession pour les coliques, sans preuve valable. Les débuts n'avaient pas été faciles, mais il n'y avait rien qui sortait de l'ordinaire. Zoe et Austin étaient de jeunes parents inexpérimentés, et donc nerveux. Et puis, trois semaines plus tard, l'incident d'apnée qui ne s'était jamais reproduit. Zoe avait insisté pour consulter un gastro-entérologue pédiatrique et faire une batterie de tests, mais le spécialiste avait constaté que Jaime était en parfaite santé. Une note du médecin, que Cathy avait totalement oubliée, lui sauta aux yeux.

Elle indiquait que Zoe s'était renseignée sur la pose d'une sonde gastrique, et qu'il lui avait été répondu qu'un tel dispositif était à la fois inapproprié et inutile.

Puis la première blessure de Jaime à l'âge de 4 mois, sa chute de la table à langer. Un méchant coup sur la tête, heureusement sans commotion cérébrale. Zoe avait insisté pour consulter un neurologue et celui-ci lui avait assuré que le bébé allait bien. Et puis le bras cassé et les points de suture sur la lèvre après sa chute dans l'escalier, suivie d'une troisième chute dans la baignoire. Cathy avait noté dans le dossier que Zoe avait de nombreuses théories en matière d'éducation : le refus d'horaires imposés de repas et de coucher, le respect forcené de la liberté du bébé, son refus d'installer des barrières de sécurité lorsque la petite avait commencé à marcher. Cathy n'était pas encore proche du couple à ce moment-là, mais elle se souvenait combien elle les appréciait tous deux pour leur investissement, et le dévouement sans faille de la jeune maman.

Cathy avait écrit dans ses notes que Zoe passait toute la nuit assise à tenir le bébé en position verticale de peur qu'un autre incident d'apnée se produise. Son anxiété était aussi flagrante que son sacrifice. Mais la longue série d'accidents dont Jaime avait fait les frais s'étalait au fil des pages. Sa fracture au poignet en tombant de la balançoire des grands. La grippe et la crise fébrile signalée par Zoe, l'admission de la fillette à l'hôpital pour la nuit et la baisse soudaine de la fièvre le lendemain matin. Les deux coudes disloqués, l'un après l'autre. Tout était là, et comme Austin le lui avait dit, la liste faisait froid dans le dos.

Le dossier comportait également de nombreuses annotations sur des soucis mineurs, tels que les appels multiples de Zoe pendant près d'un an à propos des douleurs dentaires du bébé, et des incidents plus récents. En se relisant, Cathy se rendit compte que même si la fréquence des soucis de santé et des accidents de Jaime était bien supérieure à la moyenne des autres bambins qu'elle recevait dans son cabinet, elle ne s'était jamais posé la question de la maltraitance pour la simple raison qu'elle connaissait Austin et Zoe et les considérait comme de bons parents. Désormais, il lui apparaissait clairement que Jaime s'était blessée beaucoup trop souvent.

Cathy retomba aussi sur les résultats du test sanguin prescrit pour la leucémie uniquement pour faire plaisir à Zoe, parce qu'elles étaient devenues proches à force de se voir. Pendant sa première année d'école, la petite avait attrapé des maladies virales variées comme tous les enfants, mais l'otite qui avait conduit Zoe à faire poser des drains à Jaime sans la consulter lui semblait dorénavant douteuse. Jaime avait vraiment de longs antécédents pour une petite fille en bonne santé. Dernier point : elle présentait une allergie à l'amoxicilline, ce qui n'avait rien d'inhabituel.

Cathy avait noté très tôt « Supermaman » au sujet de Zoe. Les deux femmes avaient eu d'interminables discussions sur le danger ou non des vaccins, et les liens supposés avec l'autisme, mais Zoe avait fini par céder et Jaime était à jour de tous ses rappels. Cathy referma le dossier avec l'impression qu'elle était devenue trop proche d'Austin et de Zoe pour pouvoir considérer la situation de manière objective. Elle fit une copie de tous les documents, les mit dans une enveloppe à l'intention de Paul puis parcourut les dix pâtés de maison qui la séparaient du cabinet du psychiatre.

Elle appuya sur la sonnette et il la fit entrer aussitôt. Vêtu d'une veste en tweed, d'un jean, et chaussé de bottes de cow-boy, Paul était l'archétype du psy. Ses cheveux châtain clair étaient plus longs que ceux de la plupart des hommes qu'elle fréquentait habituellement, et il portait une barbe. Il était proche de la cinquantaine, mais Cathy ignorait son âge exact. Une fois installés dans son bureau, il déboucha la bouteille de vin qu'il lui avait promise. Elle s'assit dans un confortable fauteuil en face de lui et il lui donna son verre. Une boîte de mouchoirs en papier trônait sur la table d'appoint. Elle lui tendit l'enveloppe en kraft contenant le dossier de Jaime.

— Alors, qu'est-ce qui t'amène ici, chère amie ? demanda-t-il en admirant ses jambes.

Cathy fit semblant de ne pas le remarquer. Paul, deux fois divorcé, était ce qu'on appelle un homme à femmes – cela avait déplu à Cathy. Toutefois, elle l'appréciait comme ami, et le respectait sur le plan professionnel. De son côté, Paul était attiré par les femmes de son genre. Des blondes aux yeux clairs, sportives, et d'une beauté sans artifices. Mais elle était là pour s'entretenir avec lui, pas pour flirter.

— Je voudrais t'exposer le cas d'une de mes patientes, une fillette de 3 ans et demi, commença-t-elle. J'ai relu son dossier avant de venir, au cas où quelque chose m'aurait échappé. C'est une enfant vive, heureuse, active. Malheureusement, elle a eu de nombreux petits soucis de santé et accidents mineurs. Rien de grave ni de nature à suggérer la maltraitance, surtout que je connais bien les parents. Toutefois, la liste de ses blessures est impressionnante pour une enfant de son âge : un poignet cassé, un bras cassé, des points de suture… Il y a dix jours, elle a glissé en courant autour d'une piscine, s'est entaillé le menton, et a coulé comme une pierre au fond du bassin. Son père était là et a plongé pour la sauver, mais elle s'en est quand même sortie avec 12 points de suture. Et voilà qu'aujourd'hui elle s'est fait mordre au visage par un berger allemand ! Au niveau des interventions médicales, elle a subi une pose de drains transtympaniques alors qu'elle n'en avait nul besoin, et a échappé de justesse à une appendicectomie superflue. Sa mère a perdu sa petite sœur d'une leucémie à l'âge de 10 ans, elle est du type hyper angoissé. J'ai même fait, à sa demande, tester la petite pour une leucémie. Résultat négatif, bien sûr. Et je viens d'apprendre qu'elle soupçonne une scoliose chez l'enfant – ce n'est pas le cas, évidemment – et qu'elle a récemment consulté un chirurgien orthopédique à ce sujet.

— Mince, ça me semble beaucoup pour une gamine de cet âge ! Elle s'est fait recoudre le visage à deux reprises en dix jours, tu dis ?

Il avait l'air sceptique.

— Deux fois d'affilée, c'est inhabituel, même pour elle, précisa Cathy.

— Tu penses à quoi ? Un cas de maltraitance ?

— Non. C'est plus compliqué que ça. Pour aller droit au but, le père de ma petite patiente soupçonne un syndrome de Münchhausen par procuration chez sa femme.

C'est sa mère qui le lui a suggéré. Elle est diplômée en psychologie mais ne pratique pas.

— Que Dieu me sauve de mes collègues non praticiens qui ont trop de temps pour réfléchir ! s'exclama Paul en levant les bras au ciel. Toutefois, ce diagnostic ne me paraît pas absurde... Et toi, qu'en penses-tu ?

— Aucune idée. Je n'ai jamais eu affaire à un cas de ce genre et c'est pourquoi je voulais t'en parler. La mère dirige l'un des foyers pour enfants maltraités les plus respectés de la ville, et elle a fait deux années de médecine. Les parents sont instruits, intelligents, gentils, et ils adorent leur fille. Mais je dois admettre, en toute objectivité, que la petite a déjà beaucoup souffert.

— Et tu ne crois pas qu'elle fait du mal à sa fille qui la protège, comme dans la plupart des cas d'enfants maltraités ?

— Absolument pas, dit Cathy en buvant une gorgée de vin.

— Hum... C'est une situation intéressante. J'ai déjà eu affaire à des syndromes de Münchhausen par procuration. C'est très compliqué à prouver. Les personnes atteintes sont généralement intelligentes et éduquées, et nombre d'entre elles ont reçu une formation médicale. C'est le cas de la mère de ta patiente, d'ailleurs. Elles mentent comme des arracheurs de dents, et il est très difficile de leur imputer quoi que ce soit. Les accidents ont l'air... accidentels. Mais à un moment, les interventions chirurgicales peuvent devenir vraiment excessives, et louches. Tu me dis qu'elle emmène sa fille consulter un chirurgien orthopédique pour rien ? Alors il se peut qu'elle soit déjà entrée dans cette phase. Les parents moins éduqués finissent généralement par tuer leurs enfants par des manœuvres maladroites, et ils se retrouvent en prison pour meurtre. Mais pour les pauvres gamins qui ont des parents intelligents… Les personnes atteintes de ce syndrome – généralement des femmes – tentent d'attirer l'attention sur le fait qu'elles ont un enfant souffrant. L'idée est d'obtenir la compassion des autres, ou que tout le monde raconte à la ronde à quel point elles sont des mères formidables. Sauf que c'est loin d'être le cas, vu que ce sont elles qui provoquent la maladie ou placent volontairement leur enfant dans des situations dangereuses. D'après ce que tu viens de m'exposer, on peut penser que la mère de ta patiente est atteinte de ce syndrome. Mais peut-on en être certain à 100 % ? Ce n'est presque jamais le cas ! Le plus souvent, les victimes ont moins de 6 ans, et ne sont pas en mesure d'expliquer ce qui leur arrive. Et de toute façon elles ne comprennent pas ce qui se passe et font donc de piètres témoins. Ce qui est inhabituel avec ta patiente, c'est que c'est le père de la petite qui a donné l'alerte. La plupart des pères de ces enfants maltraités gardent le silence. Soit parce qu'ils ne comprennent pas plus ce qui se passe que leurs enfants, soit parce qu'ils ne veulent pas faire de vagues. Alors ils font profil bas et prétendent ne s'être rendu compte de rien. On peut dire que le père de ta patiente est atypique.

— Il est terrifié. Il n'a plus confiance en sa femme. Il affirme qu'elle lui ment en permanence et a peur pour sa fille.

— Si elle a un SMpP, tu peux être certaine que c'est le cas. Et si tu essaies de la mettre au pied du mur, elle mentira davantage, tandis que son entourage répétera à qui mieux mieux à quel point elle est fantastique. Ces femmes-là s'assurent que tous ceux qu'elles côtoient les considèrent comme des Supermamans. Sauf que ce sont elles qui font du mal à leur enfant ou vont jusqu'à le supprimer.

— C'est ça qu'elles cherchent ? À tuer l'enfant ?

— Honnêtement, je n'en sais rien. J'aurais tendance à penser qu'elles se laissent emporter et vont trop loin, et c'est là qu'elles représentent un vrai danger et deviennent incontrôlables. Ou peut-être sont-elles tout simplement incapables de mettre un frein à leurs agissements à temps… Mais certaines petites victimes meurent, c'est indéniable.

— Comment peut-on les empêcher de nuire ? Une thérapie fonctionnerait ?

— Merci de témoigner autant de foi en mon domaine, répondit-il avec un sourire ironique. Hélas, la thérapie n'a aucun effet sur ces cas-là. Si on veut protéger l'enfant, la seule solution est de le leur retirer. Tu comprends désormais mieux ton rôle dans cette affaire ?

— Non. C'est bien pour ça que je suis venue te voir.

— Si tu penses réellement que la mère a un Münchhausen par procuration, tu dois signaler le cas aux services de protection de l'enfance. Il en va de ta responsabilité. Tu vas devoir rédiger un rapport et dénoncer la mère. Ce rapport est confidentiel, bien entendu, et si tu ne prépares pas un dossier en béton armé, elle s'en sortira. Comme la plupart d'entre elles, d'ailleurs. Et elles ont le culot de jouer les indignées, par-dessus le marché. Si elle continue à sévir, ils pourront peut-être finir par la coincer. Mais tu dois vraiment être sûre de ton coup.

— Et si je ne le suis pas ?

— Alors l'enfant va continuer à se fracturer les os et à subir des opérations inutiles. Avec un peu de chance, elle va tenir, grandir, et elle s'enfuira dès qu'elle le pourra. Sinon, sa mère arrivera à ses fins et elle mourra. C'est un sujet tabou depuis très longtemps. Fondamentalement, ces enfants sont victimes de maltraitance à un degré extrême, et infligée de manière exceptionnellement sophistiquée par une mère dont tout le monde raconte qu'elle est formidable. Je n'ai eu qu'un seul patient qui avait été victime de SMpP dans son enfance. Il était très mal en point et a fini par se donner la mort. Les personnes atteintes du syndrome de Münchhausen s'en prennent aussi aux gens âgés, par exemple à leurs parents grabataires et incapables de se défendre. Ceux-ci succombent rapidement, tandis que les enfants sont plus robustes et peuvent résister longtemps. C'est vraiment un sale truc et j'espère pour ta patiente que tu te trompes. Au moins, elle a son père à ses côtés. Il semble vigilant.

— C'est le cas maintenant, mais il ne sait pas comment arrêter les agissements de sa femme et garantir la sécurité de l'enfant.

— Il ne peut faire ni l'un ni l'autre. Si elle est atteinte du SMpP, il doit éloigner la petite d'elle le plus vite possible. Quoi qu'il fasse, elle n'aura de cesse de créer des situations où l'enfant risque de se blesser ou de tomber malade.

— Mon Dieu, c'est vraiment épouvantable.

Cathy, bouleversée, repensa à la petite Jaime avec sa morsure de chien à la joue. Jane lui avait dit en fin de journée que tout s'était bien passé, et qu'elle avait aussi pris soin de son menton. La chirurgienne avait promis que la fillette ne garderait aucune cicatrice sur la joue – raison pour laquelle Cathy l'avait envoyée là-bas. Elle avait une confiance totale en sa consœur.

— Écoute, je vais jeter un coup d'œil à ton dossier ce soir, et je t'appellerai demain matin avant de prendre l'avion. Tu décideras toi-même de ce qu'il convient de faire. Vous devriez peut-être attendre un peu pour rassembler davantage de preuves. Mais pendant ce temps, la fillette se trouve en grave danger. Et si en plus cette femme dirige un foyer pour les gosses maltraités, vous allez avoir du mal à la coincer. Elle va sentir la rose au tribunal. Que fait son père ?

— Il est avocat, spécialisé dans la défense des enfants, et il suit bénévolement plusieurs dossiers pour l'association de sa femme.

— C'est triste. On dirait que ce sont des gens bien.

— C'est le cas ! C'est ce qui rend la situation encore plus absurde.

— Souviens-toi simplement que si elle a un SMpP, ce n'est pas une bonne personne, quelles que soient son apparence ou sa réputation. Et elle est parfaitement capable de tuer son enfant.

Paul n'aurait pas pu présenter les choses plus crûment. Mais Cathy était contente d'être venue le voir. Il lui avait exposé clairement la situation. Elle se trouvait de toute évidence devant un terrible dilemme. Elle devait signaler le cas de Jaime pour son bien-être, mais aussi parce qu'il en allait de sa responsabilité en tant que pédiatre.

— Je te donnerai mon avis en toute sincérité demain matin. Avec le SMpP, on n'est jamais sûr de rien, sauf si on retrouve la petite avec un couteau planté dans le dos, ce qui arrive quand même rarement. Tu vas devoir écouter ton instinct. On entend parfois parler de ces affaires dans les journaux, mais ce n'est pas si fréquent.

Ils évoquèrent ensuite le voyage de Paul à L.A. et le fait que Cathy était très occupée à son cabinet, et se promirent d'aller dîner quand il rentrerait. Elle finit par prendre congé à 20 h 30. Paul Anders lui avait donné beaucoup de matière à penser et elle n'appela pas Austin ce soir-là. Elle n'avait rien de plus à lui dire. Après avoir lu le livre de sa mère, il en savait déjà beaucoup. Et elle ne pouvait de toute façon pas l'appeler chez lui. Zoe serait là aussi.

Le lendemain matin, à 8 heures, le psychiatre lui téléphona comme promis depuis l'aéroport.

— J'ai lu ton dossier hier soir. Si tu veux mon avis, tu as un cas presque classique de Münchhausen par procuration sur les bras. À en juger par les blessures de l'enfant et les spécialistes qu'elle a consultés, son profil correspond à bien des égards. Malheureusement, les preuves concrètes à ta disposition sont plutôt minces. Une chute dans l'escalier quand elle était petite : un bras cassé ; une chute de balançoire : un poignet cassé ; une chute au bord de la piscine : la noyade manquée de peu et les points de suture au menton ; une chute de la table à langer : une grosse bosse sur le front. Et j'en passe et des meilleures. Elle s'est blessée à maintes reprises, certes, mais c'est toujours habilement orchestré. Une série d'accidents sans gravité, sauf si on regarde leur fréquence… Aucune trace de violence. La mère n'a pas empoisonné sa fille, elle ne l'a pas poussée dans l'escalier. D'ailleurs, elle ne se trouvait pas sur les lieux quand la petite est tombée, même si c'est elle qui d'une certaine façon avait tout mis en scène en démontant la barrière installée par le père. Je ne pense pas qu'il puisse gagner un procès avec ces éléments. Même les services de protection de l'enfance n'y arriveraient pas. Elle est trop intelligente, et ils pourraient se retourner contre le père, ce qui serait le bouquet. Imagine qu'ils confient la garde à la mère ! Dans tous les cas, elle garderait son auréole de maman superstar adulée de tous, d'après ce que tu m'as raconté hier soir.

— Alors qu'est-ce qu'on doit faire, d'après toi ?

— Il faut attendre d'avoir des preuves plus concrètes. Jaime va inévitablement se blesser encore. Et le père devra surveiller sa femme comme le lait sur le feu, tout en faisant semblant de ne pas le faire. C'est injuste, mais je pense vraiment qu'il est trop tôt pour se rendre au tribunal. Sur le plan médical, c'est à toi de garder un œil sur elle et d'empêcher sa mère de l'emmener chez un charlatan qui serait trop heureux de l'opérer !

— Je ne suis pas en mesure de l'en empêcher, murmura Cathy, dépitée.

Malgré la confirmation attendue par Austin, ils ne disposaient toujours d'aucune arme contre Zoe.

— Tiens-moi au courant de cette affaire. C'est un cas intéressant.

— C'est plus que ça, répondit Cathy, émue. Il s'agit de la vie de cette enfant !

— Évidemment. Écoute, je serai heureux de témoigner au tribunal si on me le demande. Je pourrais faire un bon expert, car j'ai l'expérience requise.

— J'en parlerai à Austin.

— On se voit à mon retour, en tout cas.

— Merci d'avoir lu le dossier, et surtout, merci pour tes conseils.

— Je me doute bien que ce n'est pas ce que veut entendre le pauvre homme. Il doit être pressé de mettre un frein aux actions de sa femme. Toutefois, je confirme l'intuition de ma collègue. Je pense qu'on peut affirmer avec certitude que la mère de l'enfant est atteinte de Münchhausen par procuration. C'est déjà quelque chose.

— Amuse-toi bien en Californie !

— Je t'appelle à mon retour.

Elle raccrocha et attendit 9 h 30 avant de téléphoner à Austin à son bureau. Elle lui répéta mot pour mot tout ce que Paul lui avait dit.

— Ce sont à la fois de bonnes et de mauvaises nouvelles, conclut Austin d'une voix triste. Ton psychiatre confirme le diagnostic de ma mère et mes soupçons, et pourtant nous ne pouvons rien faire.

— Pas encore… Néanmoins, si tu le souhaites, nous pouvons faire un signalement.

— Mais on ne pourra rien prouver. Ton ami a raison. Malgré leur nombre, les blessures de Jaime sont toutes sans gravité. Je pense qu'il vaut mieux suivre ses conseils. Rester aux aguets et patienter.

La perspective était d'autant plus douloureuse que vivre avec Zoe lui était devenu intolérable. Il avait l'impression que des extraterrestres avaient enlevé la femme dont il était amoureux et l'avaient remplacée par une étrangère. Elle semblait si douce et pure quand ils s'étaient rencontrés. Son anxiété extrême et son comportement névrotique n'étaient apparus qu'après la naissance de Jaime.

Ses sentiments à l'égard de Zoe avaient changé, pourtant il continuait de vivre sous le même toit qu'elle et de partager son lit. S'il ignorait comment tout cela allait finir, il savait que pour le bien de Jaime il devait tenir bon. C'était tout ce qui comptait désormais, et il était bien déterminé à la protéger. Il aurait aimé pouvoir mettre Fiona dans la confidence, lui demander de surveiller Jaime de plus près, mais il ne pouvait en parler à personne, sauf à sa mère. Il avait tellement de chance de l'avoir à ses côtés dans cette épreuve… Constance était une femme intelligente, et la meilleure des alliées. Du jour au lendemain, Zoe était en revanche devenue une ennemie qui tentait de nuire à son enfant, leur enfant, de manière silencieuse et sournoise. C'était comme si un gaz toxique avait empoisonné l'atmosphère de leur maison pendant qu'il regardait ailleurs.

Jaime méritait mieux qu'une mère indigne qui essayait par tous les moyens de lui faire du mal. Il se demandait si c'était là une manière inconsciente de se venger de tout ce qu'elle avait subi dans son enfance, ou si elle était simplement trop brisée pour prendre soin de leur fille et la protéger. Cette pensée le bouleversa, et il posa la tête sur son bureau en sanglotant. Il était submergé par un incommensurable sentiment de perte. Il se souvint combien il avait aimé Zoe, et comment son amour pour elle s'était évaporé, emporté par le raz-de-marée d'angoisse et de peur. Et puis il se rendit compte qu'il n'avait pas perdu Zoe. Il ne pouvait pas l'avoir perdue, parce qu'au fond il ne l'avait jamais vraiment connue. Mais il se reprit rapidement. Il devait se montrer fort pour Jaime. Elle ne pouvait plus compter que sur lui.

15

Même si ses craintes semblaient désormais confirmées, Austin faisait de son mieux pour maintenir un semblant de normalité à la maison. Il devait donner le change tout en restant d'une vigilance extrême pour prévenir tout risque d'accident. Il se montrait tendre et amical envers Zoe, ce qui lui demandait un immense effort. Comment paraître détendu alors qu'il était si loin de l'être ? Il craignait de lui laisser entrevoir la colère et la peur qui bouillonnaient en lui à la pensée que Jaime était en danger chaque fois qu'elle se retrouvait seule avec sa mère. Sans compter que Zoe pouvait aussi nuire à la fillette à distance, en orchestrant des situations dangereuses. Tous les scénarios étaient envisageables. Austin avait des scrupules à accabler Cathy avec ses soucis, mais cela le rassurait de pouvoir compter sur elle pour le prévenir si Zoe venait la consulter pour un problème médical imaginaire. Il ne pouvait rien faire de plus pour le moment. Heureusement, depuis qu'il avait compris ce qui se passait, rien de fâcheux n'était arrivé. Ce calme apparent l'avait amené à penser qu'ils avaient peut-être eu tort. Mais sa mère lui avait rappelé que c'était précisément le but recherché par Zoe : elle attendait qu'Austin baisse sa garde. Peut-être avait-elle senti qu'il la surveillait. Il devait se montrer plus malin qu'elle, ce qui n'était pas une mince affaire.

Un soir, Brad et sa femme, de passage à New York, vinrent dîner chez eux. L'écrivain avait créé avec sa magie habituelle une nouvelle série de livres à succès pour les enfants, plus moderne et plus sophistiquée. Pour sa part, Pam pensait à prendre sa retraite. Maintenant que leurs enfants avaient grandi, ils avaient envie de voyager. Conformément à sa volonté, Zoe connaissait à peine son demi-frère et sa demi-sœur et ne les voyait jamais.

Le soir de leur venue, Jaime arborait toujours un pansement impressionnant sur la joue. Son grand-père fulmina contre les gens qui permettaient à leurs chiens – et surtout aux gros, plus dangereux – de courir sans laisse. Pam ne dit rien, mais pendant une fraction de seconde ses yeux croisèrent ceux d'Austin et il se demanda si elle se doutait de quelque chose. Il n'aurait cependant jamais osé lui confier ses soupçons, de peur qu'elle les rapporte au père de Zoe et que celui-ci en parle à sa fille.

Le secret faisait dorénavant partie de sa vie, c'était une composante essentielle pour garantir la sécurité de Jaime. Mais Pam était fine et observatrice, et Austin avait l'impression qu'elle se doutait que quelque chose ne tournait pas rond. Lorsque Zoe loua le comportement courageux de la fillette quand elle s'était fait mordre par le chien, Austin rétorqua que c'était elle, la véritable héroïne de l'histoire. Ne s'était-elle pas interposée entre

Jaime et un féroce berger allemand qui menaçait de la tuer ? C'était elle qui avait hurlé sur le propriétaire et repoussé le molosse. S'il avait encore eu des doutes, le visage rayonnant de sa femme les aurait confirmés.

Il venait de terminer la lecture d'un deuxième ouvrage sur le syndrome de Münchhausen par procuration, plus complet que le premier, et également plus terrifiant. Il l'avait lu à son bureau, puis l'avait envoyé à Cathy sous pli confidentiel, sans commentaire. De son côté, la pédiatre avait parcouru bon nombre de revues médicales et avait le cœur brisé à l'idée de ce qui attendait Jaime et Austin, quand le moment serait venu d'affronter la situation.

— Prends bien soin de toi et de tes petites femmes, lança Pam à Austin au moment du départ.

Zoe leur avait fait visiter le foyer en expliquant ses récentes améliorations, et ils avaient pu se rendre compte à quel point tout le monde, là-bas, adorait la jeune femme. Elle avait d'ailleurs récemment remporté un trophée saluant son engagement exceptionnel sur le terrain, et un article sur elle était paru dans le *New York Times*. Pam aussi était bénévole dans la protection des enfants victimes de maltraitance, et elle avait toujours montré un intérêt particulier pour l'association de sa belle-fille.

Austin avait signé une décharge plus formelle autorisant Cathy à communiquer à Paul Anders tous les éléments du dossier de sa fille, et le psychiatre avait lu l'article sur Zoe avec un vif intérêt. Il avait aussitôt téléphoné à Cathy pour lui rappeler leur promesse de dîner ensemble.

— On dirait que c'est une sacrée bonne femme ! lui lança-t-il. Un article de ce genre va nourrir son ego pendant un bon moment. Elle t'a contactée récemment ?

— Je ne l'ai pas revue depuis l'incident de la morsure. C'était le jour où je suis venue te consulter à ton cabinet. Pas de nouvelles, bonnes nouvelles, je suppose.

Elle savait que Zoe était très occupée par son travail. Quand elle l'avait appelée pour la féliciter pour son prix, la jeune femme lui avait dit que la joue de Jaime guérissait bien et que la cicatrice sous son menton était à peine visible. Cathy ignorait si c'était une bonne chose. Zoe avait-elle besoin d'avoir sous les yeux des signes concrets des accidents de Jaime ? Ou le fait qu'ils se soient produits lui suffisait-il ? Cette situation rendait la pédiatre malade d'angoisse.

Quelques jours plus tard, elle vint dîner chez Austin et Zoe. Quand Cathy alla dire bonjour à Jaime dans sa chambre, elle constata que la fillette avait l'air en forme. La seule séquelle de sa morsure était un petit pansement sur la joue. Pendant que Jaime se trouvait hors de portée de voix, Austin loua une fois de plus Zoe pour son courage, et déclara qu'elle avait sauvé leur fille d'une grave mutilation, ou pire. Cathy ne percevait aucune animosité entre lui et sa femme, et elle se demanda même s'il s'était laissé berner ou s'il était très bon comédien.

Quand Zoe lui annonça qu'elle souhaitait lui présenter un homme, un nouveau membre du conseil d'administration, Austin protesta. Selon lui, le type était ennuyeux au possible, et le fait qu'il n'avait jamais été marié à 54 ans était mauvais signe – sans doute encore un de ces hommes qui avaient la phobie des relations stables. Il s'agissait d'un type important, un banquier d'affaires à Wall Street, personnellement investi dans plusieurs causes caritatives. Cathy était du même avis qu'Austin, mais comme elle souhaitait que Zoe se sente valorisée, elle déclara qu'elle serait ravie de faire sa connaissance.

Comme promis, Cathy dîna avec Paul Anders après son retour de L.A. Pendant tout le repas, ils discutèrent du cas de Jaime et du syndrome de Münchhausen par procuration. Paul était une mine d'informations, et, de son côté, Cathy lisait tout ce qui lui tombait sous la main sur le sujet.

Austin n'était pas en reste. Il déjeunait avec sa mère plus fréquemment qu'il ne l'avait fait depuis des années. Avec elle, il pouvait se confier en toute franchise, ce qui constituait une véritable échappatoire au nouvel univers de mensonge et de défiance dans lequel il évoluait chez lui.

— J'ai parfois l'impression d'avoir tout imaginé de A à Z et je me demande si je ne suis pas devenu complètement cinglé. Elle est si parfaite, si brillante dans tout ce qu'elle entreprend. Son travail au foyer, son rôle de mère et d'épouse. Comment une femme aussi parfaite pourrait-elle souhaiter faire du mal à son enfant ?

— Tout ce qui brille n'est pas d'or, mon chéri. Et pour ma part, je ne crois pas en la perfection, répondit Constance pendant un déjeuner au Da'Giulio. Elle veut qu'on la considère comme une mère irréprochable, et elle ressent le besoin vital que tout le monde soit de cet avis. Mais souviens-toi qu'elle dissimule sa vraie nature derrière ce masque. Son numéro est convaincant, je te l'accorde, c'est d'ailleurs pourquoi les personnes atteintes de Münchhausen par procuration sont si difficiles à percer à jour.

Comme Austin détestait entendre ces mots ! Il ne l'avait pas dit à sa mère, mais il lui arrivait de constater qu'il était toujours amoureux de Zoe. Il se sentait alors terriblement coupable de partager ses craintes, surtout avec Cathy. Et s'il se trompait, et que tous ces accidents étaient réellement fortuits ? Même si plus il se renseignait, plus il se rendait compte que sa femme correspondait au profil type des personnes atteintes de SMpP, une graine de doute subsistait dans son esprit. Et son cœur se serrait en voyant le bonheur de sa petite fille quand elle était avec sa mère. Elles s'aimaient tant que parfois Austin se sentait exclu de leur relation.

Cathy aussi était partagée. En plus d'une occasion, elle s'était demandé si Austin et elle ne s'étaient pas laissé emporter par leurs émotions, et n'avaient pas paniqué pour rien. Avec le temps, les incidents passés perdaient de leur gravité, leur caractère menaçant s'estompait.

Un samedi, Zoe et elle passèrent une journée particulièrement agréable ensemble. Elles firent du shopping à Bergdorf's tandis qu'Austin et Jaime étaient à Central Park, puis tous les quatre se retrouvèrent pour prendre le thé au Plaza. Un portrait d'Éloïse avec son carlin et sa tortue était exposé dans le lobby du célèbre hôtel. Zoe raconta à Jaime à quel point elle avait adoré les livres illustrés d'Éloïse dans sa jeunesse, surtout pour ses bêtises ! Comme Jaime était intriguée par le personnage, Zoe lui promit de lui procurer un épisode de ses aventures. Elle se comportait réellement comme une mère irréprochable.

Le week-end suivant, Austin, Zoe et Jaime allèrent prendre un brunch à SoHo, sur une grande terrasse. C'était la première belle journée de printemps et ils se détendirent au soleil tandis que Jaime terminait son beignet, une spécialité de l'établissement. Austin se débattait avec les mots croisés du *New York Times* en sirotant un cappuccino quand Zoe se rendit compte que la fillette était toute rouge. Convaincue qu'elle était en train de brûler, elle lui réappliqua une couche de crème solaire. Mais, soudain, Jaime sembla chercher de l'air. Elle avait fini de manger, elle ne pouvait donc pas être en train de s'étouffer avec un aliment, pourtant elle haletait et toussait en regardant sa mère avec effroi.

— Maman, peux pas respirer, chuchota-t-elle, le visage rouge brique et enflé.

— Que se passe-t-il ? demanda Austin, paniqué, en posant son journal.

— Aucune idée, répondit Zoe, terrifiée.

La respiration de la fillette était devenue sifflante et elle peinait à reprendre son souffle. Zoe, les mains tremblantes, appela les secours sur son téléphone portable. Elle expliqua ce qu'il se passait et indiqua son nom et l'endroit où ils se trouvaient. L'ambulance était déjà en route, elle serait là dans les cinq minutes. À ce moment-là, un homme attablé près d'eux accourut en annonçant qu'il était médecin.

— Je pense qu'elle fait une réaction allergique, un choc anaphylactique.

La petite fille, les yeux exorbités, respirait avec difficulté.

— Elle n'a rien pris d'autre que des flocons d'avoine, un beignet et une banane. Elle mange souvent des bananes, et je lui sers des flocons d'avoine presque tous les jours au petit déjeuner.

— Peut-être est-elle allergique au miel ? Le glaçage des beignets en contient.

C'était écrit sur le menu. Le médecin prit le pouls de Jaime, qui s'accélérait, et l'observa gravement tandis que ses voies respiratoires se fermaient. Leur fille se mourait sous leurs yeux. Malgré la panique, Austin se demanda si Zoe l'avait empoisonnée.

— C'est la toute première fois qu'elle mange du miel, confirma Zoe. J'ai lu que ce n'était pas recommandé avant l'âge de 5 ans.

Le son d'une sirène se rapprochait du restaurant. Quelques secondes plus tard, les ambulanciers firent irruption sur la terrasse et accoururent. Le médecin leur communiqua aussitôt son diagnostic.

— Avez-vous de l'adrénaline, un EpiPen ?

L'un des secouristes hocha la tête, et l'autre prit Jaime dans ses bras.

— Il faut l'utiliser tout de suite, déclara le médecin au moment où la petite fille perdit connaissance.

Les urgentistes se précipitèrent vers l'ambulance, suivis de Zoe et d'Austin. Ce dernier prit le temps de jeter un billet sur la table et murmura un remerciement hâtif au médecin.

L'un des secouristes s'assit au volant tandis qu'Austin et Zoe montaient à l'arrière avec l'autre, qui s'empressa d'appliquer un masque à oxygène sur le visage de Jaime et lui installa une perfusion dans le bras avec la dextérité d'un expert. Le défibrillateur était à portée de main.

Tout en leur posant des questions sur la santé et les allergies de la fillette, l'homme ne la quittait pas du regard. Jaime était d'une pâleur mortelle, son rythme cardiaque faiblissait. Il lui administra une piqûre d'adrénaline, et elle ouvrit les yeux un court instant avant de perdre de nouveau connaissance. Quasi par réflexe, Austin appela Cathy. La pédiatre décrocha immédiatement et il lui expliqua ce qui se passait. Quand elle lui demanda vers quel hôpital ils se dirigeaient, Austin interrogea l'ambulancier.

— NYU, répondit celui-ci sans le regarder, focalisé sur sa petite patiente.

— J'arrive tout de suite, promit Cathy en raccrochant.

Ils parvinrent à l'hôpital en moins de deux minutes. Les urgences leur semblèrent étrangement familières, même si cela faisait longtemps qu'ils n'y avaient pas mis les pieds. L'un des secouristes cria à une infirmière que Jaime faisait un arrêt cardiaque, et quand elle appuya sur un bouton d'alarme, une demi-douzaine de médecins et d'infirmières accoururent. Ils se hâtèrent de changer la poche sur la canne à perfusion tout en clamant des mots inconnus. « Benadryl », « Prednisone », et d'autres qu'Austin entendit dans un brouillard. Ils avaient déshabillé Jaime et un défibrillateur était prêt à être posé sur sa petite poitrine. Ses parents observaient la scène, pétrifiés. Elle était si menue, sur la table d'opération destinée aux adultes, entourée de tous ces médecins et infirmières qui s'agitaient frénétiquement. Zoe sanglotait en s'agrippant à Austin, en pleurs lui aussi.

Un des médecins fit une autre piqûre à Jaime et elle ouvrit enfin les yeux. Puis elle regarda autour d'elle et fondit en larmes. Elle pouvait de nouveau respirer. La petite fille était terrifiée et n'avait aucune idée de ce qui se passait. Austin sentit l'effroi remplacer la panique à l'idée que c'était Zoe qui avait orchestré ce drame. Il repensa à tout ce qu'il avait appris sur le Münchhausen.

Cathy arriva à ce moment-là. Elle était encore en tenue de sport, les cheveux mouillés. Elle échangea un regard avec Austin et Zoe.

— Désolée, je sors de mon cours de spinning.

Elle alla aussitôt s'informer auprès des médecins, qui la mirent au courant de ce qui venait de se passer et des produits qu'ils avaient administrés à Jaime. Il était évident que la fillette avait échappé de peu à la mort. Heureusement, l'adrénaline, la cortisone, l'antihistaminique et les autres médicaments qu'ils lui avaient injectés l'avaient ramenée à la vie. Cathy affirma à Austin et Zoe que leur fille se rétablirait rapidement. Toutefois, elle devrait rester un peu à l'hôpital, et des symptômes de sa réaction allergique perdureraient quelques jours.

Quand Jaime raconta à ses parents qu'elle n'avait plus réussi à respirer, au restaurant, Austin et Zoe l'embrassèrent et la rassurèrent.

— Nous avons bien compris, lui dit Zoe en souriant. C'est pour ça que nous sommes là.

— Maman a tout de suite appelé les secours pour qu'ils envoient une ambulance, renchérit Austin.

Il valait mieux attribuer à Zoe tout le crédit.

Mais comment un glaçage au miel avait-il pu provoquer chez Jaime une réaction aussi grave ?

L'équipe de réanimation et les ambulanciers finirent par quitter la pièce. Seuls une infirmière et un médecin urgentiste restèrent.

— Vous devez l'emmener voir un allergologue dès que possible, conseilla Cathy à Zoe. J'en connais un excellent que je peux te recommander.

— Nous irons demain sans faute, répondit celle-ci.

Une infirmière vint demander à Austin d'enregistrer Jaime, et Cathy l'accompagna au bureau des admissions tandis que Zoe restait avec sa fille.

— Mon Dieu ! lâcha Austin, blanc comme un linge, une fois qu'ils furent hors de portée d'oreille. Qu'est-ce qui vient de se passer, bon sang ? Qu'est-ce qu'elle a bien pu lui donner, et quand ?

Il semblait convaincu que Zoe avait de nouveau frappé.

— Rien du tout. C'était bien réel, cette fois. Jaime a seulement fait une grave réaction anaphylactique, lui expliqua Cathy, sûre d'elle.

— Qu'est-ce qui te fait croire ça ? demanda-t-il, méfiant.

— Jaime n'avait jamais mangé de miel auparavant, et le glaçage des donuts en contenait. Zoe aurait pu orchestrer cet accident si elle avait été au courant de cette allergie, mais c'est tout bonnement impossible. Elle m'a dit plusieurs fois qu'elle ne laissait pas Zoe consommer de miel parce qu'elle avait lu que c'était dangereux, voire toxique chez les petits de moins de 5 ans. Maintenant que j'y pense, il se peut que Jaime soit également très allergique aux piqûres d'abeille. On va faire des tests. Et tu devras désormais avoir un EpiPen sur toi en permanence, déclara Cathy.

— Pour une fois, c'est elle qui avait raison…

— On peut dire ça. Mais une réaction anaphylactique aussi grave survient généralement avec les allergies aux noix ou aux crustacés. De toute évidence, Jaime est gravement allergique au miel, ce qui est bon à savoir. Les victimes des personnes atteintes du syndrome de Münchhausen par procuration souffrent aussi parfois de vraies maladies et ont des accidents ! Zoe n'y est pour rien.

— Je croyais qu'elle l'avait empoisonnée, répéta Austin, encore sous le choc.

— Écoute, on peut exiger des tests complémentaires, mais je suis convaincue que les seuls produits chimiques qu'on trouvera dans l'organisme de Jaime sont les médicaments que l'on vient de lui administrer.

— Tu veux bien t'en occuper quand même ?

Austin se sentait terriblement coupable d'avoir accusé Zoe à tort mais il ne faisait pas pour autant confiance à sa femme, et à juste titre.

Cathy expliqua donc au médecin qu'elle voulait s'assurer que la petite n'avait pas ingéré de produits chimiques ou de médicaments en cachette et qu'il s'agissait bien seulement d'une allergie alimentaire. Le médecin trouva la démarche très prudente de sa part et ils reçurent les résultats quelques heures plus tard : l'organisme de Jaime présentait uniquement les traces des médicaments administrés à l'hôpital.

Avant de les laisser sortir, à 18 heures, le médecin leur fit un bilan complet de la situation.

— Votre fille a fait une réaction allergique presque fatale à un aliment qu'elle a consommé ce midi. Il faut déterminer au plus vite avec un allergologue de quoi il s'agit. En attendant, vous devez tenir la petite à l'écart de tout ce qu'elle a mangé aujourd'hui : banane, flocons d'avoine, miel. Et à partir de maintenant, vous devrez avoir un EpiPen sur vous en permanence. Je vous ai fait une ordonnance avec le dosage prescrit pour les enfants. J'insiste sur ce point : vous devez l'avoir avec vous à tout moment, car s'il y a une chose que nous savons avec certitude, c'est que les réactions allergiques s'aggravent à chaque occurrence. Elle a fait un choc tellement violent aujourd'hui que nous n'aurons peut-être pas autant de chance la prochaine fois. Il faut que vous appreniez à utiliser l'EpiPen. En général, quand on en a besoin, c'est que chaque minute compte. Vous pouvez vous procurer un modèle d'essai et le tester sur une orange, par exemple. Votre fille a beaucoup de chance que vous ayez appelé les secours si rapidement. Les ambulanciers lui ont sauvé la vie, mais vous aussi en réagissant aussi vite.

Zoe rayonna en entendant ces mots, et Austin hocha la tête. Pour une fois, c'était vrai.

— Parfois, les gens deviennent subitement allergiques à des aliments qu'ils consommaient sans aucun problème auparavant. C'est pourquoi vous devrez faire bien attention à tout ce qu'elle mange. Et si elle est effectivement allergique au miel, vous allez devoir faire preuve d'une extrême vigilance car il s'agit d'un ingrédient que l'on retrouve dans de nombreux aliments, et pas seulement dans les gâteaux. On l'utilise fréquemment dans les plats cuisinés, y compris les légumes ! Lisez systématiquement les étiquettes. Cela vous évitera un autre épisode comme celui-ci.

Zoe et Austin, encore très secoués, acquiescèrent gravement. Jaime était assommée par le Benadryl, et Cathy lui en represcrivit une dose pour les jours suivants, le temps que les allergènes soient totalement éliminés de son organisme. La fillette devait commencer à le prendre après sa consultation chez le spécialiste le lendemain, pour ne pas fausser les tests qu'il allait lui faire passer. La pédiatre leur expliqua qu'elle dormirait aussi beaucoup, en réaction à l'antihistaminique qu'on lui avait administré.

Ils étaient tous les trois épuisés quand ils quittèrent l'hôpital. Zoe et Austin avaient presque vu leur fille mourir sous leurs yeux à cause d'un beignet. Ils venaient de vivre l'un des moments les plus stressants de leur vie. Après avoir mis Jaime au lit, ils s'assirent dans la cuisine, silencieux et pensifs. L'image de Jaime, inconsciente dans l'ambulance, resterait à jamais gravée dans leurs esprits.

Ce soir-là, Cathy téléphona à Paul Anders pour lui raconter ce qui s'était passé. Leurs échanges la réconfortaient.

— J'ai demandé des tests sanguins supplémentaires, et son système ne comportait rien d'autre que ce qu'elle avait mangé et les médicaments administrés aux urgences. Austin était convaincu que Zoe avait empoisonné leur fille, mais sur ce coup-là elle n'a rien à se reprocher. Il s'agissait d'un choc anaphylactique classique. C'était la première fois que Jaime mangeait du miel parce que sa mère estime que c'est dangereux pour les petits. Elle avait fait très attention à ne pas lui en donner jusque-là. Je pense qu'Austin est très troublé que ce soit un vrai accident, et pas une situation orchestrée par sa femme. Je n'ose même pas imaginer ce qui se serait passé s'il s'était agi d'un acte de malveillance de la part de Zoe, et que Jaime avait perdu la vie. Aucun d'entre nous n'aurait pu se pardonner de ne pas avoir agi plus tôt. Dire que la petite a failli mourir !

— Ne te réjouis pas trop vite.

— Pourquoi, tu crois qu'elle est coupable ?

— Non, je suis d'accord avec toi. Les victimes d'une mère souffrant du syndrome de Münchhausen par procuration peuvent souffrir d'une réaction allergique fortuite ou d'une maladie réelle, bien évidemment. Et dans ce cas précis, j'approuve ton diagnostic et ton analyse de la situation. Mais tu négliges un élément significatif…

— Lequel ?

— Le destin vient de déposer entre les mains de Zoe une arme fatale, et ça, c'est une très mauvaise nouvelle ! Cette allergie grave lui offre une fragilité de premier plan dont tirer parti… De nos jours, on trouve du miel dans la quasi-totalité des aliments du commerce : le pain, les biscuits, les gâteaux, toutes sortes de plats cuisinés… Nous ne parlons pas ici d'un poison rare, mais d'une substance tellement banale qu'il est plus compliqué de l'éviter que de la repérer. Si Zoe souhaite faire du mal à sa fille, elle n'aura pas à chercher très loin. Elle n'a qu'à lui faire manger un aliment contenant du miel, puis prétendre qu'elle n'était pas au courant ou qu'elle avait égaré son EpiPen, ou inventer Dieu sait quelle autre excuse du même acabit. Jaime présente maintenant un talon d'Achille de la taille d'une piscine olympique. Sa mère s'en tirerait à coup sûr, sauf si un témoin la voit verser du miel directement dans la gorge de la gamine attachée sur une chaise…

— Mince ! Je n'avais pas pensé à ça… J'étais tellement heureuse qu'elle n'y soit pour rien, cette fois-ci.

— Ne te fie pas aux apparences, Cathy. Tu en connais suffisamment sur le sujet pour ne plus te faire avoir. Les preuves contre elle sont déjà solides et même si elles ne tiendront peut-être pas devant un tribunal, nous savons ce qu'il en est. Son innocence d'aujourd'hui n'y change rien, vu qu'elle est coupable de tout le reste. Ce qui me chiffonne surtout, c'est qu'un choc anaphylactique est précisément mortel. À partir de maintenant, la vie de cette enfant est en danger permanent.

— Qu'est-ce que je suis censée faire ? demanda Cathy, au bord des larmes.

— À mon humble avis, tu n'as plus le choix. Inutile de consulter Austin, il est probablement plus perdu que toi. Après tout, c'est de sa femme qu'il s'agit. Mais toi, tu es la pédiatre de Jaime. Nous avons entre les mains une bombe à retardement, Cathy. Tu dois signaler aux services de protection de l'enfance tous les événements dont tu as été témoin. Il le faut absolument, tu n'as pas d'autre choix. À cause de cette grosse allergie alimentaire à une substance quasi omniprésente, ils vont devoir ouvrir une enquête. Un choc anaphylactique pourrait signer son arrêt de mort. Rédige ton rapport dès ce soir et appelle les services sociaux demain matin. Il n'y a plus une minute à perdre.

Cathy garda le silence un long moment. Paul avait raison mais elle était désemparée. Tout comme Austin, elle se refusait à trahir son amie. Toutefois, sa décision était prise : elle allait suivre les conseils de Paul, écrire le rapport et contacter les services de protection de l'enfance. Mais sans en faire part à Austin. Pour le moment, il n'avait pas besoin d'être au courant.

16

Dan Knoll avait rejoint les services de protection de l'enfance en suivant un chemin sinueux. Abandonné dans les rues de Chicago à l'âge de 7 ans par des parents dont il ne gardait aucun souvenir – son père était mort en prison, et sa mère avait succombé sous les poings de son petit ami après une vie de petits trafics –, il avait été recueilli par plusieurs foyers d'accueil successifs, ballotté d'une famille à l'autre, maltraité et parfois même battu, sans jamais parvenir à s'adapter nulle part. On le décrivait comme un gamin difficile, peu coopératif, hargneux et provocateur. Ses copains comme ses ennemis le surnommaient le Rouquin. C'était un grand gaillard aux larges épaules, qui mesurait déjà 1 mètre 98 à 14 ans. Personne n'avait compris que ses crises de colère lui servaient à camoufler ses peurs. Jusqu'à sa rencontre avec M. Fitzgerald, l'entraîneur de NFL d'une école où il avait été scolarisé. Il l'avait pris sous son aile, lui avait trouvé du boulot après qu'il avait quitté le foyer d'accueil et lui avait permis de vivre avec lui et sa famille. Avant toute chose, M. Fitzgerald avait fait de Dan un champion de football américain.

Après une succession d'événements fortuits qui ressemblaient assez à des miracles, le jeune homme avait fini par pénétrer dans l'univers doré du sport professionnel. Pendant trois ans, il avait joué en tant que défenseur de première ligne pour les Lions de Détroit. Et son avenir avait été tout tracé, jusqu'à ce fameux match contre les New England Patriots, à Boston, lors duquel il s'était détruit le genou. Aucune opération chirurgicale n'avait pu sauver sa carrière.

Après cela, il avait touché à la drogue, commencé à boire, dilapidé toutes ses économies, et s'était apitoyé sur son triste sort jusqu'à ce que Pat Fitzgerald, encore une fois, le ramène chez lui par la peau du cou et menace de lui botter le cul s'il ne se reprenait pas en main. L'entraîneur lui avait expliqué que deux choix se présentaient à lui. Continuer à vivre dans la rue – et courir le risque de finir comme ses parents – ou devenir un être humain de valeur, et faire le bien autour de lui. Il l'avait incité à se racheter une conduite et à réfléchir à ce qu'il voulait faire de sa vie. Dan s'était réinstallé chez Pat et avait trouvé un boulot dans une station essence. En parallèle, il suivait des cours du soir dans le domaine de l'aide sociale. Il avait fini par obtenir son diplôme à l'âge de 30 ans, avait déménagé à New York, et avait rapidement été embauché par les services de protection de l'enfance. Cela faisait maintenant dix ans qu'il s'occupait de gamins aussi difficiles que lui l'avait été. Ce qu'il préférait, c'était la réinsertion des jeunes délinquants. D'une certaine façon, il se sentait investi de cette mission par Pat, et il tenait à rendre ce qu'on lui avait donné. Dan n'était pas marié, mais « monogame en série ». Toutefois, après plusieurs relations longues, il s'était de nouveau retrouvé célibataire. Cela ne le dérangeait pas outre mesure. De toute façon sa charge de travail était lourde. Le département, en sous-effectif permanent, croulait sous le boulot. C'était l'une des raisons pour lesquelles il restait habituellement à son bureau jusqu'à tard dans la nuit, à rédiger des rapports.

Les affaires qui lui plaisaient le moins concernaient les adolescentes, selon lui beaucoup plus difficiles à cerner que les garçons du même âge. Mais il acceptait évidemment sans se plaindre toutes les missions que lui assignait sa supérieure, une Afro-Américaine de 60 ans qu'il trouvait brillante. Yvette avait été sur le terrain pendant vingt ans avant d'être affectée à la direction du service, et Dan était sous ses ordres depuis son arrivée dans l'équipe.

Un aspect important du métier de Dan était d'enquêter sur les cas de maltraitance familiale dénoncés par des témoins extérieurs à la famille. Une tâche ingrate, mais qui lui convenait parfaitement, car il aimait contribuer à protéger les enfants des personnes néfastes de leur entourage. Quand il y parvenait, il se sentait l'étoffe d'un héros.

— J'ai une nouvelle affaire pour toi, déclara Yvette en passant dans son bureau le mardi matin. Tout frais d'hier. Le rapporteur initial est la pédiatre de l'enfant, dit-elle en déposant un dossier devant lui.

— Un cas de maltraitance ?

Permettre aux petites victimes d'échapper à des environnements dangereux et les extraire des mains de leurs parents indignes procurait une immense satisfaction à Dan. Il avait déjà sauvé de nombreuses vies.

— Plus ou moins, répondit Yvette sur un ton énigmatique. Un cas pour le moins complexe, si tout ce qui est dans le dossier est vrai.

Ils savaient tous les deux que, si on leur en donnait l'occasion, les gens mentaient sans vergogne. Il fallait toujours faire preuve de vigilance quand on découvrait un signalement.

— Qu'est-ce que ça veut dire, un cas complexe de maltraitance ? Tu parles de harcèlement sur les réseaux sociaux ? Ils les frappent virtuellement ?

— Ne fais pas le malin et lis plutôt le rapport ! La pédiatre nous a contactés hier sous le sceau du secret. Son dossier est extrêmement détaillé.

— C'est urgent ? Je n'aurai pas le temps de m'y plonger avant la fin de la journée. Je dois aller rendre visite à trois enfants, et interroger la voisine d'une gamine qui se faisait battre tous les soirs jusqu'à ce que quelqu'un ait la bonne idée d'appeler les flics. On a placé la petite dans un foyer en attendant l'audience.

Généralement, c'était lui qui s'occupait des cas les plus lourds.

— Le dossier dont je te parle n'est pas encore urgentissime, mais risque de le devenir très rapidement. Essaie de le lire dès que tu auras une minute.

— Message reçu, cheffe !

Dan s'attaqua à la pile de documents devant lui. Il devait organiser des entretiens sur chaque affaire. Les journées n'étaient jamais assez longues, et il rentrait rarement chez lui avant 22 heures. Mais, de toute façon, personne ne l'attendait à la maison. Cela faisait déjà un an qu'il vivait seul – bien trop longtemps à son goût. Dan était beau garçon, et les femmes étaient attirées par son côté nounours protecteur. Mais cela faisait des mois qu'il n'avait pas rencontré une femme qui lui plaise vraiment.

Il se concentra sur ses trois affaires en cours, mais le dossier orange d'Yvette continuait à clignoter devant ses yeux, comme une invitation. Finalement, sa curiosité fut la plus forte. Le rapport de la pédiatre, soigné et concis, était imprimé avec l'en-tête de son cabinet. Son rôle dans cette affaire devait rester strictement confidentiel pour tous. Sauf pour ceux qui travaillaient au sein du département, bien entendu.

La pédiatre avait répertorié tous les incidents par ordre chronologique, et ceux-ci prenaient une page entière, ce qui ne manqua pas d'étonner Dan. En parcourant rapidement la liste, il se dit que tous ces événements pouvaient être soit accidentels, soit dus à une personne malveillante particulièrement retorse. Cathy avait inclus un bref profil des parents, et il siffla entre ses dents en le lisant. Ils semblaient être des gens très bien et instruits, et la mère dirigeait un foyer qu'il connaissait. Toutefois, Dan n'était pas impressionné pour autant. Il s'était déjà occupé d'une affaire mettant en cause deux médecins soi-disant respectables, propriétaires d'un appartement sur Park Avenue, qui avaient perdu la garde de leurs enfants qu'ils avaient quasiment battus à mort. Avoir de la classe ne voulait rien dire. Sa mission consistait à mettre les spécimens les plus tordus hors d'état de nuire et à tirer les petites victimes de leurs griffes, et il le faisait aussi consciencieusement pour tous les échelons de la société.

Dans son rapport, la pédiatre expliquait que le père et la grand-mère paternelle soupçonnaient la mère de l'enfant de souffrir du syndrome de Münchhausen par procuration. La pédiatre avait demandé l'avis d'un psychiatre qui n'avait rencontré ni la famille ni la fillette, mais était de leur avis sur la base des éléments qu'elle lui avait communiqués. C'est lui qui l'avait exhortée à alerter les services sociaux. Dan lisait entre les lignes qu'elle avait entrepris cette démarche à contrecœur, et seulement parce qu'elle croyait sincèrement la petite fille en grand danger. Ses coordonnées ainsi que l'adresse de son cabinet étaient mentionnées au cas où ils souhaiteraient l'interroger.

Le rapport, écrit avec mesure et intelligence, était aussi factuel que possible et reposait sur des suppositions, des conjectures et des présomptions. Malheureusement, les blessures subies par Jaime n'avaient rien d'hypothétique et elles étaient trop nombreuses pour être purement accidentelles. Si l'hôpital avait attiré son attention sur cette famille, Dan aurait immédiatement eu des soupçons. Certains membres du corps médical prenaient à cœur leur rôle de vigiles, mais pas tous. La plupart du temps, ils étaient trop débordés. Les services de protection de l'enfance avaient bien tenté de convaincre les médecins et les infirmiers de leur signaler systématiquement les cas présumés de maltraitance, mais nombreux étaient ceux qui craignaient des représailles ou répugnaient à s'impliquer. Dans un cas comme celui-ci, Dan n'aurait pas de lui-même suggéré l'existence d'un syndrome de Münchhausen par procuration, mais il avait lu des articles sur le sujet et ce trouble mental le fascinait. C'était la première affaire de ce genre dont il s'occupait.

Il composa le numéro du cabinet de Cathy et indiqua son nom à la réceptionniste, mais sans donner plus de précisions. La pédiatre faillit refuser la communication, puis elle se rappela le dossier de signalement qu'elle avait envoyé la veille. On l'avait avertie qu'un enquêteur allait la contacter sous peu.

— Docteur Clark à l'appareil, dit-elle sur un ton formel en décrochant.

— Bonjour, docteur. Je suis Dan Knoll, des services sociaux. Je pense que vous connaissez la raison de mon appel. Je serai dans votre secteur en début d'après-midi. Auriez-vous quelques minutes à m'accorder après mon rendez-vous ?

— Bien sûr.

Cathy était impressionnée de cette rapidité.

— La victime présumée est très jeune. Pour cette raison, je n'aime pas l'idée de laisser traîner les choses. Permettez-moi d'abord de vous remercier de nous avoir signalé cette situation. Un cas pas banal. Seriez-vous disponible vers 17 heures ?

— C'est parfait. Ma dernière consultation est un rappel de vaccin ROR, ça ne devrait pas être long.

— Rassurez-vous, je peux patienter.

L'interlocuteur parlait d'une voix douce et égale. Cathy n'aurait pu dire son âge, mais il lui semblait intelligent et impliqué. Le moment où Zoe allait être amenée à répondre de ses actes était peut-être venu. Et elle allait être folle de rage. Imaginez seulement : la Supermaman interrogée par la protection de l'enfance !

L'allergologue recommandé par Cathy effectua un certain nombre de tests cutanés sur les bras et le dos de Jaime. Puis la mère et la fille durent patienter une heure pour vérifier quelles substances provoquaient une réaction. Le spécialiste, un homme assez âgé, se montra merveilleux avec Jaime. Il arbora un nez de clown tout le temps de la consultation et quand il demanda innocemment à la petite, hilare, pourquoi elle se moquait de lui, elle pointa son nez rouge du doigt. Lorsqu'il revint les voir pour vérifier que tout allait bien, il portait cette fois une perruque, et Jaime comme sa mère se mirent à pouffer. Comme c'était bon de rire après le choc d'avoir failli perdre Jaime deux jours plus tôt !

Les résultats des tests indiquèrent que la fillette était allergique aux asperges et aux aubergines, des légumes qui ne faisaient de toute façon pas partie de son alimentation. Elle n'avait jamais mangé l'un ou l'autre, ils étaient faciles à identifier et ne poseraient pas de problème. Elle présentait également des allergies mineures à certains pollens et à la poussière – comme tout le monde, d'après le médecin –, ainsi qu'aux chats, mais pas aux chiens. Des allergies sans gravité qui la feraient simplement éternuer ou causeraient des rougeurs ou de l'urticaire. Cathy l'informa aussi de l'allergie de Jaime à l'amoxicilline. Toutefois, ce qui était préoccupant, c'était que la fillette avait réagi de manière extrême aux abeilles et au miel, deux allergènes susceptibles de provoquer un choc anaphylactique potentiellement fatal. Pour cette raison, Austin, Zoe et la nounou devraient porter en permanence sur eux un double EpiPen au cas où la petite fille se ferait piquer par une abeille. Concernant le miel, ainsi que le médecin de l'hôpital le leur avait indiqué, le spécialiste rappela à Zoe qu'il s'agissait d'un allergène présent dans de nombreux aliments préparés, et donc impossible à détecter de manière systématique. Elle serait obligée de se renseigner ou de lire l'étiquette chaque fois qu'elle souhaiterait servir quelque chose à sa fille. Au moment de partir, Jaime dit « Au revoir, Docteur Clown » et envoya un baiser au médecin.

— Reviens me voir un de ces jours, répondit-il en lui faisant signe.

Cette enfant était décidément adorable.

L'allergologue transmit ses conclusions à Cathy. Le spécialiste confirmait sans ambiguïté que le miel et les piqûres d'abeille pouvaient se révéler mortels pour Jaime, et le cœur de Cathy se serra. Elle se rappela ce que Paul lui avait expliqué à propos de l'allergie au miel : elle pouvait devenir une arme fatale entre les mains de Zoe. Il lui serait facile de prétendre après coup qu'elle ignorait que tel ou tel produit en contenait.

Dan Knoll se présenta au cabinet de Cathy à l'heure dite et prit place dans la salle d'attente. Avec sa taille imposante, il avait l'air d'un éléphant dans un magasin de porcelaine sur le canapé, à côté des petites chaises pour enfants et de la table basse avec les jouets. Il entendit soudain un bébé hurler, et le remue-ménage d'une maman qui quittait le cabinet avec un enfant en pleurs. Quelques instants plus tard, l'infirmière le guida jusqu'au bureau de Cathy.

En le voyant, elle se leva de son siège pour lui tendre la main, surprise par sa haute taille qui rendait par contraste la pièce minuscule. Dan avait un visage agréable et le regard doux, et il n'y avait rien d'agressif chez lui. Toutefois, il donnait aussi l'impression d'être parfaitement capable de se tirer d'affaire en cas de mauvaise rencontre, ce qui était vrai. Il était en effet ceinture noire de karaté, car son mentor de l'époque avait estimé que cet art martial constituerait une bonne discipline. Il continuait à se rendre aux cours deux fois par semaine, en tant qu'enseignant désormais. D'ailleurs, il emmenait de temps en temps au dojo des garçons sous sa garde et les épatait par sa rapidité, surprenante pour sa taille et sa force physique. Il les encourageait à tenter de le battre, mais aucun n'était jamais parvenu à lui faire toucher terre. Il en profitait pour leur enseigner qu'il ne suffit pas d'être costaud pour arriver à quelque chose dans la vie, mais qu'il vaut mieux faire preuve d'intelligence et de patience.

— Merci de nous avoir signalé la situation, docteur, mais si je peux me permettre, pourquoi avez-vous attendu jusqu'à maintenant ? commença-t-il. L'idée ne vous a jamais effleurée qu'il pouvait s'agir d'un cas de maltraitance d'enfant au sens classique du terme ?

— Pas du tout, répondit-elle avec sincérité. Je connais bien les parents. Ils comptent parmi les plus dévoués de mon cabinet. Ils sont attentifs, aimants, responsables. Tout le monde les apprécie. Je n'ai donc jamais envisagé une situation de maltraitance classique.

— Croyez-vous que la fillette essaie de protéger ses parents ?

— Non, absolument pas. J'ai toujours eu l'impression que les accidents de Jaime étaient des mésaventures dues à la malchance, susceptibles d'arriver à n'importe quel enfant. Les tout-petits peuvent se blesser grièvement, parfois.

— Vous n'avez pas trouvé étrange qu'elle se fasse mal aussi souvent ?

Cathy prit un air désolé et secoua la tête.

— Je ne m'étais pas rendu compte que la liste de ses blessures était si longue. Je suis un peu une gare de triage pour mes patients, vous savez. Consultation après consultation, je dois gérer des situations compliquées, trouver des solutions, avant de passer au patient suivant. Je ne tiens pas d'inventaire. J'aurais dû.

— Vous n'êtes pas la seule dans ce cas, docteur. Ce n'était qu'une question.

Il semblait faire preuve de douceur et d'indulgence à son égard, mais la suite de l'entretien lui montra qu'il ne ressentait aucune compassion pour la mère de Jaime.

— Quand avez-vous commencé à suspecter un Münchhausen par procuration chez la mère ?

— Cela ne vient pas de moi. Il s'est produit un incident pendant des vacances en Floride. Jaime courait autour de la piscine de l'hôtel. Elle a glissé et elle est tombée tête la première dans la partie profonde du bassin. Dans sa chute, elle s'est sérieusement entaillé le menton. Sa mère ne la surveillait pas, elle discutait le dos tourné à la piscine. Heureusement, le père de Jaime est arrivé sur les lieux au bon moment, il a plongé et a sauvé sa fille de la noyade.

— Il n'y avait pas de maître-nageur ?

— Apparemment, il assistait une personne âgée. C'est comme ça que les drames arrivent. Le père de Jaime est venu me voir dès leur retour. Sa mère est psychologue. Cela fait plusieurs mois qu'elle soupçonne Zoe de souffrir du SMpP, mais elle ne lui en avait rien dit. Il m'a demandé mon avis en tant que pédiatre. Je n'aurais jamais imaginé une chose pareille. Je précise que c'est la première fois que je suis confrontée à une situation de ce genre. J'ai aussitôt consulté un psychiatre de ma connaissance, qui a confirmé les inquiétudes du père et de la grand-mère. C'est lui qui m'a convaincue de vous faire un signalement. J'avoue que j'ai eu des scrupules. Je me suis sentie profondément déloyale. Mais j'ai eu l'impression que je ne pouvais plus reculer.

— Des scrupules envers qui ? La petite ?

— Non, je vous ai avertis justement pour protéger l'enfant. Mais j'aime beaucoup sa mère. D'ailleurs, j'ai toujours pensé qu'elle était une bonne maman.

— Et maintenant ?

Il la regarda droit dans les yeux. Cathy ne broncha pas.

— Je pense qu'il y a un problème, un problème sérieux. Cela me fait de la peine, mais je pense que c'est tout à fait plausible.

Elle s'efforçait de se montrer aussi honnête que possible avec Dan en étoffant son rapport très factuel.

— Je suis d'accord avec vous, dit-il simplement. S'est-il produit de nouveaux accidents depuis l'incident de la piscine ?

— Elle s'est fait mordre au visage par un berger allemand dix jours après leur retour de vacances, et la blessure a nécessité des points de suture par un chirurgien esthétique. Rien depuis, à part un choc anaphylactique sévère à une substance qu'elle n'avait jamais consommée auparavant. Je pense que, pour le coup, c'était le fruit du hasard.

— Toutefois, cela ne sera pas le cas si l'incident se répète. À quoi la petite est-elle allergique ?

— Au miel.

— C'est d'autant plus dangereux qu'on en trouve partout, fit-il remarquer en prenant des notes sur son calepin.

— Hélas, dit-elle avec tristesse.

— Où cette affaire va-t-elle nous mener, à votre avis ? Et qu'est-ce que vous souhaiteriez que nous fassions pour l'enfant ?

C'était une question difficile et elle hésita un instant, ne sachant trop que répondre.

— Honnêtement, je l'ignore. Jaime adore sa maman. Tout le monde apprécie Zoe, d'ailleurs. Mon infirmière pense qu'elle est la meilleure des mères de notre cabinet.

— Comme vous le savez, ce n'est pas inhabituel chez les gens souffrant du syndrome de Münchhausen par procuration. En fait, c'est un trait typique de leur personnalité, lui fit-il remarquer froidement. La plupart ont l'air d'être les meilleurs parents au monde. Ils sont prudents, rusés et intelligents, et impossible de deviner comment ils s'y sont pris. Jusqu'au jour où la tragédie frappe. Nous devons éviter à tout prix que cela arrive à Jaime.

— C'est précisément la raison pour laquelle j'ai signalé sa situation à vos services. Je ne sais pas ce que je dois souhaiter. J'ai cru comprendre qu'une thérapie ne servirait à rien.

— C'est malheureusement beaucoup plus grave que ça. Les personnes atteintes du SMpP sont très malades. Si les soupçons de son entourage sont confirmés, nous devrons faire en sorte de protéger Jaime de sa mère à tout prix.

Cathy acquiesça.

— Mais séparer Jaime de sa mère serait une perte immense pour la petite, et elle pourrait garder des séquelles sur le long terme, ajouta-t-elle tristement.

— Moins que si sa mère lui ôte la vie.

Cathy resta muette.

— La décision peut être immédiate si la mère dépasse les bornes. Elle pourrait se retrouver en prison, ou renoncer d'elle-même à la garde de son enfant en échange de l'abandon des poursuites. Nous voulons avant tout éviter que la situation nous échappe. C'est notre seul objectif. Nous sommes les protecteurs de Jaime. Tout comme vous, j'imagine.

Cathy hocha la tête, navrée pour Jaime, pour sa famille, pour eux tous. Ce qu'il décrivait était douloureux et extrême, mais Dan rencontrait des cas difficiles tous les jours. Il était de son devoir de prendre des décisions pénibles pour le bien-être des mineurs en danger. Quelle tragédie que Jaime en fasse partie ! Si on avait dit ça à Cathy quand elle avait fait la connaissance des Roberts…

Quand Dan se leva pour prendre congé en la remerciant du temps qu'elle lui avait consacré, Cathy lui tendit sa carte avec son numéro de portable.

— Téléphonez-moi en cas de besoin. J'aimerais vous aider, si c'est en mon pouvoir, ajouta-t-elle.

Il aurait bien voulu la rappeler pour des raisons qui dépassaient le cadre de leur enquête, mais il savait qu'il n'oserait pas. Cathy était une jolie femme, éminemment sympathique, et ils partageaient une même passion pour les enfants. Il n'avait pas rencontré quelqu'un comme elle depuis longtemps. « Une femme d'honneur » était ce qui lui venait à l'esprit.

Il ne se doutait pas qu'elle se disait la même chose à son sujet. Elle avait été très frappée par sa manière respectueuse et sobre de mener l'enquête. Dan ne s'était en aucun cas lancé dans une chasse aux sorcières, mais dans la recherche de la vérité pour le bien de la fillette.

Dan lui avait annoncé son intention d'interroger Austin et sa mère pour recueillir leurs impressions et comprendre pourquoi ils pensaient que Zoe souffrait du SMpP. Il souhaitait ensuite questionner Fiona et tous les – nombreux – médecins que Zoe avait consultés pour Jaime. Et pour finir Zoe elle-même. Cathy se doutait que celle-ci n'allait pas être ravie. Comment osait-on l'accuser de maltraiter sa propre fille, elle qui gérait de main de maître un foyer pour les enfants maltraités ? Cela risquait même de lui coûter son emploi. Mais si leurs craintes à son sujet étaient fondées, alors ils n'avaient aucune hésitation à avoir.

Avant de partir, Cathy avait encore une chose importante à faire. Austin n'avait aucune idée de ce qui l'attendait. Elle devait le prévenir. Elle lui téléphona à son bureau, espérant qu'il n'était pas encore rentré chez lui. Mais il travaillait souvent tard.

— Bonsoir, comment vas-tu ? demanda-t-elle sur un ton compatissant.

— Je gère comme je peux, répondit-il d'une voix fatiguée.

— J'ai une confession à te faire.

— Dis-moi. Tu as piqué ma curiosité.

Il la considérait comme une amie fidèle et il lui était reconnaissant pour sa sagesse, son expertise et son soutien. Ils avaient de la chance de la compter comme médecin et comme amie.

— Après le choc anaphylactique de Jaime, j'ai parlé à Paul Anders. Il a affirmé que je n'avais plus le choix, et je me suis rangée à ses raisons : l'allergie au miel de Jaime constitue une arme redoutable, trop dangereuse pour laisser traîner les choses. J'ai appelé les services sociaux et je leur ai transmis mon rapport. Un enquêteur s'est déjà présenté à mon bureau, il part à l'instant. Je pense que toi et ta mère êtes les prochains sur sa liste. Il prend cette affaire très au sérieux mais tu verras, c'est un type intelligent et raisonnable. J'ai été favorablement impressionnée.

— Merci de m'avoir prévenu, Cathy. Je comprends. Tu as fait ce qu'il fallait. Je me suis senti coupable d'avoir cru que Zoe avait orchestré cet empoisonnement au miel, mais cela ne change rien pour le reste. Je suis toujours partagé, même si je penche fortement pour le SMpP.

Il s'efforçait de donner l'impression d'être détaché, mais elle se doutait à quel point il était bouleversé. Toute son existence était en jeu. Son mariage et la vie de Jaime, au sens propre comme au figuré.

— Ils ont l'intention de parler à Zoe ? Elle va devenir folle.

Cathy était d'accord avec lui.

— Cette affaire touche à tout ce à quoi elle tient le plus, à la façon dont elle veut être perçue et à son image de Supermaman. Son ego va en prendre un sacré coup.

Et leur mariage aussi…

— J'imagine que nous y ferons face du mieux que nous pourrons quand le moment sera venu.

— Tout ce que tu vas lui dire restera strictement confidentiel, tu peux donc te montrer franc avec lui, le rassura-t-elle. D'ailleurs, je te le conseille…

— J'en ai bien l'intention. Maintenant que cette histoire est entre leurs mains, nous devons tous être sincères. Zoe aussi, si elle en est capable.

Une triste déclaration à faire au sujet de sa femme.

— En tout cas, merci de m'avoir prévenu. J'espère avoir de ses nouvelles bientôt.

— Il s'appelle Dan Knoll.

— Entendu. À bientôt, dit-il d'une voix lasse.

Cathy avait à peine raccroché que Dan Knoll la rappelait déjà.

— J'ai oublié de vous poser une question. Dans quelle mesure pensez-vous que leur mariage est solide ? Savez-vous s'ils ont des problèmes de couple ?

— Ils s'entendaient bien quand je les ai rencontrés, et jusqu'à récemment. Je n'en suis plus si certaine désormais. Je ne crois pas qu'ils prévoient de se séparer pour le moment, mais il était furieux contre elle après les deux derniers accidents, surtout celui de la piscine, et il le lui a reproché. Elle ne supporte pas qu'on la blâme pour quoi que ce soit, donc ils doivent être plus ou moins en froid… Je pense qu'il se rend compte que si elle souffre véritablement de SMpP et provoque les accidents en série de Jaime, il ne pourra pas rester avec elle. Leur mariage risque d'être soufflé comme par une bombe atomique.

— Je me demandais simplement où ils en étaient. Merci. Passez une bonne soirée.

— Merci à vous, Dan. Vous aussi.

Elle appréciait vraiment son approche de la situation. Quant à lui, il avait le sourire aux lèvres en raccrochant.

17

Dan Knoll rencontra Austin à son bureau deux jours plus tard, et il n'y alla pas par quatre chemins.

— Avez-vous pensé à divorcer et à demander la garde exclusive ?

— Je ne suis pas certain de gagner le procès. Du reste, je n'en ai pas envie. Et si elle n'avait pas orchestré ces accidents, et qu'elle était innocente ? Elle est ma femme et la mère de Jaime, et je l'aime, même si je ne lui fais plus confiance. Peut-être qu'elle est tout simplement trop distraite.

Dan trouva la loyauté d'Austin mal placée, mais il se tut. Il se sentait désolé pour lui. Son immense inquiétude pour son enfant se lisait dans les cernes noirs sous ses yeux. De son côté, Austin communiqua à Dan tous les détails dont il pouvait se souvenir, et celui-ci lui promit de rester en contact.

Le lendemain, Dan alla rendre visite à la grand-mère de l'enfant. Constance Roberts l'impressionna par son intelligence et sa manière de s'exprimer. Elle était claire, lucide, bien informée et convaincante. Depuis le départ, Dan était persuadé que Zoe était bien atteinte de Münchhausen par procuration. Mais les entretiens avec Cathy, Austin et Constance lui donnèrent une idée très claire de la situation. Désormais, il fallait trouver le moyen de le prouver, ou bien prendre la mère sur le fait. Elle était trop rusée pour se dévoiler, et ne se ferait pas confondre facilement.

Il avait décidé d'attendre un peu avant d'interroger la nounou de Jaime, de crainte qu'elle ne fasse part de sa visite à Zoe. La semaine suivante, il consacra la majeure partie de son temps à rencontrer tous les médecins que Jaime avait vus depuis sa naissance : le gastro-entérologue pour le problème d'apnée du sommeil quand elle était tout bébé, le neurologue suite à la chute de la table à langer, les deux médecins qui avaient plâtré son bras et son poignet, l'ORL à qui Zoe avait menti pour qu'il pose des drains transtympaniques et, plus récemment, l'urgentiste et le chirurgien avec lesquels Zoe avait tenté d'obtenir une appendicectomie pour sa fille. Puis l'allergologue, le chirurgien orthopédique au sujet de la scoliose imaginaire, les deux médecins qui lui avaient recousu la lèvre et le menton. L'hôpital conservait aussi un dossier de toutes les interventions médicales, et la liste était si longue que l'inquiétude de Dan grandit. Les consultations les plus parlantes étaient selon lui celles avec le gastro-entérologue auquel Zoe avait réclamé une sonde d'alimentation abdominale pour son bébé de cinq semaines, et l'ORL. Le chirurgien spécialiste de la colonne vertébrale admit que Zoe s'était renseignée sur la pose de tiges d'acier pour de graves maux de dos, un mensonge patent aux dires d'Austin et de Cathy. Heureusement, l'homme n'avait pas été dupe.

— Je dois vous dire que je l'ai trouvée névrosée, et très insistante. Il nous arrive parfois d'accueillir des petits patients avec des mères dans ce genre. Elles exigent une opération pour leur enfant car elles s'ennuient dans leur quotidien et attendent qu'un événement majeur bouscule leur existence et leur donne de l'importance. Sachez que je ne touche jamais aux enfants, sauf évidemment si la situation le requiert. Si je ne parviens pas à convaincre les mères de l'inutilité de l'intervention chirurgicale, je les envoie consulter un confrère. Je vous avoue que je n'ai pas besoin de patients comme ça. C'est la garantie de se retrouver au tribunal avec un procès pour faute professionnelle, ou avec une folle sur les bras. Les chirurgiens esthétiques reçoivent leur lot, eux aussi. Dans mon métier, la plupart des patients nous supplient plutôt de tout faire pour éviter une opération… Alors les cinglées du type de votre cliente se repèrent comme le nez au milieu de la figure. Elle est censée revenir me voir avec la petite dans six mois. Je lui ai surtout dit ça pour gagner du temps. Vous l'aurez compris, je fuis ce genre de patients comme la peste.

Dan rapporta tout ça à Cathy, qui eut l'air choquée que Zoe ait menti à ce point. Jaime n'avait bien sûr jamais eu le moindre problème de dos. Mais cela confirmait leurs plus grandes craintes.

— Le pire, dit Dan, c'est que des médecins moins vigilants pratiquent parfois des opérations inutiles, soit parce qu'ils ont accordé foi aux mensonges de la mère, soit par ignorance. Et il arrive que ces opérations entraînent la mort de l'enfant. Le pire cas dont j'ai entendu parler est celui d'une femme qui avait convaincu un chirurgien de poser une sonde gastrique à son fils. Elle a ensuite multiplié les déménagements pour qu'on perde leur trace, sans jamais faire retirer cette sonde, puis elle a fini par verser du sel dedans. Elle a été condamnée à la perpétuité, mais le petit garçon de 5 ans est mort. Il est impensable qu'un drame de ce genre arrive à Jaime.

— Son père n'aurait pas laissé faire Zoe, et moi non plus, répondit-elle d'un ton ferme. N'oubliez pas qu'il est intervenu au moment de l'appendicectomie en exigeant de consulter un autre chirurgien.

Dan finit par interroger Fiona. Pendant leur entretien, il fit preuve d'une grande prudence. Il ne lui posa aucune question orientée et se garda de lui faire part de ses inquiétudes, mais il indiqua à la nounou que leur entrevue était strictement confidentielle et qu'elle ne devait pas la mentionner aux Roberts. Fiona se contenta d'affirmer que Zoe était une femme merveilleuse, un employeur exceptionnel et une mère dévouée, et Austin un père doux et aimant. Dan n'obtiendrait rien de plus d'elle, et il s'en tint là.

Quelques jours plus tard, il finit par se présenter au bureau de Zoe. Quand la secrétaire lui demanda s'il avait pris rendez-vous, il lui répondit poliment par la négative et lui tendit sa carte. Mrs Roberts consentirait-elle à le recevoir ? Sa carrure imposante et son poste étaient suffisamment intimidants pour que la secrétaire aille déranger Zoe, dont l'emploi du temps ce jour-là était particulièrement chargé.

— Oh mince. Cela doit concerner un de nos dossiers de garde… Je vais sauter le déjeuner pour lui accorder une demi-heure. Je préfère ça plutôt que de prendre le risque qu'un dossier n'avance pas.

Quand Dan entra dans son bureau, elle se leva aussitôt pour l'accueillir en lui adressant un grand sourire chaleureux. Il fut frappé par sa beauté et son apparence juvénile et avenante. Elle portait un chemisier blanc et un jean noir, et avait jeté un pull rouge sur ses épaules. Ses cheveux bruns et brillants descendaient en cascade sous ses omoplates. Elle lui proposa un café, qu'il refusa.

— Vous êtes ici pour quel dossier ? Je crois que nous en avons une demi-douzaine en cours avec vous.

Il lui rendit un sourire poli.

— Je suis venu vous voir dans le cadre d'une enquête confidentielle. C'est pourquoi je n'en ai pas parlé à votre secrétaire. Vous avez fait l'objet d'un signalement. Il semble que votre fille ait subi plusieurs accidents domestiques et, passé un certain nombre, les professionnels de santé sont tenus de nous en informer.

Zoe eut l'air horrifiée. Mais Dan savait exactement comment s'exprimer de telle manière qu'elle ne se sente pas directement accusée. Il fit en sorte qu'elle perçoive sa visite comme une simple opération de routine.

— Quel médecin a fait le signalement ?

— Mes supérieurs ne me l'ont pas précisé. Il s'agit d'une information à caractère confidentiel, tout comme notre enquête. Vous avez consulté plusieurs médecins. N'importe lequel aurait pu faire cette démarche.

— Ma fille est une enfant très dynamique, elle était très instable sur ses pieds et tombait souvent quand elle était petite. Elle a souffert de graves problèmes gastriques à sa naissance et fait plusieurs incidents d'apnée qui nous ont conduits à utiliser un moniteur respiratoire pendant sa première année. Sachez que j'ai passé des mois avec le bébé dans mes bras, nuit et jour, à guetter son souffle.

Son sourire avait disparu. Elle avait beau dissimuler sa fureur d'avoir été dénoncée, ses yeux lançaient des éclairs et sa bouche n'était plus qu'une ligne dure. Dan prit soin de ne pas mentionner ni l'accident récent de la piscine ni la morsure de chien, pour que rien ne le relie à Cathy. Il se garda aussi bien de lui préciser qu'il avait déjà rencontré son mari.

— Votre fille n'a-t-elle pas subi plusieurs opérations chirurgicales ?

— Une seule, si tant est que l'on puisse appeler cela ainsi. Des drains dans les oreilles pour cause d'otites récurrentes, et un point de suture sur la lèvre après une chute dans l'escalier quand elle faisait ses premiers pas. Nous avions posé une barrière de sécurité, mais quelqu'un l'avait laissée ouverte.

Il acquiesça et prit note de cette information sans lui dévoiler quoi que ce soit. En quelques phrases, elle avait déjà beaucoup menti. Sans compter qu'elle avait omis de mentionner les points de suture des dernières vacances. Sans doute pensait-elle qu'il ne pouvait pas être au courant, puisque ça avait eu lieu en Floride. Elle avait également négligé de parler de la morsure du chien, pensant que la chirurgienne esthétique, une amie de Cathy, n'avait pas ouvert de dossier à leur nom. Elle était donc à mille lieues de soupçonner que Cathy aurait pu la dénoncer.

— Souffre-t-elle d'une maladie grave ? Nous nous sommes rendu compte qu'elle avait manqué de nombreux jours d'école.

— Juste les maladies de la petite enfance, rien de sérieux. Les enfants attrapent n'importe quoi la première année, et ma fille vient de rentrer à la maternelle.

— Son dossier hospitalier montre qu'elle a aussi été admise pour une crise fébrile.

— La seule de sa vie, répondit Zoe d'un ton sec.

— Des fractures ?

— Deux. Le poignet et le bras.

— Et apparemment, elle se serait disloqué le coude à deux reprises ?

Zoe avait le plus grand mal à contenir sa colère.

— Que suggérez-vous ? Que mon mari et moi battons notre fille ? C'est scandaleux. Jaime est une enfant normale, qui tombe et se blesse de temps à autre. Je dirige le foyer pour enfants maltraités le plus respecté de la ville. Vous ne pensez tout de même pas sérieusement que je serais capable de frapper ma propre fille ?

— Mon Dieu, non, dit-il en affichant un air penaud. Ce ne sont là que des questions standard. Et je suis au courant du travail que vous faites. Tous les foyers de la ville prennent le vôtre comme modèle.

Ses paroles eurent le don de lisser les plumes ébouriffées de Zoe.

— J'avais l'intention de classer ce dossier sans suite mais je ne peux pas non plus me permettre de faire des exceptions, sinon certains parents coupables de maltraitance passeraient au travers des mailles de nos filets. C'est pourquoi il nous arrive aussi occasionnellement d'enquêter sur la vie de personnes tout à fait respectables. Considérez notre entretien comme une simple procédure de routine, et rien de plus. Votre petite fille doit être un peu garçon manqué, dit-il avec un sourire.

— C'est exactement ça.

Elle aussi souriait, mais il sentait bien qu'elle aurait voulu l'étrangler et le jeter hors de son bureau. Toutefois, elle était trop intelligente pour agir ainsi.

— Combien de temps cela va-t-il encore durer ? J'ai une réunion importante avec mon responsable, demanda-t-elle en consultant sa montre.

— Deux, trois minutes. Mrs Roberts, diriez-vous que votre enfant est en bonne santé ?

— Bien sûr. Elle a des contrôles réguliers chez la pédiatre, et ses vaccins sont à jour.

— Faites-vous confiance à votre nounou et pensez-vous qu'elle est une personne responsable ?

— Tout à fait.

Elle ne semblait pas feindre son ennui et son agacement, mais elle lui avait menti en toute connaissance de cause sur plusieurs éléments. Ses mensonges étaient plus éloquents que ses réponses.

— Votre fille s'est-elle blessée récemment ? Une chute, une fracture, des points de suture, un accident quelconque ayant nécessité des soins ?

— Non.

Elle mentait de nouveau.

— Je suis heureux de vous l'entendre dire, dit-il en se levant. Merci pour votre accueil. Pour le moment, nous allons classer cette affaire.

— Vous allez même la classer une bonne fois pour toutes, à moins que vous ne vous amusiez à compter les visites médicales de ma fille jusqu'à ce qu'elle entre à l'université ?

Elle tentait de l'intimider, mais il la regarda bien en face avant de lui répondre.

— Vous connaissez le fonctionnement de nos services, j'imagine. Une fois qu'une enquête est terminée, le dossier reste ouvert pendant un an et nous procédons à des vérifications de temps à autre si nous le jugeons nécessaire. C'est la loi.

— Cette règle s'applique à nous aussi ? s'écria-t-elle.

— Elle s'applique à tout le monde. Si nous faisions des exceptions, la presse nous descendrait en flamme pour favoritisme, ou bien nous serions soupçonnés de percevoir des pots-de-vin.

— Je ne peux pas y croire. Vous avez déjà parlé à mon mari ?

— Non, pas encore, mais j'en ai l'intention. Je tenais dans un premier temps à vous informer de notre enquête.

Elle hocha la tête et le raccompagna jusqu'à la porte.

— Merci pour votre visite, dit-elle les dents serrées.

Elle se retint de claquer la porte derrière lui. Cinq minutes plus tard, après avoir vainement tenté de reprendre son calme, elle essaya d'appeler Austin.

Mais Dan Knoll l'avait devancée.

— Je viens de parler à votre femme. Je crois qu'elle ne m'aime pas beaucoup… J'ai prétendu que je ne vous avais pas encore rencontré, et qu'il s'agissait d'une procédure de routine quand un enfant se blesse aussi souvent que Jaime, en lui laissant entendre que le signalement provenait d'un médecin ou de quelqu'un de l'hôpital, comme ils sont contraints de le faire. Elle m'a menti sur plusieurs aspects. Par exemple, elle a prétendu que vous aviez installé une barrière de sécurité et que Jaime avait fait une chute parce que vous l'aviez laissée ouverte. Surtout, elle a omis de mentionner l'accident de piscine en Floride et la morsure de chien. Elle pense sans doute que je ne peux pas être au courant. Mettons-nous bien d'accord dès maintenant sur le moment où vous lui direz m'avoir rencontré. Aujourd'hui, en fin d'après-midi ?

— C'est parfait, je suis censé être au bureau.

— Je l'ai interrogée sur les maladies infantiles de Jaime, les vaccins, l'absentéisme scolaire. Vous pouvez lui raconter que je vous ai posé les mêmes questions.

— Merci pour tout. Peut-être que la situation va s'arranger, après votre visite.

Dan n'en était pas aussi sûr. Ses mensonges confirmaient la culpabilité de la jeune femme.

— J'ai expliqué à votre épouse que nous gardions les dossiers de signalement actifs un an. Nous devons nous assurer que tout va bien et que l'enfant se trouve dans une situation stable. Elle était folle de rage quand je lui ai appris qu'on ne pouvait pas faire d'exception à la règle. Et comme elle se doit de respecter la loi dans le cadre de ses activités au foyer, elle peut difficilement faire mine de s'opposer à notre enquête. Elle a eu l'air très contrariée…

Zoe avait tenté de contacter Austin sans relâche pendant qu'il était au téléphone avec Dan. Quand il la rappela enfin, il put se rendre compte à quel point elle était énervée.

— Mon Dieu, mais tu y crois ? On nous a dénoncés aux services sociaux parce qu'on a emmené Jaime à l'hôpital ! Ils sont fous ? Quel genre de parents pensent-ils que nous sommes ? Comment ont-ils pu nous faire une chose pareille ?

— Qu'est-ce que tu lui as dit ?

— La vérité, bien sûr. Dans la limite du raisonnable. Ils ne sont pas obligés de tout savoir non plus. Ce type, Dan Knoll, va venir te voir. Ne lui dis rien qu'il ne sache déjà.

— Comme quoi ?

— Ils n'ont pas à être au courant pour la piscine en Floride, puisque l'accident s'est produit dans un autre État. Et je n'ai pas mentionné non plus la morsure de chien, vu qu'on n'est pas allés à l'hôpital. Il n'est pas question qu'ils violent notre intimité pendant une année entière ! C'est absolument ridicule. Sans compter que je pourrais perdre mon boulot à cause de ça, si la presse s'en mêle…

— Je pensais que ces dossiers étaient confidentiels.

— Ils sont censés l'être, mais qui sait ? Ah, et je lui ai dit que nous avions installé une barrière de sécurité la fois où Jaime est tombée dans l'escalier.

— Mais nous avions installé une barrière, dit-il doucement. C'est toi qui l'as démontée.

— Tu es de mon côté, oui ou non ? On est dans le même bateau, Austin, je ne sais pas si tu t'en rends compte. S'ils m'accusent de maltraitance, toi aussi tu te retrouveras sur la sellette.

— Nous n'avons rien à nous reprocher, Zoe. Nous n'avons jamais touché à un cheveu de notre enfant. Et puis tu es la madone de la protection des mineurs, non ? Cette histoire insensée va finir par se calmer.

Voilà qu'elle lui demandait de mentir pour sauver sa peau ! Il avait l'impression qu'elle avait peur. Y avait-il autre chose qu'il ignorait ? Dan avait raconté à Cathy son entrevue avec le chirurgien orthopédique, mais pas à Austin. Il ne savait donc pas encore que Zoe s'était renseignée sur l'opération pour redresser la colonne vertébrale de leur fille.

En tout cas, l'affaire prenait de l'ampleur, et Austin se sentait plus confiant. Si Zoe continuait à mettre délibérément en danger la vie de leur fille, ils en connaissaient assez pour constituer un dossier solide sur le syndrome de Münchhausen par procuration. Certes, les blessures de Jaime n'avaient jamais été dramatiques, mais il s'agissait de maltraitance aux yeux de la loi. Heureusement qu'il n'avait pas fallu attendre que la petite se retrouve dans un fauteuil roulant ou en état de mort cérébrale pour que les services de protection de l'enfance s'en mêlent. La mise en danger de la vie d'un enfant était considérée comme un crime. Désormais, l'objectif de Dan allait être de protéger Jaime de la folie de Zoe, et à terme peut-être d'obtenir la garde complète. Austin avait cruellement conscience, désormais, que leur mariage ne tiendrait pas. Le navire était en train de sombrer.

Austin écouta les instructions de Zoe sur ce qu'il convenait de dire et ne pas dire. En deux mots, elle lui demandait de mentir pour la couvrir.

— Ne fais pas tout foirer, d'accord ? conclut-elle avant de raccrocher.

Elle était loin de se douter que son mari avait pris le parti de sauver leur fille, quoi qu'il lui en coûte.

Austin appela Cathy tout de suite après son coup de fil avec Zoe. Au ton de sa voix, elle sentit qu'il était triste. Mais le contraire aurait été étonnant. Tout ce que Zoe et lui avaient bâti était sur le point d'être anéanti : leur mariage, potentiellement son travail à elle, et la vie de leur enfant unique. Qu'y avait-il d'autre à perdre ? Au fond de son cœur, Austin continuait d'espérer qu'ils avaient tort. Leur existence entière était sur le point de basculer. Et que se passerait-il s'ils étaient tous les deux accusés de maltraitance parce qu'il n'avait pas dénoncé Zoe suffisamment tôt ? Cela l'angoissait terriblement, mais il n'avait pas osé poser la question directement à Dan. Lui qui avait été aveugle pendant si longtemps, sa lâcheté lui revenait en pleine face.

— Dan Knoll a vu Zoe aujourd'hui.

— Ah. Et comment l'a-t-elle pris ?

— Très mal, comme il fallait s'y attendre. Et elle lui a menti.

— Ça ne m'étonne pas.

Cathy avait choisi son camp, et désormais il lui était même impossible de considérer Zoe comme une amie. Leur relation était morte le jour où Cathy avait décidé de faire son signalement aux services sociaux. Si elle n'éprouvait aucun regret, elle comprenait que cela devait être très difficile pour Austin, qui avait tant à perdre. Par moments, il se sentait déchiré entre l'amour qu'il éprouvait encore et l'incrédulité, entre son désir de fuir très loin avec Jaime pour l'arracher aux griffes de Zoe et le doute qui subsistait encore dans son esprit. Il était terrifié à l'idée qu'ils se trompaient peut-être et qu'ils étaient sur le point de commettre une terrible injustice. Jamais il ne pourrait se le pardonner. Mais comment continuer à vivre si Jaime mourait de la main de sa mère ?

— Zoe ne sait pas que j'ai déjà vu Dan Knoll. Cela fait également de moi un menteur. Au fond, je ne vaux pas mieux qu'elle.

— Sauf que toi, tu n'as pas le choix, dit-elle avec douceur. Tu dois protéger Jaime. Si tu t'y refuses, une tragédie pourrait se produire.

— Nous avons déjà vécu tellement de catastrophes, répondit-il sur un ton sinistre.

— Cela va sûrement te paraître idiot, mais je suis convaincue que tout finira par s'arranger.

— Pour qui ?

— Pour Jaime, d'abord. Si Zoe agit comme nous le pensons, elle doit être neutralisée, pour le bien de tous. Si notre diagnostic est correct, elle est dominée par ses démons et a besoin d'aide.

Il soupira en l'écoutant. Il ne savait plus que croire ni vers qui se tourner.

— J'aimerais emmener Jaime très loin d'ici et ne jamais revenir, ajouta-t-il d'une voix triste.

— Et que dirais-tu à ta fille ?

— Comment lui expliquer la situation si sa mère va en prison ? Il y a davantage en jeu qu'une simple bataille juridique pour la garde de notre fille, Cathy. Tout ça risque de finir au tribunal.

Pendant quelques semaines, les choses se calmèrent. C'était le calme avant la tempête. Dan Knoll avait terminé ses entretiens et il rédigeait désormais son rapport avec le plus grand soin, prenant le temps de la réflexion de manière à donner la meilleure recommandation. Le problème, c'est qu'il ne savait pas encore laquelle. Fallait-il attendre de recueillir des preuves plus solides pour engager des poursuites contre Zoe ? Il craignait que Jaime ne soit un peu plus en danger chaque jour qui passait. Après avoir lui aussi consulté un psychiatre pour se renseigner sur le syndrome de Münchhausen par procuration, il avait l'impression d'être devenu malgré lui une autorité en la matière. Comme toutes les personnes impliquées dans cette affaire, d'ailleurs.

Austin continuait à déjeuner avec sa mère une fois par semaine. Quand elle lui avait demandé où en était l'enquête, il lui avait répondu la vérité, à savoir qu'il n'en savait rien. Il téléphonait à Cathy tous les deux jours, mais elle non plus n'était pas au courant.

Zoe était encore furieuse, mais comme ils n'avaient plus eu de nouvelles de Dan Knoll, elle avait supposé que tout était rentré dans l'ordre. Austin lui avait rapporté tous les détails de la conversation qu'il avait prétendu avoir eue avec Dan Knoll, et elle s'était montrée satisfaite. Depuis, elle était moins froide à son égard. Mais Austin n'avait plus la moindre confiance en elle. Zoe mentait avec un tel brio qu'il était impossible de démêler le vrai du faux.

Un vendredi après-midi, Zoe sortit du travail plus tôt qu'à l'accoutumée pour aller chercher Jaime à l'école. Elle donna son congé à Fiona et emmena Jaime faire des courses. La jeune femme était d'excellente humeur, et Jaime aussi, car elle adorait passer du temps avec sa maman. C'était toujours une joie pour elles de partager des moments en tête à tête.

À leur retour de l'épicerie, où elles avaient acheté des vermicelles en sucre colorés, Zoe sourit à Jaime et s'exclama :

— J'ai une idée ! Et si on organisait une petite fête en ton honneur ?

— Avec des ballons et du gâteau ? demanda la fillette, le regard brillant de joie.

— Avec du gâteau, oui. Mais on n'a plus de ballons.

Zoe fit alors apparaître un beau gâteau recouvert de glaçage rose. Elle l'avait acheté sur le chemin du retour et l'avait laissé dans son sac pour faire la surprise. Après avoir écrasé le couvercle en plastique et l'avoir enfoui dans la poubelle, elle sortit des assiettes roses en carton qui restaient de la dernière fête d'anniversaire de Jaime, des bougies roses et de la glace à la fraise.

— C'est une fête toute rose ! s'écria la fillette, ravie, en tapant dans ses mains.

Sa mère posa alors un petit objet sur le comptoir. Il s'agissait de l'EpiPen de Jaime, qu'elle gardait en permanence dans son sac.

— C'est quoi ça, maman ?

— C'est un médicament que le Dr Clown nous a donné. Il était drôle, n'est-ce pas, ce monsieur ?

La petite acquiesça gaiement tandis que Zoe disposait le gâteau dans un plat, en coupait deux belles parts et les saupoudrait de vermicelles colorés. Puis elle alluma les bougies plantées sur la part de Jaime, et la petite fille souffla dessus en riant avant d'envoyer un baiser à sa mère.

— J'adore faire des fêtes avec toi, maman ! s'exclama-t-elle, toute joyeuse.

Soudain, la sonnerie de l'interphone les interrompit. Zoe, l'air agacé, décrocha. Cathy était en bas.

— Que fais-tu ici ? lui demanda-t-elle, surprise, dans le haut-parleur.

— J'ai pris mon après-midi et je me suis dit que je passerais bien embrasser Jaime. Toi aussi, tu fais l'école buissonnière ? Je peux monter ?

— Invite-la à la fête, maman ! s'exclama Jaime, très excitée. Elle s'amusait follement.

— C'est notre petite fête à toutes les deux, gardons le gâteau pour plus tard, chuchota Zoe en appuyant sur le bouton qui déverrouillait la grande porte de l'immeuble.

Une minute plus tard, la pédiatre était sur le seuil. Zoe avait eu le temps de ranger le gâteau, mais pas les assiettes encore pleines. Alors qu'elle faisait entrer son amie, elle s'aperçut que Jaime portait du gâteau à sa bouche.

— Ne mange pas ça ! lui lança-t-elle vivement.

Trop tard. La fillette avait déjà englouti la moitié de sa part.

— Pourquoi ne veux-tu pas qu'elle en mange ? demanda Cathy, confuse.

Jaime commença soudain à s'étouffer. Cathy pensa d'abord que la petite avait un morceau coincé dans la gorge. Son visage était écarlate et ses yeux se révulsaient. Elle tomba à la renverse, mais Zoe parvint à la rattraper. Puis elle saisit à la volée l'EpiPen posé sur le comptoir et retira le capuchon.

— Bon sang, mais qu'est-ce que tu as fait ? s'exclama Cathy, comprenant enfin ce qui était en train de se passer.

Elle arracha l'EpiPen des mains de Zoe et injecta la dose d'adrénaline dans la cuisse de la fillette. Son pouls s'accéléra, puis s'arrêta brusquement. La pédiatre commença alors à lui faire un massage cardiaque.

— Appelle les secours immédiatement ! ordonna-t-elle à Zoe. Dis-leur qu'elle est en détresse respiratoire et qu'on a besoin d'un défibrillateur !

Zoe s'exécuta avant d'enfouir les assiettes en carton dans la poubelle. Puis, livide, elle observa son amie tenter de ranimer Jaime. Le cœur de la fillette s'était arrêté et Cathy maintenait artificiellement son rythme cardiaque en appuyant sur sa poitrine de façon rythmique et en soufflant dans sa bouche en alternance. Jaime était techniquement morte. L'EpiPen n'avait pas suffi pour la sauver.

Les secouristes arrivèrent moins de cinq minutes plus tard. Zoe, terrifiée, les fit entrer dans l'appartement. Ils se précipitèrent vers Cathy qui tentait toujours de ranimer Jaime. Le cœur de la fillette venait de se remettre à battre tout seul, mais sur un rythme irrégulier. Les hommes lui administrèrent un choc à l'aide du défibrillateur, puis prirent son pouls.

— Il faut lui injecter de l'épinéphrine immédiatement, leur expliqua Cathy. Il faut aussi du Benadryl et de la cortisone. Elle a reçu une dose d'EpiPen, mais c'est insuffisant.

— Il y en a dans l'ambulance.

Ils déposèrent Jaime sur le brancard et se ruèrent dehors. Le cœur de la petite fille battait de nouveau, mais il pouvait s'arrêter à tout moment. Cette fois, la réaction allergique avait été quasi immédiate et particulièrement violente.

— Tu viens avec nous, dit durement Cathy à Zoe.

Celle-ci, muette, attrapa son sac à main et se précipita vers la porte. Une minute plus tard, ils fonçaient vers l'hôpital de NYU à bord de l'ambulance, sirène hurlante. À leur arrivée, ils se rendirent immédiatement aux urgences. Zoe, en larmes, regarda l'équipe de réanimation se battre pour sauver la vie de sa fille. Encore une fois.

Cathy était restée en retrait le temps d'envoyer le même SMS à Austin et Dan Knoll.

Urgences NYU Jaime. Il faut venir tout de suite.

Sur celui adressé à Dan, elle avait ajouté :

Venez avec la police.

— Que s'est-il passé ? répétait Zoe, le regard vide.

Cathy se tourna vers elle, folle de rage.

— Tu le sais pertinemment ! Tu crois que je n'ai pas vu le gâteau que tu as jeté, et l'EpiPen tout prêt sur le comptoir ? Comment comptais-tu expliquer que ta fille est morte après avoir mangé un gâteau au miel que tu lui as servi toi-même ? Tu es une meurtrière, Zoe. Doublée d'une idiote ! Dire que tu as essayé de tuer ta propre fille, mon Dieu !

Zoe la fusilla du regard. Ses yeux brillaient désormais d'une lueur mauvaise, et on aurait dit qu'elle était prête à sauter à la gorge de Cathy pour la faire taire.

— J'allais l'aider. J'étais sur le point de le faire. Je ne savais pas ce qu'il y avait dans le gâteau, il n'y avait pas d'étiquette sur la boîte. J'allais lui administrer la piqûre moi-même et lui sauver la vie.

Elle criait, à présent, son visage à quelques centimètres de celui de la pédiatre.

— Mais il a fallu que tu viennes tout gâcher ! rugit-elle.

La femme que Cathy connaissait, son amie, s'était transformée en un véritable monstre.

— Tu n'aurais pas pu la ranimer, la contra-t-elle froidement. Le choc allergique a été trop sévère. Tu vois ce qu'on est obligé de lui faire pour la sauver ? Et elle est loin d'être tirée d'affaire, ajouta Cathy, les larmes aux yeux.

L'équipe médicale était en train d'intuber la petite fille, dont la vie ne tenait qu'à un fil. Le plan diabolique de Zoe s'était retourné contre elle.

Austin arriva quelques minutes plus tard, le regard fou, le souffle court. Son taxi avait été bloqué dans la circulation et il venait de parcourir les cinq derniers blocs jusqu'à l'hôpital en courant.

— Que s'est-il passé ? Où est Jaime ? demanda-t-il avant d'apercevoir son enfant sur la table d'opération, et l'équipe qui s'affairait autour d'elle.

La petite, intubée, était toujours dans le coma, mais elle respirait.

— Elle a fait une autre réaction allergique, répondit sobrement Cathy.

— Comment ça ?

Incapable de comprendre ce qui se passait, Austin interrogeait Zoe du regard quand Dan arriva dans le couloir à grandes enjambées, suivi de deux policiers.

— Que s'est-il passé ? demanda à son tour l'inspecteur à Cathy.

La pédiatre fit de son mieux pour résumer la situation. Zoe, quant à elle, semblait hésiter à fuir.

— Je suis passée chez eux à l'improviste. Sur la table de la cuisine, il y avait deux parts de gâteau, et l'EpiPen de Jaime était posé sur le comptoir, prêt à l'emploi. Pendant que Zoe m'ouvrait la porte, Jaime a mangé une grosse bouchée de son gâteau. Elle s'est étouffée immédiatement, a cessé de respirer et son cœur s'est arrêté. Je lui ai administré l'EpiPen tandis que Zoe appelait les secours, et je lui ai fait un massage cardiaque en attendant leur arrivée.

Elle se tourna vers Austin.

— Si tu fouilles ta poubelle, tu y trouveras les deux parts de gâteau que Zoe avait recouvert de glaçage rose, histoire d'être bien sûre que Jaime le mangerait. Le reste doit être caché quelque part dans ta cuisine. Je suis persuadée que Zoe aurait prétendu qu'elle ignorait que ce gâteau contenait du miel. Elle m'a raconté qu'elle avait eu l'intention de lui « sauver la vie » et que j'avais tout gâché. Mais ce qui est certain, c'est qu'avant d'essayer de la sauver elle a d'abord tenté de la tuer… Elle pensait que l'EpiPen suffirait à ranimer Jaime. Pourtant, je lui avais bien expliqué que le choc anaphylactique serait plus violent la fois suivante, ajouta-t-elle, les yeux fixés sur Dan. De toute évidence, elle ne m'a pas crue. Mais l'allergie de Jaime est grave. La petite est dans le coma.

Austin, le visage couvert de larmes, regardait sa femme avec horreur.

— Comment as-tu pu lui faire ça ? Comment as-tu pu, Zoe ? Et tu croyais vraiment que tu t'en sortirais ?! Mais tu es complètement cinglée, ma parole.

Il était sur le point de l'agripper, fou de rage, quand Dan s'avança avant que la scène ne devienne encore plus pathétique. Ils se tenaient dans une petite alcôve, mais certaines personnes avaient remarqué l'arrivée de la police et entendu l'altercation entre les deux femmes et les cris d'Austin. Des infirmières les regardaient d'un air ébahi.

— Vous êtes en état d'arrestation pour tentative de meurtre sur la personne de votre fille, annonça l'un des policiers à Zoe.

Il lui lut ses droits et lui passa les menottes tandis qu'Austin la dévisageait toujours. Le sentiment de rage qui l'habitait se muait en désespoir.

— Et si elle meurt, Zoe ? demanda-t-il d'une voix étranglée.

— Tu t'y feras, répondit-elle d'une voix dure. J'y suis bien arrivée, moi, quand Rose est morte. Mes parents aussi. De toute façon, Jaime ne serait pas morte. J'aurais pu la ranimer moi-même si Cathy ne s'était pas interposée.

À quelques mètres d'eux, l'équipe médicale ne relâchait pas ses efforts pour sauver Jaime. Les policiers escortèrent Zoe jusqu'à la sortie. La tête haute, le regard glacial, elle s'était transformée en une étrangère. On aurait dit qu'elle était devenue folle. Son plan pour « sauver » Jaime avait bien mal tourné. Son enfant était entre la vie et la mort. Austin la toisait avec un mélange de tristesse, de dégoût et d'incrédulité.

— La police va devoir se rendre chez vous pour recueillir les preuves. C'est maintenant une scène de crime, expliqua Dan avant de prendre congé à son tour.

Austin acquiesça. Il n'avait de toute façon aucune intention de laisser Jaime une seule seconde.

Austin et Cathy prirent leur mal en patience jusqu'à ce que l'équipe médicale parvienne à stabiliser l'état de l'enfant. Ils purent enfin la voir, mais la petite fille semblait toujours être dans le coma. On lui avait administré un puissant sédatif et elle avait également subi un lavage d'estomac pour éliminer le gâteau au miel de son système.

Quand Cathy proposa à Austin de le laisser avec Jaime, il lui demanda si elle pouvait lui tenir compagnie. Il ne voulait pas rester seul.

— Tu lui as sauvé la vie. Dieu merci, tu es arrivée au bon moment, murmura-t-il.

— Je ne sais pas pourquoi j'ai soudain ressenti le besoin de passer la voir. La main du destin, ou de Dieu. Quelque chose comme ça.

En regardant Jaime, si petite et si pâle dans le grand lit, elle essuya les larmes qui coulaient sur ses joues.

La fillette reprit connaissance vers minuit. Elle avait l'air sonnée, mais les reconnut tous les deux. Cathy et Austin avaient passé la soirée à la contempler en silence, épaule contre épaule. Dan Knoll avait téléphoné à plusieurs reprises pour savoir comment la petite se portait, et Austin avait appelé ses parents pour leur raconter le drame. Ils avaient fondu en larmes à la pensée de l'épreuve que leur fils et leur petite-fille venaient de traverser, mais Constance n'était malheureusement pas surprise.

— Où est maman ? demanda Jaime en ouvrant les yeux. On faisait une fête, maman m'a acheté un gâteau rose. Puis Cathy est arrivée, j'ai mangé du gâteau et je crois que j'ai fait dodo.

— Je sais, mon bébé, répondit Austin.

Il préférait esquiver la question car il ne voulait ni lui mentir ni lui avouer la vérité. Comment expliquer à une enfant de 3 ans et demi que sa mère avait cherché à la tuer et qu'elle était en prison ?

— Essaie de dormir encore un peu, dit doucement Cathy.

Elle lui caressa les cheveux et Jaime referma les yeux. Austin et Cathy quittèrent la pièce quelques minutes pour discuter.

— Qu'est-ce que tu vas lui dire ?

— Je n'en ai aucune idée. Je ne sais même pas quoi me raconter à moi-même. Que va-t-il se passer pour Zoe ?

Austin semblait accablé.

— Ils vont peut-être la placer dans une unité psychiatrique pour évaluer si elle est apte à être jugée. Je n'y connais pas grand-chose.

— Moi non plus, répondit-il d'un ton morne.

Le seul point positif était que Jaime était tirée d'affaire. Le danger avait disparu, mais la vie telle qu'elle l'avait connue aussi. Cathy se demandait si elle reverrait un jour sa mère, voire si elle se souviendrait d'elle après l'avoir perdue si jeune. Heureusement, elle avait désormais de nombreuses années devant elle, choyée par un père qui l'aimait.

Dan Knoll revint le lendemain matin en compagnie d'un inspecteur et de deux policiers. Cathy était rentrée chez elle pendant la nuit et Austin avait veillé dans un fauteuil, au chevet de Jaime. Ils devaient se rendre à l'appartement de Charles Street pour recueillir les preuves, et Cathy avait accepté de les y rejoindre puisqu'elle avait assisté à la scène. Jaime somnolait encore, et Austin prévint l'infirmière qu'il serait bientôt de retour.

Il déverrouilla la porte et entra chez lui suivi de la police. Cathy observa les lieux. C'était la même scène que dix-huit heures auparavant, quand elle s'était précipitée derrière les ambulanciers, Jaime se mourant sur le brancard. L'EpiPen gisait sur le sol. Un des policiers le ramassa et le plaça dans une pochette en plastique, et Cathy leur désigna la poubelle. Ils sortirent le sac, le découpèrent et étalèrent son contenu par terre. Les deux tranches de gâteau avec le glaçage rose étaient encore sur leur assiette en carton.

Même s'ils étaient tous certains de ce qu'ils allaient découvrir parmi les ingrédients, les policiers les emballèrent pour les envoyer au laboratoire. Ils emportèrent aussi la boîte en plastique transparent, l'étiquette avec les allergènes arrachée et soigneusement roulée en boule par Zoe, les assiettes de fête et les bougies. La police passa une heure de plus à ratisser l'appartement et prendre des photos, même s'ils détenaient désormais toutes les preuves dont ils avaient besoin. Le reste du gâteau était dissimulé dans un placard. Zoe avait dû l'y mettre à la hâte quand Cathy avait sonné à la porte.

Dan leur indiqua que grâce au témoignage de Cathy et aux preuves rassemblées par la police, Zoe n'avait aucune chance d'échapper à la justice.

En une seule dramatique journée, Jaime avait perdu sa mère, et Austin son épouse.

L'inspecteur indiqua à Cathy qu'elle serait convoquée ultérieurement pour faire sa déclaration. Quand Austin retourna à l'hôpital, il trouva Jaime bien éveillée dans sa chambre, en train de déjeuner. Lorsque la petite fille l'aperçut, elle lui posa la même question que la veille au soir.

— Elle est où, maman ?

— Elle a dû partir en Californie voir grand-père Brad.

C'était la première chose qui lui était passée par la tête.

— Il est malade ?

— Un peu, mais rien de grave.

Jaime aussi se rétablissait rapidement. Austin pourrait la ramener à la maison dans l'après-midi.

— Elle revient quand, maman ? demanda Jaime, l'air inquiet.

— Je ne sais pas.

Tout ce qui lui importait désormais, c'était que sa fille était en vie, grâce à Cathy. Son cœur était gonflé de reconnaissance. Et il n'avait plus besoin de la protéger. La fillette était enfin en sécurité.

18

Pour Austin, les jours suivants passèrent comme dans un brouillard. Il avait pris la peine de téléphoner à Brad et Pam avant de quitter l'hôpital avec Jaime pour leur expliquer la situation, et leur assurer que la fillette allait déjà mieux. Brad, incapable de comprendre comment les choses en étaient arrivées là, avait éclaté en sanglots. Puis il avait annoncé à Austin qu'il comptait engager un avocat pour s'occuper de la défense de Zoe.

— Ce n'est pas contre toi, crois-moi, mais je dois le faire pour ma fille.

Dans l'attente de l'audience, programmée trente jours plus tard, Zoe serait envoyée dans une institution spécialisée et placée dans un pavillon sécurisé pour y subir une évaluation psychiatrique. Sa tentative de meurtre sur la personne de son propre enfant était un crime si odieux que la question de sa santé mentale se posait. Du reste, elle n'avait pas l'air saine d'esprit quand les policiers étaient venus la chercher à l'hôpital. Tant que les résultats de son bilan ne seraient pas disponibles, Zoe ne pourrait pas être mise en accusation. Dans le cas où la jeune femme serait jugée inapte, elle serait internée dans une unité psychiatrique.

Austin discuta un moment avec Brad, puis avec Pam. Après toutes les épreuves que Jaime et lui avaient traversées, elle imaginait sans peine le désarroi de son beau-fils.

— J'ai longtemps soupçonné que quelque chose n'allait pas chez elle, même quand elle était petite, dit-elle d'une voix douce. Je l'ai répété à Brad pendant des années, et nous avons tenté de lui tendre la main, mais je pense que sa mère refusait qu'elle vienne nous rendre visite. Cela va être très pénible pour son père.

— Passez nous voir quand vous serez à New York, d'accord ? Mais pas maintenant… J'ai raconté à Jaime que Zoe devait se rendre en Californie pour vous aider parce que Brad était légèrement souffrant… Je ne sais pas quoi lui dire d'autre pour lui expliquer l'absence de sa mère.

La vérité était trop affreuse pour être énoncée dans des termes simples. C'était déjà assez difficile pour les adultes d'essayer de comprendre, alors que dire à une enfant de son âge ?

Austin appela ensuite ses parents, et ses frères lui envoyèrent des messages de soutien. Ils lui proposèrent de prendre Jaime chez eux quelques jours, mais malgré ce qui s'y était passé, il préférait rester avec son enfant dans leur appartement. C'était leur foyer.

Enfin, il mit Fiona au courant. Elle fut si choquée par ses révélations qu'elle fondit en larmes. Elle avait aussi beaucoup de peine pour Zoe. Comment comprendre le délire d'une personne déséquilibrée au point de prendre le risque de tuer sa propre fille dans le simple but de passer pour l'héroïne du jour ? L'idée était désespérée, tout droit sortie d'un esprit malade et tordu au-delà de ce qui était concevable. C'était ce que Paul Anders avait expliqué à Cathy. En règle générale, en désespoir de cause, quand elles se sentaient en danger, les femmes atteintes du syndrome de Münchhausen par procuration finissaient par assassiner plus ou moins volontairement leurs enfants. Ainsi, Zoe s'était imaginé qu'elle pourrait secourir Jaime de manière spectaculaire, sans se douter que l'allergie de la petite était trop grave pour qu'elle puisse faire quoi que ce soit.

L'histoire allait paraître dans la presse le lendemain, probablement à la une. Austin se doutait que personne au foyer ne pourrait en croire ses yeux. Zoe la sainte, la perfection faite mère ? Impossible ! Elle était parvenue à tromper tellement de gens, y compris son mari, et pendant si longtemps. Austin se sentait naïf, stupide et coupable de ne pas l'avoir dénoncée plus tôt aux services sociaux. La situation lui avait semblé irréelle pendant des mois, notamment dans les moments où sa tendresse pour Jaime crevait les yeux.

Cathy vint aux nouvelles le jour de leur sortie de l'hôpital. Austin venait de servir son déjeuner à Jaime, et Fiona devait arriver d'une minute à l'autre.

— Comment allez-vous, tous les deux ? demanda-t-elle sur un ton inquiet.

— Pas trop mal, répondit-il, même s'il semblait encore sous le choc. Il faut bien que la vie continue. Je ne sais pas encore comment annoncer la nouvelle à Jaime. Je ne peux tout de même pas lui raconter que sa mère va rester pour toujours en Californie. Elle pourrait peut-être lui écrire, de là où elle est.

Il hésitait. Peut-être était-il préférable pour la fillette de l'oublier au plus vite ? Mais il craignait que Jaime ne soit rongée par la curiosité plus tard, quand elle aurait grandi. Et Zoe ne reviendrait jamais dans leurs vies. Elle n'y avait plus sa place.

Austin, pétri d'appréhension, finit par téléphoner à la mère de Zoe. Il redoutait cet appel davantage que celui qu'il avait dû passer à Brad car Beth était une femme taciturne, et une partie d'elle était morte avec Rose. Tout comme une partie de Zoe était morte quand elle avait perdu sa sœur. Beth n'avait jamais été capable de lui prodiguer la tendresse dont elle avait besoin, ni d'embrasser Jaime ou de tendre la main à Austin. Et voilà que l'heure était venue de lui annoncer que son autre fille, celle qui avait survécu, était à son tour perdue à jamais. Quand elle apprit la nouvelle, Beth lui sembla triste, mais pas surprise.

— J'ai toujours su que quelque chose comme ça arriverait un jour. Je le sentais, mais j'ignorais comment y mettre un frein. C'était comme si un train lui fonçait dessus à toute vitesse. Tu ne peux rien faire pour elle, Austin, et tu n'aurais de toute façon pas pu. Inutile de te torturer. Prends soin de toi et fais en sorte d'avoir une vie heureuse, peu importent tes choix.

— J'avais une vie heureuse avec Zoe, répondit-il en se remettant à pleurer. Et tout s'est écroulé autour de moi.

— Ce n'était certainement pas la vie que tu pensais avoir. Ni l'épouse, d'ailleurs. Et tout ne s'est pas écroulé. Seulement Zoe. Souviens-toi de ça. Tu vas t'en sortir, et Jaime aussi, quoi qu'il arrive désormais.

Il avait l'impression qu'elle lui faisait ses adieux, et que Jaime et lui n'auraient plus jamais de ses nouvelles. Beth était incapable de se rapprocher des gens, y compris de sa propre fille et de son unique petite-fille. Il se demanda si elle était déjà ainsi avant de perdre Rose. Peut-être s'était-elle toujours montrée froide et insensible, malgré les souvenirs de Zoe. Après tout, celle-ci était très jeune au moment où Rose était morte. De son côté, Brad avait commis des erreurs, mais c'était un homme fondamentalement chaleureux et il aimait sincèrement sa fille. Austin savait que, quoi qu'il se passe, il la soutiendrait. Et Brad ferait tout son possible pour que Zoe soit internée dans une institution. C'était là sa place.

Austin avait l'impression d'être soudainement devenu veuf, que Zoe et leur mariage étaient morts le jour où elle avait failli tuer Jaime. Leur fille avait survécu mais tout le reste avait péri, car Zoe avait tout détruit, à commencer par elle-même. Bizarrement, il avait en même temps le sentiment que les murs de sa prison venaient de s'écrouler. C'était comme si, malgré son amour sincère, il avait été pris au piège. Il s'était montré aveugle pendant trop longtemps.

Cet après-midi-là, Dan Knoll et l'un des policiers qui avaient recueilli des preuves dans l'appartement d'Austin rendirent visite à Cathy à son cabinet pour prendre sa déposition. Elle leur raconta avec précision le moment où elle avait décidé de passer à l'improviste voir Jaime, son arrivée et sa surprise d'y trouver Zoe, le fait que la fillette avait mangé plusieurs bouchées du gâteau, la rapidité de la réaction allergique et toutes les manœuvres qu'elle avait tentées pour la ranimer.

Quand ils lui demandèrent si, selon elle, l'acte de Zoe était intentionnel, elle leur répondit que oui, dans une certaine mesure.

— Je ne pense pas que Zoe voulait tuer Jaime. Elle espérait accomplir un geste spectaculaire pour prouver à sa fille et au monde entier qu'elle pouvait la « sauver ». Elle aurait évidemment prétendu qu'elle ignorait que le gâteau contenait du miel. Mais c'est impossible, la composition était écrite en toutes lettres sur l'étiquette qu'elle a jetée à la poubelle. Elle a été bien naïve de croire qu'elle s'en sortirait et que personne ne soupçonnerait jamais rien. Dans son délire, c'était un moyen de jouer les héroïnes du jour et de prouver à la face du monde qu'elle était une Supermaman. Je lui avais pourtant expliqué, tout comme l'allergologue, que les chocs anaphylactiques s'aggravent de manière exponentielle chaque fois que la personne se trouve exposée à l'allergène. Nous l'avions même prévenue que Jaime ne pourrait peut-être pas être ranimée la fois suivante. Je pense qu'elle ne nous croyait pas. Et, de toute façon, elle était si sûre d'elle qu'elle tenait sans doute à tenter le coup malgré tout. Elle était prête à risquer la vie de Jaime pour arriver à ses fins. Toutefois, je vous le répète, je ne pense pas qu'elle avait réellement l'intention de tuer sa fille. La différence est certes subtile, mais elle est importante. Elle ne voulait pas voir son enfant mourir. Elle voulait seulement pouvoir la ramener à la vie. Peut-être parce qu'elle n'a pas été capable de sauver sa sœur dans son enfance ? Elle désirait monter un scénario où les choses se passeraient autrement. Sa pathologie l'a poussée à prendre ce risque inouï. Si je n'étais pas passée chez elle sur un coup de tête, la petite serait morte à l'heure où nous parlons. Je n'ai aucun doute sur ce point.

Dan acquiesça en enregistrant sa déclaration. Ils lui enverraient ultérieurement une transcription officielle à signer.

— Vous souvenez-vous d'autre chose ?

— Non, je ne crois pas. Tout s'est passé si vite, Jaime est tombée dans le coma en quelques minutes. Et les ambulanciers sont arrivés juste après.

— Combien de temps pensez-vous avoir pratiqué le massage cardiaque sur l'enfant avant l'arrivée des secours ?

— Cinq ou six minutes, je dirais. Le cœur de Jaime s'est arrêté quand elle a perdu connaissance.

L'inspecteur éteignit le dictaphone et fit un signe de tête à Dan avant de quitter la pièce. Celui-ci l'avait averti qu'il souhaitait parler à Cathy en privé à la fin de l'entretien.

— Je tenais à vous remercier pour votre coopération durant mon enquête. Grâce à vous, j'ai beaucoup appris sur le syndrome de Münchhausen par procuration, lui dit-il en souriant.

— Moi aussi. Mais hier, j'ai aussi perdu une amie proche, répondit-elle avec tristesse.

— Si vous voulez mon avis, vous l'aviez perdue depuis longtemps. Je me demande même si elle a jamais été réellement une amie pour vous. C'est difficile à entendre, mais je pense que vous n'étiez qu'un pion dans son jeu. Elle était trop déséquilibrée pour pouvoir entretenir de véritables relations avec les gens.

Cathy fut frappée de constater que tous, y compris Austin, parlaient de Zoe comme si elle était morte. D'une certaine façon, c'était le cas.

— Je voulais aussi vous dire autre chose, ajouta Dan après une seconde d'hésitation.

Il ignorait quand il la reverrait et tenait à lui avouer ses sentiments.

— D'habitude, je ne sors pas de ma réserve professionnelle, mais je vais faire une exception pour vous. Vous êtes une personne remarquable et j'avais l'intention de vous appeler quand toute cette affaire serait terminée.

Elle eut l'air embarrassée, mais elle était aussi touchée par ses paroles. Elle l'appréciait elle aussi, mais elle n'était pas certaine d'être attirée par lui. Elle n'avait jamais pensé à lui de cette façon, en tout cas.

— Vous êtes une femme d'honneur, Cathy. Et vous n'auriez jamais trahi la confiance de Zoe, aussi tordue et dangereuse soit-elle. Tout comme Austin Roberts n'aurait jamais trompé sa femme. Je pense que cela ne vous a même pas traversé l'esprit à tous les deux, car vous êtes des gens profondément bons. Comme je viens de vous le dire, j'avais envie de vous appeler quand cette affaire serait terminée, mais je me suis rendu compte que vous aviez déjà une famille. Même si vous l'ignorez peut-être encore.

Elle le regarda avec surprise, sans bien comprendre le sens de ses paroles. Elle ne lui demanda pas de préciser sa pensée et, de son côté, il se retint d'insister.

— Allons déjeunons un jour, quand tout cela sera derrière nous. Après le procès, quelle qu'en soit l'issue. Je comprends qu'elle était votre amie, mais elle a essayé de tuer un enfant. Sa place est en prison, et je doute que les magistrats lui permettent de plaider la folie. Elle savait précisément ce qu'elle faisait à chaque étape de son acte, et elle a volontairement risqué la vie de Jaime en toute connaissance de cause. J'espère qu'ils la feront passer en jugement. Elle ne mérite rien de moins.

Cela lui faisait mal au cœur d'y penser, mais Cathy aussi ressentait de la colère contre Zoe.

Dan prit congé et Cathy se mit à songer à ce qu'il venait de lui dire. C'était un type bien, et elle aurait plaisir à le compter parmi ses amis.

En rentrant chez elle, elle fut tentée d'appeler Austin et Jaime, mais elle se dit qu'ils avaient besoin de se retrouver après les épreuves des derniers jours. Elle frissonnait chaque fois qu'elle pensait à ce qui se serait passé si elle n'avait pas décidé d'aller voir Jaime à l'improviste, si elle n'avait pas été présente pour sauver la vie de la petite fille.

19

Le matin de l'audience, Austin déposa Jaime à l'école après lui avoir préparé son petit déjeuner, comme il le faisait tous les jours désormais. Il lui arrivait encore de brûler les pancakes, mais il s'en sortait plutôt bien pour le reste.

Jaime venait de célébrer ses 4 ans, et son père lui avait organisé une fête d'anniversaire à laquelle sa mère n'avait pas assisté. Son absence aurait dû les attrister, mais dans les faits les choses étaient seulement différentes. La fillette croyait toujours que Zoe était en Californie, et Austin cherchait comment lui révéler la vérité en douceur. Les vacances allaient bientôt commencer, et Jaime souhaitait partir à Santa Barbara rendre visite à sa maman. Elle ignorait que Brad et Pam se trouvaient en ville pour l'audience de Zoe, mais le moment était mal choisi pour qu'ils viennent la voir.

Brad était très impliqué dans la défense de sa fille avec l'avocat qu'il avait engagé, et ils espéraient pouvoir la faire interner dans un hôpital psychiatrique plutôt qu'en prison. La presse avait couvert l'histoire pendant des semaines. Il était choquant de lire les articles dans les journaux et d'écouter ce que les journalistes racontaient sur leur compte à la télévision : un pilier de la communauté associative avait tenté d'assassiner son enfant. Austin n'avait pas revu Zoe depuis son arrestation, et n'avait eu aucune nouvelle. Il avait eu l'intention de lui écrire mais n'y était pas parvenu. Il se remettait à son rythme des événements de ces dernières semaines, et il devait prendre soin de Jaime tous les soirs après le départ de la nounou.

Austin avait donné rendez-vous à ses parents et ses deux frères à l'intérieur du palais de justice. Ils pénétrèrent ensemble dans la salle d'audience, le regard grave, tandis que les journalistes se pressaient autour d'eux telle une nuée de mouches. Ils s'assirent dans la rangée juste derrière la table du procureur. L'assistant du procureur et son clerc étaient déjà arrivés, et une impressionnante pile de documents trônait devant eux. Cathy arriva quelques minutes plus tard, toucha l'épaule d'Austin pour le saluer, et alla prendre place derrière eux. Dan Knoll se glissa à ses côtés.

Austin avait déjà pris contact avec un avocat pour régler le divorce et demander la garde exclusive de Jaime. Ils avaient en effet l'intention de demander l'annulation des droits parentaux de Zoe. L'avocat ne prévoyait aucune complication, mais il tenait à attendre la fin de l'audience, et éventuellement du procès ou de la reconnaissance de la culpabilité de Zoe, pour commencer la procédure. Selon lui, ce serait une erreur pour la jeune femme d'exiger un procès, étant donné les preuves solides accumulées contre elle et le témoignage accablant de Cathy, qui avait assisté au drame.

Brad et Pam avaient pris place de l'autre côté de l'allée, derrière l'avocat de la défense engagé pour Zoe. Brad, très pâle, semblait avoir vieilli de dix ans, et Pam, assise près de lui, serrait sa main dans les siennes. Austin les salua de loin, et son beau-père lui fit un signe de tête. Le moment était mal choisi pour se parler. Dans la salle, la tension était palpable tandis que tous attendaient l'arrivée du juge.

Celui-ci fit son entrée quelques minutes plus tard et, après s'être présenté, il demanda à l'avocat de la défense s'il avait quelque chose à déclarer.

— Nous attendons votre décision concernant la capacité pénale de ma cliente, Votre Honneur. Zoe Roberts sera là dans un moment. Elle se trouve actuellement en détention provisoire. Nous aimerions fixer le montant de la caution. Ses parents sont ici. Elle ne risque pas de prendre la fuite.

Le juge hocha la tête mais s'abstint de tout commentaire. Austin se rendit soudain compte que Beth n'était même pas venue. Elle était vraiment incapable de faire quoi que ce soit pour les autres, y compris pour la seule fille qu'il lui restait.

Zoe avait appelé sa mère une fois depuis la prison, et Beth avait eu des mots durs. Elle lui avait dit que si elle avait perdu son enfant, Zoe, elle, avait tenté de tuer le sien. Depuis, la jeune femme refusait tout contact avec elle.

On fit entrer Zoe dans la salle du tribunal. Elle portait un pantalon noir et un chemisier blanc légèrement froissé ; aux pieds, elle avait des baskets. Ses cheveux étaient bien coiffés. On lui retira ses menottes et ses chaînes. Austin l'observa attentivement, cherchant à lire sur ses traits un signe de remords, mais Zoe se montrait calme et parfaitement maîtresse d'elle-même. Elle le dévisagea comme s'il était un parfait étranger, un inconnu qu'elle n'avait jamais rencontré auparavant. Elle chuchota quelques mots à son avocat et quand son père lui toucha l'épaule, elle se tourna vers lui et lui sourit. Elle semblait saine d'esprit.

Le juge demanda au psychiatre désigné par l'État de monter à la barre, et l'huissier lui fit prêter serment. Une femme policière se tenait à côté de Zoe au cas où celle-ci aurait eu l'idée de prendre la fuite. Cathy frissonna devant cette scène.

L'assistant du procureur se leva à son tour, s'approcha du témoin expert et le pria d'exposer ses références. Celui-ci lut une longue liste de diplômes qui sembla satisfaire la Cour. Puis le juge lui demanda s'il estimait que Zoe Morgan Roberts était psychologiquement apte à être jugée pour la tentative de meurtre sur la personne de sa fille.

— Oui, je le pense, Votre Honneur, répondit-il d'une voix forte et claire. Au cours des trente derniers jours, nous avons procédé à l'évaluation psychologique de l'accusée dans une unité psychiatrique. Trois psychiatres l'ont examinée quotidiennement, et nous sommes tous parvenus à la même conclusion. Zoe Morgan Roberts comprend parfaitement la gravité du crime dont on l'accuse, et elle est pleinement consciente de son acte et notamment de l'allergie potentiellement fatale dont souffre sa fille. Nous n'avons trouvé aucune raison de la dispenser de son procès et de la dédouaner de répondre des faits dont elle est accusée.

— Merci, docteur.

Le juge s'adressa ensuite aux deux avocats.

— L'accusée sera détenue jusqu'au procès. La lecture de l'acte d'accusation est fixée à une semaine à partir de demain. Il n'existe pas de crime plus odieux que le meurtre ou la tentative de meurtre sur un enfant, et pire encore, sur le sien. L'accusée restera donc en détention provisoire, sans possibilité de libération sous caution.

Il asséna sèchement un coup de maillet et prit congé. Zoe, le visage dénué d'expression, se leva pour que le policier lui remette ses menottes et ses chaînes. Son père sanglotait en silence. Austin croisa le regard de sa femme tandis qu'elle passait devant lui.

— Je l'aime davantage que tu ne l'aimeras jamais, déclara-t-elle froidement.

Elle boitillait à cause des chaînes et Cathy ne put retenir ses larmes. Puis Austin quitta la salle d'audience à grandes enjambées, suivi des membres de sa famille, et tous se rassemblèrent en haut des marches du palais de justice. Il annonça aux journalistes qu'il n'avait pas de commentaires et partit, suivi de ses parents et de ses frères, sous les regards des curieux.

Les Roberts, serrés les uns contre les autres, se regroupèrent au coin de la rue. Ils n'échangèrent pas une parole, mais ils étaient satisfaits du résultat de l'audience. Brad et Pam passèrent devant eux en silence et Austin leur donna une accolade mais ne prononça pas un mot. C'était inutile. Tous venaient de subir un véritable enfer, et ce n'était pas terminé. Il leur faudrait supporter un long procès si Zoe refusait de plaider coupable. Quant à Brad, il devrait continuer à vivre tout en sachant que sa fille aimée allait passer le reste de son existence en prison. Zoe les avait tous meurtris.

Dan s'éclipsa et Cathy patienta un peu à l'écart tandis qu'Austin s'entretenait avec sa famille. La victoire était amère. Une période difficile les attendait, et pas seulement le procès. Jaime allait grandir sans sa maman et, un jour, elle apprendrait que celle-ci avait tenté de la tuer. Ce serait un lourd fardeau à porter, d'autant plus qu'elle ne pourrait jamais comprendre ses motivations. Avant même de célébrer ses 4 ans, la petite fille s'était déjà frottée aux aspects les plus obscurs de la vie et de l'amour.

Austin, levant les yeux, aperçut soudain Cathy. Il lui sourit, mais son regard était grave. Lui avait perdu une épouse, Jaime sa mère, et Cathy une amie chère.

— Je te remercie d'être venue. Est-ce que tu veux partager un taxi ?

Comme elle hochait la tête, il héla un véhicule, salua sa famille d'un geste, et ils se glissèrent tous deux sur la banquette arrière. Austin indiqua au chauffeur l'adresse du cabinet de Cathy. Il avait l'intention de la déposer avant de se rendre à son bureau. D'une manière ou d'une autre, la vie reprenait ses droits.

Quand il lui saisit la main, elle remarqua les larmes qui perlaient à ses paupières. Ils n'échangèrent pas un mot de tout le trajet. Jaime était désormais en sécurité, et rien d'autre ne comptait. Cathy, sa main toujours dans celle d'Austin, se souvint alors des paroles de Dan : elle avait déjà une famille, mais elle l'ignorait encore. Austin lui sourit. La route qui se déroulait devant eux était longue et semée d'embûches, mais ils n'étaient plus seuls.

Découvrez dès maintenant
le premier chapitre de

Suspect
le nouveau roman de
DANIELLE STEEL

aux Éditions
Presses de la Cité

SUSPECT

DANIELLE STEEL

SUSPECT

Traduit de l'anglais (États-Unis)
par Julie Lopez

Les Presses de la Cité

L'édition originale de cet ouvrage a paru en 2022 sous le titre *Suspects* chez Delacorte Press, Random House, Penguin Random House Company, New York.

Les Presses de la Cité, un département Place des Éditeurs
92, avenue de France – 75013 Paris

ISBN : 978-2-258-20355-6
Dépôt légal : août 2025

À mes enfants bien-aimés,
Beatrix, Trevor, Todd, Nick, Samantha,
Victoria, Vanessa, Maxx et Zara,
si infiniment précieux à mon cœur,
où que nous soyons,

Vous éclairez mon existence.
Puissiez-vous être toujours en sécurité,
préservés du danger,
et heureux sur tous les plans.

Je vous aime tant,
plus que les mots ne peuvent l'exprimer,
d'un amour plus vaste que le ciel,

Maman / D S

1

Pierre de Vaumont, très élégant, quitta son appartement parisien situé rue Jacob, sur la rive gauche, dans le très chic VIe arrondissement. Même s'il détestait prendre l'avion tôt le matin, il devait s'y résoudre chaque fois qu'il avait des obligations à New York. Il arriverait à destination avant midi, à temps pour un déjeuner de travail et ses rendez-vous. Ses soirées étaient toujours consacrées à des événements mondains, de grands dîners ou des réunions discrètes qui se transformaient parfois en activités douteuses, selon les personnes qu'il retrouvait. Pierre ne manquait pas de ressources et reculait devant peu de choses. Grand, mince et beau, cet homme de 46 ans aux cheveux blonds grisonnants était une sorte d'entremetteur qui rapprochait les gens afin de faciliter toutes sortes de transactions inhabituelles. Il connaissait tous ceux qui comptaient en Europe et au Moyen-Orient et son réseau s'étendait même jusqu'en Asie, où il traitait avec des hommes d'affaires chinois très fortunés. Presque tous ses contacts étaient des milliardaires. Vaumont gagnait coquettement sa vie en touchant des commissions. Ses activités n'étaient pas à proprement parler illégales, même si elles flirtaient souvent avec les frontières de la morale. Plus les risques étaient grands, plus il y avait d'argent en jeu, et donc de profit à faire.

Son secteur d'activité principal était la mode, mais il ne répugnait pas à œuvrer dans tout ce qui touchait au luxe, à l'immobilier, aux nouvelles technologies et au pétrole. Pendant des années, il s'était ingénié à se placer dans des positions stratégiques lui permettant de mettre les plus puissants en relation. Et il empochait de belles sommes au passage. Il avait consacré vingt ans à bâtir ses contacts et renforcer ses méthodes et n'avait plus besoin de courir après de potentielles affaires. Désormais il était très recherché pour son carnet d'adresses. Très adaptable, il acceptait presque tous les marchés. Il avait commencé à travailler en Europe avant de développer ses activités en Asie.

Son père avait servi dans le corps diplomatique à Hong Kong et Pierre y avait grandi. Il était âgé d'une petite vingtaine d'années lorsque ce dernier était mort et qu'il avait dû rentrer pour de bon en France. Quant à sa mère, elle était décédée alors qu'il était pensionnaire en Angleterre. Pierre n'avait pas de famille, pas d'attaches et pas d'enfants. Son père lui avait légué un peu d'argent mais pas assez pour vivre selon ses standards. Il avait toujours envié les personnes très riches, et il avait des goûts de luxe.

Il parlait couramment le mandarin et le cantonais et il avait conclu récemment plusieurs marchés très lucratifs en Russie, dont il parlait assez bien la langue. On le voyait souvent avec des femmes aussi connues que belles, mariées pour la plupart, et de temps à autre en compagnie de jeunes hommes très séduisants. Quels que soient les désirs de ses clients, il se faisait un plaisir de les satisfaire grâce à ses excellents réseaux. C'était un vrai caméléon dont les préférences sexuelles étaient difficiles à cerner. Ses traits harmonieux et son élégance innée contribuaient à son prestige, et il ne faisait pas son âge. Il aimait qu'on le qualifie d'entremetteur, pourtant il n'avait rien d'un sentimental. À bien des égards, c'était un homme peu commun et quelqu'un d'influent parmi les ultra-riches. Il n'était pas très regardant sur la réputation de ses clients ni sur l'origine de leur argent et il disposait de sources, toujours fiables, qui lui fournissaient des informations classées secrètes.

Tout le monde voulait connaître Pierre de Vaumont. Les gens de pouvoir le connaissaient déjà, ou avaient du moins entendu parler de lui. Il combinait l'élégance des Français et la virilité sans chichis des Britanniques avec une touche de sex-appeal italien. Il aurait fait un parfait courtisan à la cour de Louis XVI – c'était un homme d'intrigues.

Ce jour-là, à l'arrière de sa Bentley, il portait un costume bleu foncé impeccablement coupé par son tailleur londonien. Quand il souhaitait plus de discrétion ou voyager incognito, il conduisait lui-même, mais ce jour-là il avait laissé le volant à son chauffeur. Il aimait le raffinement en toute chose.

Quand il arriva à l'aéroport Roissy Charles-de-Gaulle, deux membres du personnel VIP guettaient sa Bentley sur le trottoir. Deux autres employés sortirent précipitamment pour l'accueillir – il était bien connu. Ses bagages furent aussitôt emportés pour être enregistrés tandis qu'on l'escortait jusqu'à un espace privé du salon première classe, où un somptueux buffet avait été dressé à son intention. Il se servit une tasse de café noir et prit un fruit, comme à son habitude, puis il ouvrit son ordinateur et, après avoir remercié le personnel, il se concentra sur son travail. Il embarquerait en dernier, selon son souhait, et s'installerait dans son siège de première classe dont il ne bougerait pas du vol, tirant les rideaux pour plus d'intimité. Il avait parcouru plus d'un million de kilomètres en avion et ses moindres préférences étaient consignées dans le dossier VIP de la compagnie aérienne et communiquées à l'équipage.

Il avait plusieurs rendez-vous à New York et rentrerait à Paris quelques jours plus tard. Pour lui, il s'agissait d'un long séjour ; il lui arrivait parfois de faire l'aller-retour dans la journée pour une seule entrevue importante. Il aimait conclure la plupart de ses marchés en personne plutôt que par messages ou téléphone. Il connaissait son potentiel de persuasion et savait en tirer profit pour obtenir les résultats désirés.

Pierre de Vaumont sirotait sa deuxième tasse de café dans son salon privé quand une Mercedes avec chauffeur se gara devant l'entrée VIP de l'aéroport. Un homme, de toute évidence un garde du corps, descendit pour apporter le passeport de son employeuse au comptoir de première classe tandis qu'une femme mince portant un chapeau à larges bords et des lunettes noires attendait sur la banquette arrière. Le personnel hocha la tête en voyant le nom de la passagère et autorisa l'homme à l'enregistrer sans poser de questions. Tous connaissaient la procédure. Ils avaient été prévenus de son arrivée afin qu'aucune erreur ne soit commise.

Il s'agissait d'une de leurs clientes les plus importantes, plus encore que Vaumont.

Cela faisait pourtant plus d'un an que Theodora Morgan n'avait pas voyagé. Fondatrice et propriétaire de Theo.com, un site de shopping en ligne très prospère qui avait battu tous les records de succès, elle avait été, à 37 ans, l'une des femmes d'affaires les plus accomplies de la planète, mais aussi – malgré sa discrétion notoire – une icône de la mode photographiée dès qu'elle apparaissait en public.

Elle avait perdu un an plus tôt son époux Matthieu Pasquier, magnat multimilliardaire de la mode de luxe, propriétaire de plus d'une dizaine des plus grandes marques au monde. Matthieu et elle s'étaient rencontrés alors qu'à 22 ans, fraîchement sortie de Harvard, elle lançait son entreprise. Elle avait commencé avec très peu de moyens mais avait rapidement prouvé la réussite de son modèle économique. Les journaux financiers et la presse spécialisée s'étaient vite mis à parler d'elle et Pasquier avait tenu à la rencontrer. Cet homme d'affaires implacable de 47 ans était tombé amoureux de son business plan audacieux, téméraire et innovant, de sa nature à la fois douce et déterminée, mais aussi de sa jeunesse et de sa beauté. Ils s'étaient mariés un an plus tard, après une cour rapide, et l'étaient restés quatorze ans. Bien que Theodora soit sa troisième épouse, Matthieu n'avait pas d'enfants, et elle l'avait comblé plus encore en donnant rapidement naissance à leur fils, Axel.

L'histoire familiale de Theo l'avait préparée à épouser un homme plus âgé. Son père avait presque vingt ans de plus que sa mère, et ils avaient construit ensemble un foyer stable et aimant au sein duquel leur fille unique s'était épanouie. Enfant, elle avait souvent privilégié la compagnie des adultes, et ses parents l'avaient incluse dès que possible dans leurs activités. C'était une jeune fille calme et très bonne élève, dont les parents avaient encouragé l'excellence scolaire. Son père, qui admirait beaucoup la réussite en affaires, avait fait tout son possible pour l'aider à réaliser ses rêves d'entrepreneuse.

À l'université, elle avait passé plus de temps à travailler ses projets professionnels qu'à sortir et à se faire des amis. Sa relation avec un homme bien plus âgé, considéré comme un génie dans son domaine, semblait très bien lui convenir. Au départ, ses parents avaient montré quelques réserves, mais avec le temps, ils avaient fini par la soutenir et apprécier son époux.

Quand elle avait rencontré Matthieu, Theo avait déjà de bonnes bases en français. Elle avait étudié assidûment pendant un an pour l'améliorer, jusqu'à le parler couramment. Professionnellement comme socialement, cela lui avait bien facilité les choses quand elle avait suivi son mari à Paris. Au début, New York lui avait manqué, mais elle s'était rapidement sentie chez elle dans la capitale française, plus encore qu'aux États-Unis.

Mère dévouée, elle travaillait souvent depuis la maison et dirigeait avec beaucoup de talent son entreprise. Elle ne l'avait jamais fusionnée avec l'empire de son mari, malgré les demandes insistantes de ce dernier. Elle tenait à rester indépendante professionnellement, en parallèle de ses rôles d'épouse et mère aimante. Elle adorait leur fils unique, Axel, son rayon de soleil. Et son métier la passionnait. Elle avait trouvé en Matthieu un mentor et un meilleur ami, et ils avaient bâti un mariage solide. Theo, qui était d'une beauté saisissante, n'avait jamais regardé un autre homme.

Mais tout s'était brutalement terminé un an plus tôt, lorsque Matthieu et Axel avaient été enlevés dans leur manoir à la campagne alors que Theo travaillait à Paris.

Il arrivait que Matthieu ou Theo finisse plus tard que prévu le vendredi soir. Dans ce cas, l'un des deux conduisait Axel au manoir, parfois avec un de ses amis, et l'autre les rejoignait plus tard. Pour ces moments privilégiés, Matthieu préférait qu'ils restent tous les trois, sans personnel pour les servir. Et Theo aussi. Tous deux étaient très entourés pendant la semaine et ils appréciaient de mener une vie plus simple. Ils attachaient de l'importance à leur intimité et à leur vie de famille, loin des pressions professionnelles qu'ils subissaient à Paris.

Ce vendredi fatidique, Theo n'ayant pu échapper à une réunion tardive, c'était Matthieu qui était parti avec Axel en fin d'après-midi. Quand elle était arrivée à son tour, peu après 20 heures, son fils et son époux avaient tous les deux disparu. Elle avait trouvé une des baskets d'Axel sur le perron, devant la porte d'entrée grande ouverte. Il y avait des traces de lutte. Elle avait appelé la police, le cœur tambourinant, glacée de terreur. Après avoir inspecté les lieux, la police avait appelé la DGSI, la Direction générale de la sécurité intérieure. Un examen plus poussé avait mené à la découverte d'un paquet de cigarettes russes dans le parc. L'affaire avait alors été confiée à la DGSE, la Direction générale de la sécurité extérieure, qui soupçonnait des ravisseurs étrangers.

Le paquet de cigarettes russes avait été retrouvé dans un coin dissimulé du parc où les malfrats avaient dû se cacher en attendant Axel et Matthieu. Les kidnappeurs s'étaient bientôt manifestés pour exiger une rançon – ils étaient bien russes. Les enquêteurs de la DGSE tentaient, grâce à des informateurs étrangers, de découvrir leur identité, mais il était impossible d'obtenir des informations concluantes sur le commanditaire de l'enlèvement. Il y avait de forts soupçons mais aucune preuve solide. Rien de suffisant pour procéder à une arrestation. Et ceux qui avaient enlevé Axel et Matthieu s'étaient comme volatilisés.

D'après le témoignage d'un agriculteur voisin, père et fils avaient été kidnappés par six hommes cagoulés qui avaient pris la fuite dans un camion suivi d'une voiture. Les deux véhicules – qui avaient été volés – avaient été retrouvés abandonnés dans un village non loin, sans aucune trace de Matthieu et d'Axel.

Les kidnappeurs réclamaient 100 millions d'euros. La police, qui s'efforçait de temporiser pour découvrir l'identité des kidnappeurs, menait maladroitement les négociations. Elle avait ensuite retardé le paiement pendant qu'elle essayait frénétiquement de localiser les otages. Theo avait supplié qu'on la laisse payer la rançon et on l'avait finalement autorisée à remettre 50 millions, pour gagner encore un peu de temps. Depuis le début, les ravisseurs se montraient nerveux, imprévisibles et peu professionnels, se disputant entre eux et avec la police. Les discussions s'étaient éternisées pendant dix-sept jours insoutenables, les plus longs de la vie de Theo.

La police lui avait expliqué que la plupart des kidnappings se déroulaient sans heurts : le but était d'obtenir de l'argent pour des raisons politiques ou personnelles. Après le versement de la rançon, les otages étaient rapidement libérés. Mais la police avait convaincu Theo que, compte tenu du manque de professionnalisme des kidnappeurs, elle mettrait en péril la vie de Matthieu et Axel si elle leur remettait l'intégralité de la rançon. Elle avait fait confiance aux autorités, et l'avait vite regretté. Il y avait eu trop de personnes impliquées, trop de sons de cloche différents. La police avait donné rendez-vous aux ravisseurs dans un endroit reculé pour leur remettre les 50 premiers millions d'euros. Dans la panique du moment, les Russes avaient tiré sur les policiers, pris l'argent et fui. Puis ils avaient abattu Matthieu et Axel et les avaient laissés sous un tas de terre fraîche, dans un bois, pour être sûrs qu'ils seraient retrouvés rapidement. Et ç'avait été le cas. En analysant les plaies par balle et les fibres des vêtements d'Axel retrouvées sur ceux de Matthieu, les enquêteurs avaient déduit qu'Axel avait été abattu dans les bras de son père. Les jours suivants n'avaient été pour Theo qu'un brouillard de désespoir.

Elle s'était alors retirée du monde, gérant son entreprise et celle de son défunt époux depuis chez elle, ne voyant personne à part les PDG. Elle avait hésité à tout vendre ; plus rien n'avait de sens après la disparition de son fils et de son mari.

Un an plus tard, les billets de la rançon qui avaient été marqués n'étaient réapparus nulle part en Europe et la DGSE n'avait pas plus de preuves. Des soupçons, oui, mais rien de concret. Malgré leur amateurisme apparent, les ravisseurs avaient réussi le crime parfait. Et Theo devait vivre avec ses conséquences dramatiques.

Elle n'était pas sortie de chez elle pendant des mois, jusqu'à ce que son bras droit, Jacques Ferrier, finisse par la convaincre de revenir au bureau pour résoudre des problèmes que personne ne pouvait traiter aussi efficacement qu'elle. Elle avait accepté à contrecœur mais s'était vite aperçue que travailler lui faisait du bien. Elle était douée pour ça, elle possédait un talent inné pour trouver des solutions aux problèmes de Theo.com ou de la compagnie de Matthieu. Surtout, cela lui changeait les idées et l'empêchait de penser à ceux qu'elle avait perdus. Mais ensuite, elle devait retrouver son appartement vide et les fantômes qui l'y attendaient.

En réclamant sa présence au bureau, son bras droit avait voulu la faire revenir parmi les humains. Il avait ensuite œuvré pour qu'elle s'intéresse aux boutiques éphémères que l'entreprise souhaitait ouvrir à Dallas, Los Angeles et New York. Ces installations s'avéraient extrêmement efficaces pour attirer de nouveaux clients et améliorer les ventes et la notoriété globale de la marque. Theo avait un don pour ça.

Malgré les événements tragiques qu'elle avait traversés, sa créativité demeurait infaillible et, un an après, elle redevenait lentement elle-même et travaillait dur en vue de l'ouverture des trois concept stores aux États-Unis. Elle allait même se rendre sur place pour superviser l'inauguration et l'exécution de ses plans. Créer de telles boutiques avait un coût, mais cela en valait toujours la peine.

Bien qu'elle soit new-yorkaise, Theo avait passé presque la moitié de sa vie en France, ce qui lui permettait de combiner les perspectives européenne et américaine. En déménageant à Paris après son mariage, elle avait pu faire profiter sa petite entreprise florissante des infrastructures beaucoup plus conséquentes de son époux. Matthieu lui avait cédé des bureaux dans un de ses immeubles, ainsi que des entrepôts. Pour autant, elle ne lui avait jamais donné de parts, ce qui l'amusait beaucoup. Il aimait avoir une femme aussi intransigeante et intelligente. Le père de Theo, ancien banquier d'affaires, avait bien conseillé sa fille.

Après avoir étudié l'économie à Harvard et obtenu son diplôme avec les félicitations du jury, elle avait initialement prévu de poursuivre son cursus dans une école de commerce. Mais elle avait d'abord voulu lancer son entreprise, et celle-ci avait décollé à une vitesse ahurissante. Malgré sa douceur et son style féminin qui en trompaient plus d'un – en particulier les hommes européens, qui pensaient pouvoir profiter d'elle –, Theo témoignait d'aptitudes naturelles pour le business. Matthieu avait pris plaisir à la voir diriger ses affaires d'une main de fer. Il l'avait souvent consultée au sujet de ses propres marques de luxe, et elle avait toujours été d'excellent conseil. Elle possédait un goût exquis et un style sûr, et leur mariage reposait sur une admiration et un respect mutuels.

Depuis un an, Theo vivait dans un monde vide, solitaire et silencieux. Elle quittait rarement son domicile et n'avait pas remis les pieds au manoir, fermé depuis le kidnapping. Cet endroit lui rappelait trop de souvenirs affreux. Elle voyait régulièrement son bras droit ainsi que le PDG de Matthieu mais passait beaucoup de temps à errer chez elle comme un fantôme, se rejouant sans relâche les événements, imaginant ce qui aurait pu se passer différemment. Les autorités françaises avaient commis de nombreuses erreurs aux conséquences désastreuses.

À l'époque, la police lui avait assuré que la mort de son fils était un « accident malencontreux » prouvant l'amateurisme des ravisseurs. Selon eux, des professionnels auraient conclu rapidement un accord et ni Matthieu ni Axel n'aurait été blessé. Les autorités françaises, britanniques et leurs réseaux d'informateurs continuaient de chercher des réponses, des renseignements et les coupables, sans succès. On ignorait toujours qui étaient les kidnappeurs et où étaient passés les 50 millions que Theo leur avait remis, sur les 100 demandés. Le seul mobile crédible aux yeux de la police et de la DGSE était une sinistre vengeance à la suite d'une entreprise commerciale risquée qui avait mal tourné.

Matthieu avait longtemps été réticent à ouvrir des boutiques en Russie. L'économie du pays était trop instable et les pratiques commerciales selon lui trop peu fiables. Cependant, quand un investisseur russe lui avait proposé de mettre 100 millions d'euros sur la table pour participer aux frais d'ouverture de deux magasins dans son pays, l'idée avait fini par le séduire, malgré sa méfiance initiale. L'investisseur, Dmitri Aleksandr, lui aussi milliardaire, connaissait bien le marché. Nul n'ignorait qu'il y avait là-bas beaucoup d'argent et de gens désireux de le dépenser.

La création des deux boutiques avait rapidement viré au cauchemar. Les investissements étaient dilapidés en pots-de-vin, la construction prenait du retard et les coûts se multipliaient au-delà du raisonnable alors que les matériaux de qualité initialement prévus étaient remplacés par d'autres de moins bonne facture. Matthieu avait fini par perdre patience et abandonner le projet avant même l'ouverture des magasins. Cela lui était apparu comme la décision la plus sage plutôt que de continuer à jeter de l'argent par les fenêtres. Il avait certes perdu les 200 millions investis, mais s'être retiré du projet était un soulagement. Son investisseur n'avait malheureusement pas accepté la situation avec le même calme. Il avait perdu ses 100 millions, et même un peu plus. Si Matthieu avait gracieusement accepté ses pertes – il pouvait certes se le permettre –, Aleksandr affirmait que cette affaire allait le ruiner.

D'après les autorités françaises, l'enlèvement et les meurtres visaient à punir Matthieu pour sa défection, et à récupérer l'argent que Dmitri Aleksandr avait investi. Ce dernier avait des contacts dans la pègre ; il était protégé et hors d'atteinte. Selon certains informateurs, Matthieu et Axel n'auraient initialement dû être que des pions, un simple moyen de pression pour renflouer Aleksandr après l'échec de l'ouverture des boutiques. Mais personne n'avait réussi à prouver cette théorie. Ce n'étaient que des conjectures. Sans compter que le promoteur mécontent était un homme riche et puissant, considéré comme intouchable.

La nouvelle de la mort d'Axel et Matthieu avait choqué le monde entier et anéanti Theo mais, en l'absence de nouveaux rebondissements, la presse s'était rapidement désintéressée de l'affaire. L'argent n'avait toujours pas refait surface, pas plus que n'avaient été arrêtés les meurtriers de son mari et de son fils. Il n'y avait aucune justice là-dedans, aucune consolation à tirer de quoi que ce soit.

Se relever de cette épreuve avait été une torture inimaginable pour Theo. Mais personne ne comprenait mieux qu'elle son entreprise et ses clients, et il était important qu'elle se rende à New York. Elle n'avait pas été vue en public et n'avait pas fait parler d'elle depuis un an, et son bras droit l'avait persuadée que le moment était venu de s'aventurer à nouveau dans le monde. Malgré son peu d'enthousiasme, elle savait qu'elle ne pourrait pas se cacher à tout jamais. D'après Jacques, si elle voulait garder son entreprise, elle devait en reprendre les rênes.

Une fête spectaculaire devait être organisée par une importante agence d'événementiel pour le lancement de la boutique éphémère de New York, qui resterait ouverte pendant deux semaines. Si Theo n'avait pas l'intention d'assister à cette soirée, elle tenait à s'assurer que tout était parfait et que le décor et l'atmosphère reflétaient l'image de son entreprise. Des événements similaires étaient prévus à Los Angeles et Dallas dans les semaines suivantes, et elle comptait les superviser de la même façon.

Elle ne comptait voir personne à New York. Ses parents étaient morts depuis un moment et elle avait perdu de vue ses anciens amis. Et de toute façon, la marque et l'entreprise ne pâtissaient pas de son absence médiatique. Pas plus que l'empire de Matthieu, géré par des personnes de confiance qui travaillaient déjà pour lui de son vivant. Même son décès n'avait pas suffi à l'ébranler. Il était trop bien implanté, trop solide pour se retrouver en difficulté. Theo était en contact étroit avec la direction générale et faisait partie du conseil d'administration. Héritière de l'entreprise, elle œuvrait en coulisses. Néanmoins, elle s'y intéressait beaucoup moins qu'à sa propre marque, plus modeste, où elle jouait un plus grand rôle puisque Theo.com reposait autant sur son image que sur les produits proposés.

Sa venue à New York n'avait pas été annoncée et elle n'envisageait pas d'apparition publique. Elle voulait simplement veiller à ce que la grande boutique louée à prix d'or sur Madison Avenue soit exceptionnelle. Ce retour dans le monde lui semblait à la fois excitant et terrifiant. Cela faisait des mois qu'elle vivait dans l'ombre. Elle avait envie de voir de l'action, mais pas d'y participer. Elle voulait rester invisible.

Comme les ravisseurs n'avaient pas été arrêtés, elle devait être escortée par un garde du corps dès qu'elle sortait de chez elle, ne serait-ce que pour se promener. C'était Martine, son assistante, qui gérait leur rotation. Il y en avait certains que Theo n'appréciait pas beaucoup mais elle savait qu'elle avait besoin de protection, au cas où les kidnappeurs s'en prendraient à elle pour obtenir les 50 millions restants. Il s'agissait selon la police d'une faible possibilité, mais qu'il ne fallait pas négliger. Avoir toujours un garde du corps collé à ses basques l'horripilait, mais grâce à Matthieu elle était à la tête de l'une des plus grandes entreprises au monde, ce qui faisait d'elle une cible majeure au même titre que son défunt mari. Et même plus encore, en tant que femme. Dans le cas où elle serait enlevée, elle avait préparé tous les documents et procurations nécessaires pour que le PDG de la compagnie de Matthieu puisse payer la rançon le plus vite possible. Ils savaient à quoi s'attendre, désormais.

Au cours de l'année passée, il était bien souvent arrivé que la perspective de se faire enlever, voire assassiner, laisse Theo de marbre. Sans son fils, elle n'avait plus de raison d'exister. Elle redoutait les longues années qu'il lui restait à vivre sans lui. Les affaires ne suffisaient pas à nourrir son esprit ni à la motiver. Sa passion pour son travail s'était étiolée au point que, pour son bras droit, l'avoir convaincue d'aller à New York représentait un exploit.

Tandis qu'elle attendait dans sa voiture des nouvelles de son vol retardé, Theo réfléchissait à ce qu'elle devrait faire à son arrivée. L'appareil rencontrait un problème mécanique mineur que la compagnie promettait de régler dans les plus brefs délais. Ce retard ne la dérangeait pas outre mesure car elle n'avait pas de réunions prévues ni de programme fixe. Elle allait simplement chapeauter les dernières touches dans la boutique éphémère, et les employés intérimaires n'étaient même pas au courant de sa venue. Elle espérait pouvoir dormir pendant le vol. Le sommeil lui échappait toujours, comme chaque nuit depuis un an.

Pierre de Vaumont se trouvait encore dans son salon de première classe, agacé par ce retard qui risquait de l'obliger à annuler son déjeuner professionnel. Il avait terminé sa troisième tasse de café et travaillait sur son ordinateur sous le regard attentif du personnel réservé aux VIP.

Pascal Martin, chef de la sécurité de l'aéroport Roissy Charles-de-Gaulle, était déjà à son bureau. Il occupait ce poste depuis quinze ans mais sa mission s'était énormément compliquée au cours des dernières années, principalement à cause de l'inquiétude croissante liée au terrorisme et aux attentats perpétrés dans d'autres aéroports. Jusqu'à présent, à CDG, ils avaient eu de la chance.

Parmi les nouveautés qui l'excédaient arrivaient en bonne place les règles de plus en plus strictes s'appliquant à tous les vols à destination des États-Unis. Le département américain de la Sécurité intérieure exigeait qu'ils soient soumis à des mesures de sécurité plus contraignantes, et que l'aéroport respecte sans exception la liste de personnes frappées d'une interdiction d'entrer dans leur pays ou de le survoler. Les compagnies aériennes et les autorités de l'aéroport devaient leur présenter la liste des passagers de chaque vol et la passer au crible afin de s'assurer qu'aucun individu indésirable ou terroriste potentiel ne pénètre subrepticement sur le territoire américain. Cela occasionnait des retards sur presque tous les vols car il fallait désormais attendre le feu vert de la Sécurité intérieure et parfois, en cas de doute, celui de la CIA. Pendant ce temps, on racontait aux passagers qui ne se doutaient de rien que leur appareil rencontrait un problème mécanique mineur, lequel se trouvait résolu comme par magie lorsque la compagnie recevait l'autorisation d'embarquer. S'ils laissaient décoller un avion sans l'aval des États-Unis, il risquait d'être renvoyé directement là d'où il venait, entraînant la fureur de centaines de passagers. Aussi Pascal préférait-il les faire patienter.

Les règles dictées par les autorités américaines étaient plus sévères que dans n'importe quel autre pays. Et elles ne cessaient de les durcir. S'il y avait parfois de fausses alarmes, même Pascal, aussi exaspéré soit-il, admettait qu'il valait mieux faire preuve de prudence. Respecter les procédures de sécurité contraignantes des Américains prenait du temps. Or on ne pouvait pas l'expliquer aux passagers, puisque l'existence de cette liste de passagers interdits n'avait rien d'officiel. Depuis trois ans, Pascal souffrait de problèmes gastriques et d'hypertension. Il avait hâte de prendre sa retraite, dans cinq ans.

Il venait justement de recevoir un appel du chef de l'équipage au sol d'une importante compagnie aérienne le prévenant qu'un passager de première classe sur leur vol matinal pour New York avait été signalé comme potentiellement problématique. Pire encore, l'affaire semblait louche car l'homme ne figurait pas sur la liste ultra confidentielle de la Sécurité intérieure. Pourtant, le code apparaissant à côté de son nom indiquait qu'il leur fallait une autorisation supplémentaire pour le laisser entrer aux États-Unis. Il s'agissait donc d'une zone d'ombre, ce que Pascal détestait tout particulièrement. Si on refusait d'embarquer ce passager, il pourrait porter plainte contre la compagnie aérienne pour la gêne occasionnée et les réunions professionnelles qu'il allait probablement manquer. Si on le laissait monter à bord, l'avion et tous ses passagers risquaient d'être renvoyés à Paris sans autre forme de procès.

— Merde, souffla Pascal en lisant le document.

« Passager suspect, autorisation requise. »

Il était 1 heure du matin à New York, le vol devait décoller de Paris dans une heure. Il allait avoir du mal à joindre un employé du département de Sécurité intérieure pour qu'il leur donne cette maudite autorisation. Il sentit son estomac se tordre, une sensation qui semblait désormais faire partie de son travail. Sa femme voulait qu'il prenne une retraite anticipée, mais il aimait tout de même encore son poste – du moins quand il n'était pas confronté à ce genre de problème.

Pascal savait qui appeler à la Sécurité intérieure à JFK. Il avait même son numéro de portable personnel. Il répugnait à s'en servir à moins d'une réelle urgence, mais cette situation risquait d'en devenir une, en particulier pour le service client de la compagnie aérienne concernée. Et Pascal n'avait aucune envie qu'une décision aussi lourde de conséquences repose sur ses seules épaules. Il se demanda brièvement, en prenant son téléphone, si son homologue new-yorkais faisait lui aussi de l'hypertension. Par des matins comme celui-ci, il n'appréciait guère son travail et regrettait d'avoir quitté l'armée. Il y avait moins de « zones d'ombre » comme celles avec lesquelles il devait composer presque quotidiennement à Roissy Charles-de-Gaulle.

Rafael Gonzales était déjà réveillé mais encore couché. Il attendait que son réveil se déclenche à 2 heures du matin, pour prendre son service à 4 heures. Entre la Fashion Week de New York, les vols surbookés en provenance de toute l'Europe et les réunions annuelles des Nations unies, les dernières semaines avaient été chargées. Ces dernières attiraient des personnes venues du monde entier qui possédaient pour la plupart l'immunité diplomatique, ce qui compliquait la tâche des services de sécurité. Ils avaient reçu des chefs d'État et de hauts fonctionnaires en plus des habituels hommes et femmes d'affaires se rendant à New York pour diverses raisons. C'était idéal pour des individus mal intentionnés qui tentaient de se glisser à travers les mailles du filet, et il lui revenait de veiller à ce que les agents des douanes et de l'immigration se montrent encore plus vigilants qu'à l'accoutumée.

Lorsque son portable sonna, il décrocha aussitôt.

— Gonzales, dit-il d'une voix austère et officielle, comme s'il était au bureau et non en sous-vêtements dans son lit.

Pascal s'identifia immédiatement et s'excusa de cet appel tardif.

— Pas de problème, le rassura Gonzales. Je prends mon service de bonne heure aujourd'hui. On a été bien occupés, ici.

— Ici aussi.

— Qu'est-ce qui vous amène ? demanda Gonzales, allant droit au but.

— Ce n'est peut-être pas grave, mais on a une alerte sur un vol en partance. Un passager de première classe, de nationalité française. Je peux vous envoyer les infos par mail. Il n'y a aucun détail, on sait juste qu'il nous faut une autorisation supplémentaire de votre part pour le laisser embarquer. On a retardé le vol en attendant.

— Envoyez-moi ce que vous avez, je vais faire une recherche dans notre système. C'est peut-être en rapport avec tout autre chose, ou alors il s'agit d'une vieille alerte qui aurait dû être supprimée.

Ils savaient tous deux que ce dernier serait le scénario idéal. Sinon, Pascal se retrouverait avec un gros mal d'estomac, un passager furieux et des dirigeants de compagnie aérienne en colère. Une journée presque comme les autres, en somme.

— Accordez-moi cinq minutes. Je vous rappelle tout de suite, comme ça vous n'aurez pas à retenir le vol trop longtemps.

— Merci, c'est gentil, dit poliment Pascal.

Rafael raccrocha et appela aussitôt l'agent de service à l'aéroport pour lui demander de lancer une recherche sur Pierre Geoffrey de Vaumont dans leur base de données. Il resta en ligne en attendant et Charlie, son collègue, revint vers lui en moins de trois minutes.

— Aucune arrestation, pas de casier, rien de la part d'Interpol. C'est une alerte un peu vague. Il est dans les investissements et a des « connexions douteuses » avec plusieurs Russes dont au moins un individu lié au Service des renseignements extérieurs russes. Il est potentiellement sous leur surveillance. C'est sans doute simplement un de ces personnages insaisissables entourés de mauvaises relations puissantes. Ou alors il a conclu des marchés un peu louches. Mais rien de suffisant pour qu'on le coince, expliqua Charlie à Rafael, qui prenait des notes. Rien ne dit qu'il faut lui refuser l'entrée aux États-Unis, juste qu'il faut le garder à l'œil.

Rafael fronça les sourcils, se demandant s'il avait suffisamment de matière ou s'il devait creuser encore un peu.

— Merci, Charlie, lança-t-il d'une voix distraite.

Il resta à réfléchir encore un instant, puis il décida qu'il voulait en savoir plus sur ce Vaumont avant de l'autoriser à se rendre à New York.

Il savait qui interroger. Bien conscient que Pascal Martin attendait son appel, sous pression, il composa rapidement un numéro. Empêcher cet homme de voler ferait des histoires, surtout si leurs craintes étaient sans fondement. Et Vaumont n'avait pas l'air d'un personnage dangereux. Mais mieux valait en avoir le cœur net.

Mike Andrews était dans le bureau qu'il avait aménagé chez lui pour travailler, généralement tard le soir, quand tout était calme et qu'il avait le temps de rattraper son retard. Il était agent superviseur senior à la CIA et chef d'un bureau local de la Direction des opérations, qui fonctionnait essentiellement à l'étranger avec des « actifs étrangers sur le terrain » et s'occupait de renseignement clandestin, de terrorisme et de trafic d'armes. Son bureau collaborait au besoin avec l'aéroport JFK. Après l'université, il avait servi pendant huit ans dans la Marine, au renseignement militaire, puis il était parti à Langley, en Virginie, pour être formé par la CIA. À 49 ans, cela faisait maintenant dix-neuf ans qu'il travaillait pour cette agence. Son bureau se situait à Manhattan, sur la 17e Rue Est, dans un entrepôt restauré d'apparence anodine, mais il avait aussi un ordinateur sécurisé chez lui.

Sa vie entière tournait autour de son métier. Son appartement ressemblait à un bureau, avec ses murs nus et ses meubles d'occasion réduits au strict minimum. Cela suffisait à son existence de célibataire. Comme de nombreux agents de haut rang, il avait le profil parfait : marié à son travail, pas d'attaches personnelles, pas de famille à part une sœur, aucune contrainte. Pendant ses dix premières années à la CIA, il avait été agent infiltré en Amérique centrale et en Amérique du Sud avant de rentrer au pays, dans sa garçonnière du Bowery. Il était joignable 24 h/24, 7 j/7 et ne voyait pas d'inconvénient à ce qu'on l'appelle à toute heure du jour et de la nuit. Rafael s'excusa dès que Mike décrocha.

— Pas de souci, je travaille encore. Que puis-je faire pour vous ? s'enquit Mike plaisamment.

— Ce n'est probablement rien, commença Rafael, incertain, mais on a reçu un appel du chef de la sécurité à Roissy CDG. Il y a une alerte sur un passager de première classe. Ils sont sur les nerfs, depuis qu'on a commencé à renvoyer des vols. Ce type m'a tout l'air d'un homme d'affaires avec des connexions douteuses. Vers la Russie. Et les renseignements russes. Ils semblent former de plus en plus d'espions en ce moment. Rien d'autre à noter dans son dossier, aucun souci avec Interpol, aucune consigne pour lui refuser l'entrée aux États-Unis. Je veux juste être sûr de ne pas commettre une erreur et éviter qu'on fasse faire demi-tour à cet avion quand il atterrira à JFK.

Après l'avoir écouté attentivement, Mike répondit calmement :

— Ces éléments ne sont en effet pas suffisants pour retenir le vol ou faire débarquer cet homme, affirma-t-il. Vous pouvez y aller. Il est peut-être louche, mais pas au point de nous inquiéter ni de l'arrêter. Ça peut toujours évoluer, mais rien dans ce que vous m'avez dit ne déclenche de sirène d'alarme. Dites-leur qu'il peut voler.

Mike s'exprimait sur un ton apaisant. Rafael ne l'avait jamais rencontré, mais ils se parlaient de temps en temps et il l'aimait bien. C'était un professionnel prudent et rigoureux, jamais alarmiste. Ils avaient déjà décidé ensemble de refuser un vol à des passagers, notamment à un trafiquant de drogue vénézuélien et à un couple de Syriens arrêtés trois mois plus tôt en Angleterre en possession d'une bombe. Ils avaient eu chaud, sur ce coup-là. La femme, qui faisait partie d'une cellule terroriste londonienne, avait fabriqué des gilets bourrés d'explosifs. Mais de toute évidence, Pierre de Vaumont n'appartenait pas à ce monde-là, il était d'une tout autre espèce. Il semblait ne présenter aucun risque sérieux pour les États-Unis. Entretenir des relations d'affaires avec des Russes n'était pas un motif suffisant pour l'empêcher d'entrer dans le pays.

— Ravi d'avoir pu vous aider, dit Mike.

— Je vais appeler Roissy tout de suite pour qu'ils puissent commencer l'embarquement, annonça Rafael.

— Ce sera une bonne nouvelle pour eux !

Rafael rappela immédiatement Pascal Martin et lui donna le feu vert, lui expliquant qu'il avait eu la confirmation de la CIA. Dès qu'il entendit la nouvelle, Pascal sentit son estomac se détendre et il informa aussitôt la compagnie aérienne. Le vol n'aurait qu'une heure de retard.

Mike avait demandé à Rafael de lui envoyer la liste des passagers. Y jeter un coup d'œil ne pouvait pas faire de mal, au cas où une autre personne digne d'intérêt serait sur ce vol. Il ne remarqua qu'un nom familier : Theodora Morgan Pasquier. Il avait lu son histoire tragique dans les journaux un an plus tôt. Cette femme avait perdu son mari et son fils dans un enlèvement. Il se demanda si les autorités avaient attrapé les ravisseurs. Les autres noms ne lui disaient rien.

Soudain, il décida sur une impulsion de faire suivre Vaumont à son arrivée à New York. Puisque ce dernier semblait avoir des liens avec les services secrets extérieurs russes, en tant que suspect ou contact, ça pouvait être intéressant. Dans le pire des cas, ce serait une perte de temps et un gâchis de l'argent des contribuables. Au mieux, la CIA récolterait des informations qui pourraient lui être utiles, ou qui intéresseraient le MI6 au Royaume-Uni, ou la DGSE en France. Mike trouvait les Russes de plus en plus présents. Et beaucoup d'argent plus ou moins propre transitait. Il appela donc le service des opérations pour mettre en place la surveillance de Pierre de Vaumont et leur communiqua son numéro de vol et son heure d'arrivée. Il pourrait toujours mettre fin à la filature si l'agent estimait qu'elle était vraiment inutile.

Il passa ensuite un coup de fil à un ami qui travaillait au MI6, à Londres, après un passage par Scotland Yard. Mike s'installa confortablement dans son gros fauteuil. Grand, brun, les tempes grisonnantes, les yeux marron, il avait joué au football américain pour l'Université de Notre-Dame, dans l'Indiana. Issu d'une famille irlandaise de Boston, il était fier de sa carrière dans la sécurité nationale. La photo d'une jolie blonde trônait sur son bureau. C'était un cliché ancien, et il le contemplait souvent. Becky James. Ils avaient été formés à Langley en même temps. Elle avait été tuée lors d'une opération d'infiltration à laquelle ils avaient tous deux participé en Équateur, alors qu'il débutait à la CIA. C'était la seule femme qu'il avait jamais vraiment aimée, et il avait retenu la leçon : les relations personnelles étaient à haut risque quand on travaillait pour la sécurité nationale, en particulier en tant qu'agent infiltré. C'était un luxe qu'il ne pouvait plus se permettre et qu'il avait par la suite soigneusement évité. Mike souriait encore en pensant à Becky quand Robert Richmond décrocha.

— Ça fait un sacré bout de temps que je n'ai pas eu de tes nouvelles. Où es-tu, mon vieux ?

— À New York.

Mike aimait discuter avec Robert. Au fil des ans et des affaires, ils avaient beaucoup échangé.

— Tu es sur quelque chose d'intéressant en ce moment ? demanda aussitôt Robert, supposant à juste titre qu'il s'agissait d'un appel professionnel.

— Pas vraiment. C'est plutôt tranquille.

— Je voudrais bien pouvoir en dire autant. On a beaucoup de problèmes, en Europe. Entre les terroristes, les espions russes, les agents doubles, on se croirait revenus en pleine guerre froide.

— On est un peu plus à l'écart de ça. La plupart des espions russes semblent préférer s'installer en Angleterre, commenta Mike avec humour. Mais il se trouve que j'ai reçu aujourd'hui un appel à propos d'un passager à CDG. Un Français. Pierre de Vaumont. L'ordinateur l'a signalé, mais on n'a pas grand-chose sur lui. Des relations douteuses, apparemment. Rien de plus précis.

— Tu veux que je regarde de mon côté ?

— Ce ne serait pas une mauvaise idée. Vous en savez peut-être plus que nous. Vous êtes plus près de chez lui.

Robert tapa le nom dans son ordinateur et lui résuma les résultats.

— Il m'a plutôt l'air d'être un casse-pieds sans grande envergure, un baratineur. Un de ces types qui ont des relations, un gros réseau, qui essaient de s'immiscer dans toutes sortes d'affaires pour gagner leur vie grâce à des commissions. Il semble connaître tous les milliardaires européens. Il aime le luxe et la fête et certaines de ses fréquentations au Moyen-Orient et en Russie manigancent probablement de sales coups, mais rien ne prouve formellement qu'il en fait autant. Je vais t'envoyer tout ça, si tu veux. Selon moi, il ne devrait pas poser de gros problèmes, ni même de petits. Il a vécu en Russie il y a plusieurs années, c'est là qu'il a dû rencontrer certains de ses contacts. D'autres personnes d'intérêt dans ce vol ?

— Pas que je sache, et il n'y a pas eu d'autre alerte. Le seul nom que j'ai remarqué est Theodora Morgan. Je ne sais pas si tu te souviens d'elle. Elle était mariée à un gros bonnet de l'industrie du luxe. Lui et leur enfant ont été enlevés l'année dernière et tués quand la remise de rançon a mal tourné. On dirait que tout le monde s'est planté sur ce coup-là, et elle a perdu son fils et son mari.

— J'ai lu des articles à ce sujet. De ce que j'ai compris, tout le monde a déconné, en effet. C'est vraiment triste qu'ils aient tué le petit. Je ne pense pas qu'ils aient attrapé les ravisseurs. Des Russes, si je me souviens bien, des amateurs. J'ai eu de la peine pour elle, moi aussi. Alors, quoi de neuf de ton côté ? Prêt pour la retraite ?

— Il me reste encore seize ans à tirer. Mais je ne me plains pas. J'aime mon boulot.

— Oui, moi aussi. Sauf quand tout se passe mal. Ce qui arrive.

— Ici aussi, mais c'est très satisfaisant quand tout roule et qu'on met les mauvais individus hors d'état de nuire, non ?

— C'est un travail absurde pour des adultes, tu ne trouves pas ? demanda Robert en riant. C'est comme si on jouait au gendarme et au voleur pendant toute notre vie.

Pourtant, les gens étaient réels, et certains d'entre eux mouraient, comme Becky. Mike n'avait jamais craint pour sa propre vie. Le risque faisait partie du métier et il en était conscient quand il s'était engagé. La solitude non plus ne lui pesait pas. Il était toujours occupé, et affronter des hommes armés lui semblait moins dangereux que de tomber amoureux.

Ils raccrochèrent quelques minutes plus tard et Mike alla se coucher, l'esprit tranquille. Si Pierre de Vaumont préparait un mauvais coup pendant son séjour à New York, l'agent qui le filait préviendrait Mike. Il avait pris toutes les précautions nécessaires. Cinq minutes plus tard, il dormait profondément tandis que l'avion à destination de New York décollait enfin de Paris.

Vous avez aimé ce livre ?
Si vous souhaitez avoir des nouvelles de Danielle Steel,
devenez membre du
CLUB DES AMIS DE DANIELLE STEEL.

Pour cela, rendez-vous en ligne, à l'adresse :
https://bit.ly/newsletterdedaniellesteel

Ou retrouvez Danielle Steel sur son site Internet :
www.danielle-steel.fr

Club des Amis de Danielle Steel
92, avenue de France
75013 Paris

La liste des romans de Danielle Steel publiés en poche chez Pocket se trouve au début de cet ouvrage. Si vous ne les avez pas déjà tous lus, commandez-les vite chez votre libraire !

Danielle
Steel

À tout prix

D'un échec naît parfois un nouveau départ.

Jane Addison fait ses premiers pas dans la prestigieuse agence de talents new-yorkaise Fletcher and Benson. Pour la jeune femme, intelligente et ambitieuse, c'est une opportunité inespérée. Mais tout n'est pas aussi idyllique qu'elle pourrait le croire : Hailey, sa responsable, jongle entre son travail et ses enfants, qu'elle élève seule. Un défi auquel doit aussi faire face Francine, aux prises avec de graves problèmes financiers. De son côté, Allie risque sa carrière en fréquentant un célèbre acteur. Quant à Merriwether, si elle semble épanouie, son mari ne voit pas sa réussite d'un bon oeil. De lourds secrets se cachent derrière les portes closes des bureaux. Et lorsque Jane se refuse à accepter le pire, une révolution se met en place.

Danielle Steel

Dernière chance

Et si on pouvait rattraper le passé ?

Maddie Allen est une photographe new-yorkaise de renom. Véritable modèle de réussite et d'indépendance, elle a élevé seule ses trois enfants. Mais, à 58 ans, un accident la contraint brusquement à l'immobilité. Alors qu'elle se retrouve confrontée à sa solitude, une question la tourmente : a-t-elle eu tort de privilégier sa carrière aux dépens de sa vie sentimentale ?

Pour en avoir le coeur net, Maddie décide de se lancer sur les traces des hommes qu'elle a aimés. De Boston à Chicago en passant par le Wyoming et la Californie, ce voyage va-t-il lui permettre d'éclairer son passé pour ouvrir de nouvelles perspectives ? Aura-t-elle la chance de faire une belle rencontre ?

Danielle
Steel

Liens familiaux

Famille,
je vous aime !

Un simple appel téléphonique va bouleverser la vie d'Annie Ferguson. Sa sœur et son mari ont eu un accident : la jeune femme devient la mère adoptive de ses trois neveux à seulement 26 ans.
Aujourd'hui, Annie a 42 ans. Liz, Ted et Katie sont devenus de jeunes adultes, ils quittent le nid familial, une étape difficile pour Annie...

Danielle Steel
Un mal pour un bien

Le bonheur
surgit parfois là où
on ne l'attend pas...

Lors d'un stage dans une galerie parisienne, Isabelle McAvoy rencontre un riche Américain plus âgé qu'elle, qui vit reclus dans un château de Normandie. L'été qu'ils y passent a tout d'un rêve. Pourtant, quand Isabelle lui annonce sa grossesse, il met fin à leur histoire.
De retour à New York, la jeune femme se fait une place dans le monde de l'art et a par la suite deux autres filles de pères différents.
Des années plus tard, ses filles se sont éloignées et ont trouvé leur voie. Le temps est venu pour Isabelle de se réconcilier avec son passé et les secrets qui y sont enfouis. Mais ce qui devait être une épreuve rapprochera peut-être mère et filles comme jamais...

Cet ouvrage a été composé et mis en page
par Nord Compo à Villeneuve-d'Ascq

Imprimé en France par
CPI Brodard & Taupin
en juillet 2025
N° d'impression : 3061429

#lisez!
engagé
www.lisez.com
Pour plus d'information :
Imprimé sur du papier issu de forêts gérées durablement.

Pocket – 92 avenue de France, 75013 PARIS

S34830/01